雪之日记

秋水 著

CONTENTS
目录

想想年轻人的目的，再看看其中几个本子里的内容，我又有些怀疑这些内容是否能完整、如实地被表述出来。不，现在都什么年代了，我相信现在的年轻人是敢于坚持真理的，是客观公正的，后人自有后人的评说。

现在再看本子里的这些东西，相信当年自己是带有一定倾向性的。现在的人对这种倾向能有一个客观的判断吗？能！我自信地认为，一定能。

雪，充满无限的希望和寄托！她，永远洁白，将污浊消融无存；她，不拘一形呈百状，或悠悠片片独舞，或疾驰结队群舞；她，时而害羞地不等你看清模样就了无踪迹，时而大方地倾巢而出，让想看清她的人们无所适从。我不由得叹息，浓妆淡抹总相宜。

年年来又去，年年盼再来。明知会再来，不舍来再去。历史的长河中，岁岁月月是瞬间，如同永恒的雪花。眼中的雪花充满世间，记忆的雪花落满心田。无论是酣畅而致，还是零星坠落，记忆，永远美好！

那年八个月 / 025

孙平的事已经铁定了，为什么要反击？为孙平鸣不平？难道……？老百姓的话，有拾钱的，拾货的，没有拾骂的。老子曰“善者不辩，辩者不善”，我改成“正者不辩，辩者不正”，所以，有不还口的君子。文明社会，君子手里有三把剑——正直、道德与法律！有这三把剑的支撑，君子脚跟是牢固的。可是对于某些人，根基不稳所以才要狡辩？

肆

重回现代考古 / 261

郑局长到底是个什么人呢，不温不火，和蔼可亲，要不怎么有人说他不适合做一把手，不狠，不懂政治，不会玩儿人。但是他对孙长悟、平贺辰、韦建禾、盛文龙、郭群、田凯、薛庆黎、苟德利、秃子武金夫这帮人却恨之入骨。

是不是应该了老夫子的那句话：“乡人之善者好之，其不善者恶之。”或许这就是维持社会这个肌体的免疫细胞？！

壹

现代考古

CHAPTER 1

迷茫

《二十年史志》成了今年的头等大事？

当比我小十岁的徒弟（是他主动称呼我为“师父”的），拿着一沓看起来有一寸厚的打印稿让我帮着补充完善一下时，我才知道，原来徒弟他们这大半年的功夫就干这件事了，这是市局局长确定的今年头等大事。要是还在那个岗位，这样“艰巨”的任务应该会落到我的头上。

细琢磨，我顿然觉得不对，我离开那个岗位的时间不比徒弟他们整理这个史志的时间长多久，我有十年的岗位经验都没抽调回去帮忙，而且那还有没走的“老人儿”在，却让这样一个才工作第二个年头的毛头小伙子写单位的历史？徒弟对要写有关内容几乎一无所知，过往的一切不是遥远而是一张白纸。徒弟不亚于在“考古”！此刻我真是一片茫然。

是史志，不是历史！史志？明摆着就是历史。我顺手翻了几页，这不是我认为的史志文体，隐隐品出丝丝为“帝王”唱赞歌的味道，特别是自己熟悉的这后十年，不，是从去年算起倒数的这最后五年。我似乎明白了纂写这史志的目的。可是，在我的记忆中，有些事件是有文字记录的，是徒弟太笨还是水平确实不佳，抑或“考古”本来就不是一件容易的事，历史原本就应该是这样写的？！

徒弟催促我快看内容，说要和我讨论一些问题，这可让我有些犯难了。要知道，搞不好，一句话就可以被穿上小鞋的。我忽然想到了表哥，这两年与他见面少了，似乎与那个圈子也疏远了。

徒弟凑过来说道：“师父，马主任催我了。他还说好长时间没跟师父您吃饭了，这两天要请您吃饭。他让我先跟您把稿子过一遍，吃饭时再详细过一下。”

好个马月生，谱大了，这哪是要请我吃饭，还让个小孩儿来求我，真不是过去一写材料就求我的时候了。史志这个事我不能掺和啊，苦恼、郁闷！

我，或多或少是那五年的“当事人”。本想到了退休以后的什么时候，再有个晚辈来“考古”，让我回忆些东西，那时我或许就不纠结了，对某些事看得也更客观了。

在史志提到的第二十个年头，也就是去年，11 月份我离开了那个科室、那个岗位，随后徒弟就到了。

这是“考古”吗？这正是我最迷惑，最梳理不清的。也搞不清楚我心里怎么会冒出“考古”这个词来。我隐隐地担心。

总之，一切都在迷茫中。

CHAPTER 2
神 游

我神游了。

曾有晚辈让我谈谈过去这几十年的变化。我说，现在可好了，国家发展到现在不容易，可是不管多难也挺过来了，百年实现中华民族的伟大复兴我们做到了！

晚辈不理解不容易、挺过来的含义。我告诉他，提百年复兴的时候他还没出生呢，他赶上好时候啦。晚辈泛着似疑问似询问的眼神。

“师父，让我们写过去的东西确实很难，档案室很多资料都没有了。”徒弟说道。

是啊，档案室能提供什么呢？别说不全，就算几十年的资料能完整齐全地保留下来，能整理出“史记”吗？我笑道：“年轻人，你找我算找对了。虽然我老了，时光将记忆里的不少东西冲走了，冲淡了，留下的是那些光滑晶亮、刺目闪烁的‘鹅卵石’，但挖掘那些潜伏的记忆，也是要等待时机的。”

徒弟有些兴奋：“师父，您是不是早就等待这一天啦？您真是我的大救星。”

我被年轻人忽悠得有点像不知深浅的小青年忘乎所以了。记忆开始复苏，那些想重见天日却被时光绞成碎片的记忆，如同雪片，也不管能不能再拼成原来的图画，争先恐后地从眼前飘过。

“告诉你吧，虽然有些东西记不清了，可是从上小学老师要求学习写日记开始，我就有了写日记的习惯。这些年老了，只是断断续续地写。你想看看日记？嘿，日记可不能随便让人看，那是自己的领地，秘密、小思想，还有苦恼，都存在那儿呢。搬过几次家，你师母总想清理我那个小木箱子，我都没让她动。那里还有我父母零碎记下的内容呢……哟，怎么说起这些了，看来真的是老了，不中用了。”我一时飘飘然了。

“不是，不是，好羡慕您呢，我们年轻人全都被物质包围着。”徒弟说道。

“羡慕我们？现在多好，翻天覆地的变化，什么都是智能的，也不需要像我们那时那样艰苦奋斗，我还羡慕你们呢。你别把我当成老古董就行了。不过，还真想从年轻时再重新来过一次。”我叹息着。

徒弟笑着说：“您现在开始也不晚。您经历了那么多，更懂得珍惜生活，享受生活。65 岁以前都算中年，您还不算到中年。”

谈笑间，年轻人并没忘记和我这个老头子聊天的目的，又提出借日记或与单位有关联的资料看看。算了，我也体谅他，毕竟他是为了工作。

既然答应了年轻人，就要履行诺言。我翻箱倒柜，来回重温那些已经陌生了的熟悉的东西。确实，绝大部分记忆让时光带走了，剩下的还在撞击着心灵的某一个点。

想想年轻人的目的，再看看其中几个本子里的内容，我又有些怀疑这些内容是否能完整、如实地被表述出来。不，现在都什么年代了，我相信现在的年轻人是敢于坚持真理的，是客观公正的，后人自有后人的评说。本子里还记下了老伴表弟当年的一些事，如果他们知道我还保留着这些，不知会不会责怪我……

现在再看本子里的这些东西，相信当年自己是带有一定倾向性的。现在的人对这种倾向能有一个客观的判断吗？能！我自信地认为，一定能。

我决定把这些东西提供给徒弟。

CHAPTER 3

不是巧合

神游，是用美好的幻觉麻痹自己，暂时摆脱郁闷和迷茫。但还是回来吧，现实还等着呢。我仍然纠结着历史、考古这些词，隐隐地担心对于正在发生或刚刚发生过的同一件事的描述都可能不是原版。

徒弟和马月生在催，怎么办呢？我无法决定下一步，谁来救我？

我像寻求答案一样翻弄着钟情的刊物，打开一本刚刚得到的研究现代史的作品，顿觉眼前一亮，像是冥冥之中来送答案的。

我翻出近 5 年记录的本子，花了两个晚上翻弄那些文字。再次阅读自己去年整理出来的小短文（当时还起了一个特得意的名字——《轮回》），感觉这些文字如此美丽，竟然又那样感动了自己。我真的有些佩服自己，当时只用了不到一周的时间，就整理了10个月的日记和工作记录。我不自觉地在心里对当时某些事件的记述做着对比。

我当初留下这些东西是什么目的？就是为了今天做对比吗？答案是明确的，但是心里矛盾着。虽然那些“研究成果”，针对的是“历史大事件”，但我不能忽略那些串成历史长河的小事件。小事件就像刚点燃爆竹的引信，也许还未发声就被冷水泼灭，被忽略得踪迹全无。

“你们详细翻阅档案了吗？最近十年的各种会议都有会议记录，应该没有送档案馆。资料应该很全。时间再久远点的，就要去档案馆查了。”

“是啊，师父，我们可费了牛劲了，这可是个又辛苦又麻烦的活，光档案馆就跑了无数次了。要是按年代，把那些内容都写上，好家伙，要写到什么时候啊。还有，我也不知道什么内容要什么内容不要。要是师父您还在那儿就好了。”

慢慢地，我好像很享受年轻人的奉承，习惯被他奉为“师父”。

“怎么会？马月生对‘历史’可是很清楚的。再说，这几年各种文字内容应该挺齐全的，应该好写。”

“哎哟，师父，人家马主任可是大忙人，只管给我们布置任务。再说，也不像师父您说的，哪有多少记载的东西，特别是五年前那两年，根本找不出什么东西，会议纪要、会议记录什么的特别少，又凌乱，还不系统，时间顺序好像也连接不上。马主任让您帮着把关呢。”

“啊，让我把关？别，把关这事我可胜任不了。不是还有黄主任、平局长在那儿吗？”

徒弟一脸无辜地说着："不知道啊，马主任就让我来找您。"

"别'您''您'的，我们是哥们，改成'你'！"我笑道。

我突然明白，原来历史是由"主人公"们和"史学家"们共同"创造"的。

"你听说过'二十年内无历史'吗？"

"历史？师父，我们写的是史志，不是历史。您从哪儿听来的。"

"哦，对，对，你们写的是二十年史志。"

我回身取出一本书，翻开一页念了起来："如果站在一个长时段的角度来审视……史家也需要一个沉淀思考的过程……但是，从另一个角度看，'文章合为时而著'，古代、近代、现代、当代，又都是相对时间的概念……用一定的规范和格式表达出来，即所谓'历史学'……历史学终究少不了叙述者的主观性，所以历史学乃人文学，非'社会科学'也。从这个意义上讲，任何时代的任何一本史书，都只能是一家之言，完全真实的历史可能永远无法还原。"

徒弟一脸茫然："师父，我们写的是史志，不是历史，都是单位那些事，肯定是真实的记述。再说，有您把关，绝对没问题。"他翻看了一下我手里的书，问道："师父，您喜欢看这类书？"

徒弟的话不是反驳学者，是在反驳我。对啊，我拿专家的话挡他时，是不是也在否定我自己曾记录的内容的真实性？

不是！我坚决否定着！

我坚信我接触过的东西，日记里记载的内容，虽然不是真相的全部或能反映真相，但最起码记录了原始的表象的真实。

我要自己证明“……自己能够尽量约束主观性，力求做到客观，尽最大的努力去寻找那段真实的历史”。何况，我的好恶和口味的取舍是基于道德底线的，是亲身经历的“个人见解”。

想做史学学问的人，内心都很强大，都要背负得起被“骂”的现实。最初施耐庵编撰出武大郎时，被骂；没想到有人探究出武大郎的真身，也被骂。

CHAPTER 4

勘校

与徒弟交谈后，我思量着怎么把这件麻烦事应付过去。真的很难。但是，其中有些事又激起了我的好奇心，于是特意翻看了徒弟给我的文件中的部分文字，读后我觉得很别扭。

我离开那里还不到两年，也就是说离史志的第二十个年头不到一年半的时间，亲身经历的事情和后来了解的情况，不会忘却到像手里这本史志一样“严重地残缺不全”或非原生态的描述。我不会记错，因为几个时间节点正好赶上老伴表弟对我的纠缠。

我本不想惹火烧身。徒弟曾说过五年前的那两年，找不出什么实际性的内容，我思量着，把关这事可不能做。

我顺手翻弄着史志。啊？其他年份十页二十页纸都写不完全，这一年怎么一页纸就过去了？是徒弟吝啬，稀字如金，还是时间“跳跃”了这一年？我真不忍心让徒弟做“千古罪人”，可是，就单位目前的“政治”氛围……我惋惜徒弟偏偏这个时候来这儿，也庆幸自己不用接这活。不对，庆幸什么？这不也沾上这事了？

不管是为了使自己摆脱困境，还是怜悯徒弟，我建议徒弟再去档案馆查阅，有些东西知道的人不多，可以向马主任再详细了解。我还暗示地强调了马主任是关键。

我翻着史志，与自己整理的会议记录和日记做着对比。再一次读《轮回》，我又一次佩服自己给四个部分的标题：时间，老子，雪，好东西、坏东西，起得如此贴切。《时间》中，我写道：“岗位的关系，做笔记和记录成了随时是必须的习惯。有作为记录人的记录，有作为参会或列席人的记录，有自己做的笔记。不用问为什么，因为其中的一些文字，或将成为那一刻发生了什么的记载，进入档案馆。从此，这一刻的时间被永远地‘固定’。不知道别的单位有没有保留原始记录，反正我们要求会后对会议记录进行整理，并整齐地书写到正式的记录本上存档。所以，我每会必记，每事必记，也就无意间保留了原貌。”

现在，我或许要开始矫正自己的认知了！

有的事情真的能有文字记录？记录的内容一定会进入档案馆？文字真的能让事件把时间“固定”？自己留下来的内容真的就是原貌？

“知道孙平市长吗？”我问徒弟。

“知道，好多年前曾主管过我们单位。”

"还有呢？"

"什么？"

"马主任没告诉你？"

徒弟一脸茫然，似乎真的不知道更多。

"死了。"

"啊？"

我这会儿明白了，难怪那一年的"史志"仅一页纸，贯穿全年的大事如风飘过。"孙平"这两个字只字未提。

原本以为勘校很费功夫，眼下竟然轻松起来，只需说明一件事就行了，其他的事我早在一年前就做好说明了，拿过来就成。不过，这一件事，也事关历史的真伪！

史志中只有这么一段话："5月10日，市局孙长悟局长指示，老百姓对'违规收费'反映强烈，要求立即整改，坚决停止收费。当日，郑局长立即召集班子开会，落实孙局长指示，并于当天停止收费。"

我就此事对比了自己的工作记录和日记，发现没有5月10日的任何文字记录，只有5月13日的工作记录和日记，而会议是孙局长召开的，会上是孙局长把停止收费的时间提前到10日。

"徒弟，我建议把5月10日的会议纪要名称和文号加上。"我建议着。

"师父，我跟马主任提过，他说这个纪要不用加。"

"为什么？其他会议都注明了会议纪要的名称和文号，这个不加就不统一了。"

"马主任说这个纪要没有文号。"

"怎么会没文号？"

“马主任说可能当时给遗漏了，也就不写了。”

后来是不是补了一个10日前就开过会研究停止违规收费的会议记录？后来的会议记录中是否保留了这句原话？

在5月13日的会议记录和日记中，我记录下了这段文字：“‘审计’查出的违规公司，是1996年科研、1997年验收可行、1998年启动，由我们和有关部门成立的，是经孙市长批准的……不行就停，收费抓紧停！刚才我和市长说了，市长没反对。今天是你们的班子会，让郭群、少合他俩也来，就是谈此事的。郭群，你给介绍介绍。”

这是我记录的孙局长的原话。但我翻阅史志1996、1997、1998这三年，并没有发现明确的文字记录。是不是凡是涉及孙平的文字都不能存在？那时候孙平还是主管市长。或许，当年根本就没有相关的请示和批示？那史志的真实性就真的“毋庸置疑”了。或许这就是孙平走向“深渊”的开始，也是孙长悟极力要掩盖的？

“徒弟，你查没查90年代，特别是1997、1998这几年，那时候允许搞公司，我们单位搞了好多公司，为员工谋了不少利益呢，史志中不能没有。”

“是吗？我们查了那时候的档案，没有什么记录。对了，马主任好像说过那不是主要的事，不需要写得过多。”

忽然，我似乎感觉到了什么，想要寻找一个重要的细节，我又快速地搜索了一遍史志最后五年的文字，始终没有找到“温端倪”这个依附于孙长悟的影子的名字。这个名字怎么可能会出现？这会儿，我在心里骂自己“傻子”！

在那10个月中，孙长悟亲自坐镇指挥处理了这件事，开了无数次大小会，史志中的记录却不多，更没有整件事的记录，只是只言片语的描述。

噢，我这会儿明白了，原来不止时间被忽略了一年！

不！时间忽略不了一切，某些瞬间会被过往的某一个时刻记住，而这一刻是被 9 月 7 日“偷住”的，这天，这几页纸上的字像在白色恐怖时期传递情报那样，稍微用“蒸汽熏一熏”，就可以把史志上刻意抹去的东西“显现”。这会儿，我又庆幸还有那后来的十天。

贰

轮回

CHAPTER 1

时间

时间，这无极航母不受无常宇宙丝毫的干扰，内里却或翻江倒海，或天崩地裂，或冰封如止，或生灵涂炭，物质或精神，总有一种形式存在。

因岗位的关系，做笔记和记录成了我随时且必须的习惯。有作为记录人的记录，有作为参会或列席人的记录，也有自己做的笔记。不用问为什么，因为其中的一些文字，或将成为那一刻发生的事情的真实记载。

从小学要求写日记起，我坚持了多年，后来懒了，不再天天记日记，可也还保留了那么一点点兴趣，偶尔有那么几天或一段日子对某些事情感兴趣，就会写日记，或是整理当天的工作记录、笔记，把会议记录不能展示的情景记录下来。日后偶尔翻看，当时的场景也如同电影般回放。

5 月 13 日，周日，头（我们对部门领导的尊称）召集有关人员加班研究事儿。我做好了会后写资料的准备，也就习惯性地做着笔记。会议一直开到快中午，看架势还要一会儿工夫，可手里的笔记本差半页就用完了，我正犹豫着要不要换一个新笔记本时，不知谁问了一句“要不要食堂准备饭”。头看看腕表，想了想说，“不用了，今儿就这样吧，下周找时间专门再研究”。原本以为会议又要拖过午饭，这已是家常便饭，不想不经意间就这么散会啦。

我回到办公桌前，赶紧找出新的笔记本，以防周一一上班就被叫去忙而来不及换。我将用完的笔记本放到柜子里，顺手翻了一下码放整齐的几十本工作记录本。我随手抽了一本，翻开首页，5 年前的 5 月 13 日，这天也是周日！我顿然来了兴趣，翻看着日历，这两年的阳历与星期竟然完全一致。

难道五年一轮回?

我感觉潜意识如此神奇，无形地支配着一切。恰恰在今天，让我碰到5年前的“回忆”，重温那段精神疲惫的日子。那段日子，光笔记本就用了十几本，除了做工作笔记外，还要一边听录音，一边整理，睡觉前总是习惯性地把当天经历的事记录下来。说实话，当时连老婆也不再欣赏我写日记的这个习惯，我知道，她只是不想让我记“那些”内容，好像它们会让麻烦找上我。

我犹豫了一下，还是把那几个月的笔记本，塞满了跨包带回了家。回到家，我迫不及待地拿了出来，其实不用看那些文字，那些事情已经历历在目了。

孙平，这位曾主管我们系统的市领导已死去 5 年了，但再说起这事还像是刚刚发生的。他的死让不少人内心挣扎了许久，但也得以解脱。尽管他死前已经不再分管我们系统，但还是牢牢地控制着。这里有孙平一手提拔的人——孙长悟，大家都认为他是孙平的亲戚。就在孙平即将不再分管这个系统的前半年，孙长悟就从我们单位一把手提拔成市局的副局长，没多久又被任命为党委副书记，成了市局的二把手，俨然做起了实际的“常务”，没多久，大家开始称呼他为孙“常务”了。

刚开始的一年时间，大家从表情就能感觉到孙长悟喜从心底生，非常享用“常务”这个称谓，虽然嘴上常责怪地说“不能这么叫”。突然有一天，不知是谁跟他说“常务”“常误”，就总误在那儿了，正不了。从那以后，孙长悟就不喜欢被称为“常务”了，大家也就不敢当面叫他“常务”，可背地里仍“常务”长“常务”短的。

我不知道是什么原因致使自己血液升温，流动加速，要把5年前5月13日之后的几个月发生的一些事整理一下。

CHAPTER 2

冲动

冲动归冲动，可要把这些文字记录的鲜为人知的东西整理好，是需要用心去做的，需要清楚地知道自己想做什么。

我粗略地翻看了一下，那几十本工作记录，绝大部分是会议记录，少部分是头交办的工作任务。日记中，我还不厌其烦地记录了我在找寻老婆表弟的过程中，看到了出身于农村或穷乡僻壤，渴望美好生活的孩子们的奇特经历。

当然，现代社会中，人们会用自己的方式去追求美好，呈现善良，鞭挞丑陋，也会用自己的方式行善疾恶，摒弃丑恶。

可是，既然知道美、善，渴望美、善，为什么世上还有丑、恶呢?

CHAPTER 3

雪

对雪，我情有独钟！当《坐标》的刻度停留在 2008 年时，记忆似漫天飘舞着的雪花充满脑海，争先恐后地涌向笔尖，不允许画出句号。

北戴河的凉爽和兴奋后的疲惫，并没让睡眠如期而至，反倒是桌上那静静的本子，好像已经不耐烦，每一页纸都不甘愿再被整齐地钉在那儿，为了第一时间呈现，奋力地飘向空中，把自己压缩成小小的晶片，争先恐后地涌进我的脑海。脑海不断地被充满，被搅动，那纷扰的晶片渐渐地退却了硬度，呈现出洁白，渐渐地……难道，这就是我一直情有独钟的雪？

雪，充满无限的希望和寄托！她，永远洁白，将污浊消融无存；她，不拘一形呈百状，或悠悠片片独舞，或疾驰结队群舞；

她，时而害羞地不等你看清模样就了无踪迹，时而大方地倾巢而出，让想看清她的人们无所适从。我不由得叹息，浓妆淡抹总相宜。

凝视飞舞的雪花，惊奇装扮着世间的神功，为春意盎然，为秋之收获，灵魂都得到了净化；凝思脑海中的雪花，那是逝去的时光在飘落。雪花竟然有了记忆的DNA。灵性的雪花，永远记忆并放大着美好；灵性的雪花，永远可以品味淡淡的、不愿释怀的忧伤而寄以希冀；灵性的雪花，永远能够满足生活在重新设计的假如里；灵性的雪花，也会愤怒地在六月里飘起！

年年来又去，年年盼再来。明知会再来，不舍来再去。历史的长河中，岁岁月月是瞬间，如同永恒的雪花。眼中的雪花充满世间，记忆的雪花落满心田。无论是酣畅而致，还是零星坠落，记忆，永远美好！

CHAPTER 4

好东西，坏东西

用符号记录，真是时间的幸运，创造这种方式的人民，更是伟大！

日记，是天籁之音和如诗如画如泣影像的源代码，流淌着过往，锁定了岁月，留住了瞬间。

日记，寄托了理想和期望，却不经意间也收获了失望、惆怅；记录着美好，却让人看到世间还有丑恶；原本那是心灵的归宿，却发现心灵仍在流浪；原以为是恶人的战绩簿，却发现是地狱的敲门砖。

日记，真是个好东西！日记，真不是个好东西！

叁

那年八个月

5月

5月13日（注：史志第十五年）

会议记录摘录：5月13日，周日，上午10点，小会议室

召集人：市局孙长悟副局长

与会人：局长郑帜；副局长平贺辰、于庆泉、韦建禾、申士杰、洪升礼、盛文龙；郭群（原书记，已退休）、袁少合（原副局长，已调出）；办公室主任黄忠勇；副主任田凯；科长马月生及我；财务处长邵克伦；公司经理孙全胜

孙长悟：大家等了一会儿啦。我刚才在孙市长办公室谈了一个半小时，又陪市长吃了午餐。时间不早了，简单说说。“审计”查出的违规公司，是96年科研、97年验收可行、98年启动，由我们和有关部门成立的，是经孙市长批准的……不行就停，收费抓紧停！刚才我和市长说了，市长没反对。今天是你们的班子会，让郭群、少合他俩也来，就是谈此事的。郭群，你给

介绍介绍。

郭群：……刚才孙局长说了，这个公司是我们和有关部门共同办的，98 年开始收费，这 10 年大概收了……也都给大家发补贴、盖房子了……

孙长悟：……不就是收费的事吗？抓紧停！贺辰、庆泉，你俩负责，下午就办，对外就说 5 月 10 号开始停收了。今天会议就到这儿。你们班子成员都在这儿，了解一下就行了。今天是周日，让你们来就为这事。公司的事，郭群、少合、贺辰清楚，郑帜、建禾、士杰，你们来得晚，大致了解下情况就行，具体事情就由郭群、贺辰去办，马上办！散会。

郭群：马上办，马上办。

平贺辰：局长，我还有些事得跟您汇报。

孙长悟：你先跟郭群吃饭，我在 18 楼等你们。大家也赶紧回去吃饭吧。

……

日记：5 月 13 日，周日，晴

我有些日子没写日记了，今天突然来了兴趣。

昨天和朋友们照例一起聚会，打球、吃饭，本来说好今天陪老婆逛街，但一觉睡到 9 点，老婆叫我快起床”。

我一轱辘爬起来，先刷牙后洗澡，身子还未擦干，黄忠勇主任来电话，通知我 10 点去我局小会议室参加市局孙局长召开的会议，也没跟我说会议什么内容，都有谁参加。

唉，每次都这样，反正周末这两天中，甭管是哪天，肯定有一天开会，还总是马上通知马上到。虽说已经习惯了，但我心里难免有些不高兴。

老婆自然不满意了，我只好嬉皮笑脸地一通哄，斩钉截铁地发誓“晚上决不掉链子”。

我本来还担心会议要拖到下午两三点，还好今天算是开恩，接近1点半就散会了。我依着诚信的态度，下午陪老婆去逛街了，也没去接孩子，后来在酒吧街吃了小吃算是当晚餐了，老婆就闹着赶紧回家。

其实吧，我也想赶紧回家。看韩剧已是老婆每天的作业，这个时候绝对不会支使我做这做那，也绝对不让我跟她腻歪，我可以趁这点时间赶紧记些东西。

上午10点还差一刻钟，我赶到了小会议室，局长们都到了，还有黄、田两位主任，马屁精马月生科长、财务处邵处长。奇怪的是，郭群书记已退休两年了，袁少合也调走四年了，他们两个今儿怎么也来了？还有孙全胜这个牛鼻子要哄上天的经理，虽说挂了个财务处副处长的职位，但一年半载都难得参加一次局里的办公会、干部会。尽管孙长悟每次见了孙全胜话没三句就会开骂，而孙全胜也会跟孙子一样点头哈腰陪笑，嘴里一个劲地“是，是，是”，可就是连孙长悟召集开会，孙全胜也还是几乎不参加，孙长悟也照旧地不在意。别看孙长悟对孙全胜凶巴巴的，我总感觉其中透着一种默契！

跟郭书记、袁少合打了招呼，我在后排挨着马屁精科长坐下。孙长悟还没到，我听着这帮人唠嗑。一个小时过去了，有的人已经不耐烦了，好像逗趣得差不多了，各种黄的、灰的、黑的笑话也说得差不多了。难得地出现了沉默，平贺辰赶紧出个话茬，逗了一下袁少合，两个人就又相互“掐”起来，其他人也跟着掺和着……

就这样一直到了下午 1 点钟，随着门像是被踹开一样，孙长悟说着话进来了，坐到了他的专座上。孙局长一口气说明白了今天会议的主要内容、市长和他的态度，等等。多数人，包括我在内，只知道有这么一个公司，但公司具体的经营情况、操持人等，包括这次审计，相信都是一头雾水。

大家都看着郭书记。这个郭老书记落下了病根，退休了还没改掉老毛病。孙长悟让他说事，他就有些不知所措地：“哦，啊，我说，我说。刚才……”他咿咿呀呀了半天没用的内容，我也没法记。很明显他没有做准备工作，没头绪，也没正文。

孙局长不耐烦地打断了他：“行了，行了，罗罗嗦嗦了半天，什么都没说清楚！这么多年总是这样……”

他依旧奉上媚相赔不是地点着头，尴尬地笑笑。

孙局长直接布置活了：“不就是收费的事吗？抓紧停！贺辰、庆泉，你俩负责，下午就办，对外就说 5 月 10 号开始停收了。”

我琢磨半天，这 5 月 10 号是孙局长随口说出来的吗？

不知是否孙局长口误，他开始说让平贺辰和于庆泉两人负责，后来又说“公司的事，郭群、少合、贺辰清楚……具体事情就由郭群、贺辰去办”，不知还让不让于局长参与。可今天的事是关于公司乱收费的问题，孙全胜也参会了，可孙局长却只字不提孙全胜，好像跟孙全胜没半毛钱关系一样。

孙局长指示完就站了起来，还不待大家回过神，就往外边走边说了句“马上办，散会”。只有郭书记反应快，立马跟着起来，点头哈腰地笑着说“马上办，马上办。”平贺辰、盛文龙、孙全胜也紧跟着小跑着往外走。

其实，大家早已习惯开会时长时间等候孙局长了。可今天有些不可思议，没开长会，仅半小时就散会了。黄主任、田主任、马屁精和我走在最后。马屁精问主任，要写什么资料吗？两位主任也没哼一声，田主任斜了一眼马屁精，停都没停便走了。马屁精回身冲我要说什么，我赶紧"嘿嘿"两声，叫着"饿死啦"，跑出了会议室，在步行街与老婆汇合，然后毫不犹豫地关机。

哈哈，幸亏关机，不然我又得参加下午的会议。才刚到家，马屁精就打来电话说，一下午关机找不到我，叫我明天早点到办公室写东西。

我问他写啥这么急，马屁精又支支吾吾故意不说清楚。问几点到办公室，他竟然让我7点就到，8点前写完，因为他8点到。

我一下心里来了气，说"你不来我怎么知道写啥"。

马屁精说："上午孙局长不是说了让平局长、于局长两人下午开会布置立即停止收费的事吗，下午4点于局长召集有关单位一把手开会了。办公室主任黄忠勇、干部人事处处长江万励、纪检室主任李民君、财务处处长邵克伦、一处处长苟德利、二处处长武金夫、三处处长朱之兰都参加了，只有孙全胜没来，派了一个外人参加。

我问何许人也，他说"常总"！

常总？对啊，表哥不是说过他在我们公司吗。可表哥说的就是这个公司吗？马屁精说"是公司外聘的一位副总"。还好，还好，看来局里没人知道我跟表哥的关系。

我问马屁精："孙全胜没来，于局长没不高兴？再说，孙局长不是让平局长和于局长两人负责开会吗？"

马屁精说："于局长根本没问孙全胜的事，不过他很不高兴平局长没来主持会议，他说了，人家平大局长干的是大事，这样受累不讨好还挨骂的事哪能干呢。你说，于局长和平局长是不是有点不和？”

这个妖精竟然套我的话！我回了他一句：“这可是好机会，你赶紧向平局长报告去，平局长是副书记，下次调干部准能提你当办公室副主任。”我没等马屁精再骂出口，就让他赶紧说写什么内容。

马屁精说：“其实不用写什么其他内容，写‘为落实孙局长上午的指示，我局平局长和于局长下午立即召开了会议，部署停止收费’就行，由三处拟个通知对外公布就行了。”

“这么简单，主任能同意？三五百字，明天上班用几分钟就打出来了，还用七点到？”我乐了。

马屁精竟然说，主任没说写不写。

嘿，还真是个马屁精，主任都没说要写，你就让我七点到啊？

聊着聊着，马屁精说到了公司的事，说到了“常总”——表哥。看来哪天我要找表哥了解了解情况了，我以前怎么就没关心过这些事呢。

时间不早了，还有大事要干！哈哈，收笔。

5月14日

日记：5月14日，周一，晴

惊天新闻！

我今天早上7点半出了家门，还没到单位，在市纪委工作的高中同学大水——水溢洋打来电话，神秘地问我："知道吗？"我被问得莫名其妙。大水告诉我："有大新闻啦！昨天下午，副市长孙平被'双规'啦！"大水说只知道个大概，这两天再了解下情况，改天找时间聚聚再细聊。放了电话，我带着各种猜测进了办公室。

打开电脑，还差 5 分钟就 8 点了。要写的稿子 10 分钟搞定，四百多字，不到一页。马月生还没来，给他打电话，他说马上就到。我才不信呢，他准踩着点进办公室。

我一边等着马月生，一边盯着稿子，脑子却琢磨着孙平是什么时候被带走的。昨天中午孙长悟还和孙平一起吃午饭呢，难道这是最后的中餐？

马月生整点进来的，拿着稿子走了，可不一会儿就哭丧着脸回来了，肯定是让主任骂了。果不其然，他埋怨我说："谁让你把平局长的名字也写上了？"我说："你啊，主任不同意就删去呗。"

我刚要删除平贺辰的名字，马屁精又说"算了，先不报了"。唉，这回真是拍马蹄上了。

我问了一句："听说孙市长出事儿啦？"马屁精来神了，神秘兮兮地说："是啊，可能有此事，刚才和黄主任去平局长办公室，盛局长、孙全胜也在，像是说着什么事，但看我们进去就不说了。"马月生还让我打听打听，有消息告诉他。

一天下来，这个消息传开了，人们纷纷议论着，猜测着，无外乎就那么几件事：贪污受贿、财产来源不明、以权谋私、包女人、渎职，等等。

说来也怪，平常难得见到的孙全胜，今天一天就进出办公大楼四五趟。一处的苟德利、二处的武金夫也是神情严肃，在外办公的三处朱之兰也进出办公楼好几次。这三位可是孙长悟局长的铁杆大处长。

吃晚饭的时候，老婆说她的同事们也都在议论孙平副市长被“双规”的事。

看来是真的。不知道还会有什么事发生。

细想想这两天的事，难道是巧合？

未必。

5月15日

日记：5月15日，周二，晴

孙平的事在升温。绝大多数人仅局限于猜测、议论和关注，只有极少数人了解一些情况，但是从孙长悟及平贺辰、盛文龙、郭群、苟德利、武金夫、朱之兰、孙全胜这几个人匆忙的身影和严峻的神情，能充分感受到他们的紧张、恐惧。

可是，今天又遇到了耐人寻味的事。

我上午到郑帜局长的办公室批件，郑局长改着件时，干部人事处江万励处长敲门进来，郑局长问“有事吗”，江万励看了我一眼，迟疑地说道：“哦，郑局，向您请示，这两天是否开个党委会？”其实，郑局长比大多数处长还小五六岁。

郑局长不解地问：“上月25日的党委会漏了什么议题吗？”

江处长慌忙说：“哦，没有，没有。就是……”

郑局长问：“要是没有，就按每月25日召开党委会准备吧。”

江万励没有离开的意思，郑局长又问了一句："还有事吗？"

虽然我站在那儿有点碍眼，自己也觉得不自在，但好奇心作怪，再加上郑局长没说让我走，我就心安理得地站着不动。

江万励犹豫了一下，说道："有四个干部任职的事需要研究。"

哈哈，露馅儿了。

郑局长看着江万励问："最近议过干部调整事宜吗？还是……"

江万励有些尴尬地说："局长，是这样的，上周您在外开会，平局长组织我们对一个正科、三个副处职位进行了推荐考核，材料都齐了，想请您召开党委会研究。"

郑局长先是微微一惊，嘴里含着不易听清的几个字"三个副处"，随后脸上露出一丝不易察觉的微笑，看着江万励意味深长地说："工作很积极主动嘛。看来你们处提前做了充分准备，我要是不开这个党委会还真不行。"

江万励更加不自在了，陪着笑脸说："没有，没有。要不，我请平局长过来汇报一下？"

这会儿我也基本听明白了，心想，好啊李思哲，还是哥们儿呢，这都好几天的事了也不透露一下，一会儿找你算账。这会儿，我觉得自己再站在这儿就更不合适了："局长，您先忙，材料放您这儿，您审完打电话叫我。"

郑局长没答话，江万励也不好回答。郑局长沉吟了一会儿，说了句："简单说说理由就行。"

江万励还是有所顾及，吞吞吐吐地说："那个，哦，是这样，局长，30 日平局长传达市局领导指示，让马上进行推荐考察，要求'五一'后一上班就开党委会任命完。10 号给您打电话，是想请您回来开党委会的，可能李思哲没跟您说清楚。”

嘿，江万励，没你事儿啦？行啊，把责任直接推给下属了。

郑局长拉长声音说：“哦，是他没说清楚。好吧，你们先忙去吧。材料看完后我找你。”

我听明白了，后半句是说给我听的，赶紧走，说了句“局长，等您电话”就往外走，但我故意放慢了脚步，我想看看江万励会怎么办。

江万励有点不知如何是好：“局长，那……”

郑局长翻着材料说：“忙去吧。”

我赶紧两步出门，躲在楼道的拐角处，竖起耳朵听着，听见江万励也从屋里出来了，心中偷偷一喜，赶紧闪。江万励没往这边来，去了平贺辰的办公室，我估摸着他一时半会儿不会回办公室了，赶紧去找李思哲。

李思哲见我进来，一改工作时老成持重的“坏”习惯，先问：“啥事，火烧房啦？”

我逗他：“你这三十没好几地做干部工作的老革命，要持重，不能遇到事就沉不住气。先告诉我你最近瞒我什么事了？”

李思哲被我一问，有些蒙了：“没什么事瞒你啦，你又蒙我吧，蹭饭？”

他这一说，正好提醒我中午让他请吃饭了，看看表十一点了，拉着他就往外走。他急着说“江处长让我等着呢，还有事”。我心里清楚江处长一时半会儿是不会找他的，就肯定地告诉他，“你放心，江处长吃饭前肯定不找你”，我愣拉着他走，补了一句“吃饭时告诉你为什么”，李思哲这才跟着。

吃饭时，我问他为什么提干部的事也不透露一下。李思哲这才说，“前两天一直整材料，忘了，再说这回主任一再嘱咐不能对外透露，反正这两天一公示就知道了呗”。

我跟他说可能公示不了，他不信，我就把在郑局长那儿碰到的情况告诉了他。当听我说江万励把责任推给他时，从来不说肮话的李思哲骂了一句“就他耍滑头，应该由他打电话的，非让我打”。

我问：“到底怎么回事？”

李思哲告诉我，30日一上班，平贺辰就把江万励和他叫到办公室，交代马上到财务处、一处、三处去推荐干部。李思哲心想，明天就“五一”了，弄完也得节后开会，再说不知他们是否提前研究了,就试探着问平贺辰是否和郑局长提前研究过。平局长说：“研究什么？孙局长刚才打电话指示马上办，我们有什么好研究的。”

江万励有点使坏，故意说：“得请示郑局长，人家是书记，再说节后一上班他就要到外面开几天会。”平局长说：“他这个书记能定什么事？孙局长说了，让我们今天就推荐、考核完。节后一上班就给他打电话，叫他回来把党委会开了就行，不用提前告诉他。”

所以，节后一上班，平贺辰让江万励给郑局长打电话，江万励却让李思哲打电话。郑局长当时明确表态，“这样做不符合中央关于干部工作规定，这个党委会不能开”。李思哲说：“我都跟江万励汇报了的。”

我似乎明白了，想了想说：“你们怎么只到这三个部门去推荐，是不是提前有人选了？”

李思哲点点头说：“孙长悟‘钦’点的，这四个人你都知道，财务处的‘大小姐’，你又不是不知道孙局长应酬多；还有一处的张劲翔，他是孙平的外甥；三处的郑农，看样子不提不行；还有财务处那个神秘的薛庆黎。”

我心里念叨着，这四个人还真的得提……

我说：“一处处长苟德利这回怎么这么老实？”

李思哲说：“他嘴里也没闲着，不过就只能骂骂咧咧，会前孙局长亲自给他打了电话。”

我说：“难怪呢，提干这样的惊天大事，这狗怎么没出声。那郑农呢？”

李思哲反问我：“你说呢？”

我想想，肯定地点了点头。

“那现在还提吗？”我这么一问，李思哲点点头说，“也是啊，今天郑局长的态度是什么意思？”

我和李思哲聊着，一时搞不清楚答案，但似乎又有了答案。

5 月 16 日

日记：5 月 16 日，周三，多云转阴

这两天好像全世界都知道孙市长被“双规”了，网上还出现了“孙平被‘双规’”的帖子，可是很快就只能看到标题，帖子打不开了。当然，瞬间就有帖子跟上，跟帖的速度也快，什么内容都有，有多少人会被牵扯，会关在什么地方，等等，当然，还有开骂的……

我把大部分注意力放在这事儿上了，差一点忘了老婆嘱咐我今天去银行一趟，把房贷单据打印一份。说实话，一个月几千块钱的房贷是有些吃紧，生活方面的日常开销没有太大改变，但我能感觉到老婆在购物上的开销减少了。

从银行回来就快下班了。突然传来一个更让人震惊的消息：孙平在看守所猝死！

原子弹！绝对的原子弹！那会不会连环爆炸？爆炸后会是一片怎样的景象呢？相信听到这个消息的人，都会做“灾”后惨景的预估。

昨天给表哥打电话约这两天见面，表哥还嘱咐我别跟着瞎起哄。表哥的话让我疑惑，也替他担心！我估计表哥那片土地上肯定有烧焦的气味！

5 月 17 日

日记：5 月 17 日，周四，晴

5 月的天气原本还算舒服，但是孙平的死，却让不少人热得极其烦躁。

下班时，表哥打来电话说，今天没事就一起出去坐坐，有事说。我乐得不行，赶紧跟老婆请假，老婆嘱咐“不知道的就别瞎问、瞎说”。

表哥跟孙全胜在同一家公司，我正好可以证实一下孙平猝死消息的真假。不知道是不是因为这几天的事，我心里像是形成了某些潜意识，见到表哥时，总觉得他有点说不出的不对劲。

以前我好像问过表哥是怎么和孙长悟联系上的，但表哥没告诉过我具体的情况。孙长悟还算信任表哥这个局外人，听表哥说过，除特机密的事以外，孙全胜去见孙长悟时总会叫上他。当然，也没少跟着孙全胜挨狗呲。一说事儿，孙长悟就拿孙全胜没办法，总叮嘱表哥帮着点孙全胜，还时不时地挖苦他就知道吃喝玩乐，脑子里一半水一半面，遇到事水和面就合成一脑袋糨糊了。可孙大局长就是让这样一个人当公司重要的头儿。

有几次表哥说要找孙长悟给我弄个一官半职，我坚决地拦住了没让说，也没让表哥泄露我们的关系。现在这样挺好，省得一天到晚唾沫星子满天飞，招人看不起又嫉妒。

表哥往杯里斟满了啤酒，招呼我干一个，然后说起了孙长悟今天召集他们几个见面的事儿。

表哥说："下午，孙全胜让我们马上到孙局长办公室，我那时还在外面，只好往回赶，差不多四点到的。进屋时，郭书记、平局长、盛局长、孙全胜都在，他们像霜打的茄子坐在那儿。我敲门，孙局长没说话只是示意我坐下。我有些茫然地看着他们。后来郑局长也从外面赶了回来。孙局长沉吟了一下说：'我们正在研究公司的事，孙平死了。郑帜，让你赶回来，就是让你了解一下余美雯公司的事，不过主要是郭群、贺辰、孙全胜他们的事。上周日我已让你们立即停，抓紧处理。'然后他对平局长说：'余美雯的弟弟余总已被抓，我们会不会被牵连，公司合不合法，贺辰，你们抓紧找律师问问。'随后他又跟郑局长说：'在你来之前，我告诉他们抓紧时间把余美雯给的钱退回去，今后就不要再提这事了。至于如何处理这事儿，由他们几个负责，你就不要多问了。没其他事了，你先走吧。'不知郑局长是什么感受，他也没多说，站起来似问非问地说了句‘没事了，那我下楼了’，就出去了。”表哥一口气说到这儿，给自己又斟上半杯干了。

我瞪大眼听着，嘴张得大大的，脑子里飞快地运转所有信息，看来真如传闻般！但有些事情我还不能确定，便试探着问表哥：“孙平出事儿和余美雯有什么关系啊？干嘛要抓她弟弟？”

表哥骂道：“都是这姐弟俩惹的祸！我之前只知道余美雯是孙平介绍过来的，依仗孙平讹吃讹拿，孙平当了市局领导后，她又要独揽市局的活，项局长不同意。孙平把孙长悟提成市局二把手，等着项局长退休，要不然位子说不定要落到别人头上了。”

我说：“现在孙平出事儿了，孙长悟当一把手是不是有点悬了？”

表哥若有所思，又像自言自语，微微点着头说道：“虽然余美雯的事麻烦不小，不过现在孙平死了，说不定峰回路转。”

我言不由衷地顺嘴说：“对啊，都是孙平让干的，孙长悟也是落实市领导指示嘛。”

表哥却摇摇头说：“要是纯粹的执行就好了，这关他也不好过，他这几天紧张得没睡好觉。”

我忽然想到表哥也身处“重灾”区：“表哥，你这边没事吧？”

表哥笑了笑说：“我有什么事儿？我一个外人，就是打工赚钱。哎，别跟你表嫂瞎说啊。来，接着喝酒。”

表哥毕竟在那儿工作，我多少还是有点担心：“哥，我又不知道什么事，不会瞎说的。我担心的是，这个事如果有问题，会不会牵扯到你，或让你承担什么后果。”

表哥说：“我就是一个打工的，赚钱是目的，不偷不抢。他们跟我不一样，刚才我不是说了吗，孙局长让郭群他们几个赶紧把余美雯给的钱退回去，那就不叫‘受贿’了。”

我问“都谁收了钱”，表哥说：“他们谈话还是对我有所顾及的。孙局长只告诉我这些天要忙些，帮着糊涂蛋孙全胜把公司的账全面清理，有事听郭书记和平局长的。不过从他们说的一些话中，我能听出余美雯给了不少好处，孙局长说要退统一了，调查组问到的就退，没问的就别瞎退，别没事儿找事儿。”

我试探着问：“表哥，那余美雯的弟弟会交代不利于孙局长的事吗？”

表哥却说了句：“没事，有温局长呢。孙局长没多提余美雯弟弟的事，就是嘱咐赶紧做好应对调查组的事。”

“调查组都找来啦？”我有点惊讶。

表哥看着我说：“傻啊，没证据能抓孙平吗？告诉你，孙平和余美雯有一个孩子。”

“啊！”我当时就倒吸了一口冷气。孙平可是始终以正人君子、一身正气、拒腐防变面目出现的。

今天脑袋里装的东西不比肚子里装的少，合在一起更晕乎乎的。饭后准备各回各家，表哥一再嘱咐我：“今天聊天的内容千万不能对任何人讲，别给自己找麻烦。”

说真的，我还是有点担心表哥，他千万别有什么事儿！

5月19日

会议记录：5月19日，周六，9点，大会议室

召集人：平局长

与会人：郭书记；各区一把手；办公室黄主任、马月生及我；公司孙全胜经理、马续。

平局长：今天本来是休息，我和郭书记把大家找来开个会，时间不长，10分钟，但很重要，必须当面说，而且要马上办。大家知道，孙市长被“双规”了，余美雯的弟弟余总已经被抓了。今天这个紧急会，是落实市局领导要求召开的，你们回去立即查账。认真地查一查你们各分公司的账目情况、交税情况，特别是与余美雯公司的往来账目，还有与你们个人往来的情况。要立即行动，散会后就立即去办。孙经理，听说你们总公司已经全面开始查账了，这很好。我和郭书记特别强调的是，你们很多公司的会计都是家属，这样不行，如果出问题也就出自我们内部，明白吗？你们赶紧进行人员调整。不清楚的，别瞎弄，给我打电话。我就说这些，郭书记，您有什么要说的吗？

郭书记：我就强调一点，这件事知道的人不能太多，知道的人越多越容易出问题。这也是孙局长特别强调的。没有其他事了。

平局长：好，孙全胜、马续，你们俩留一下，散会。

日记：5月19日，周六，小雨

昨晚10点，马月生打来电话，通知今天上午九点开会，让我八点半就去准备会场。没办法，这已经成了“法定”的。

今天的会，有四个情况我没想到。第一个没想到：没像往常会议拖到中午，甚至下午，只用了不到10分钟的时间，大周末的，折腾人。第二个没想到：从会议内容看，孙平的事涉及我局了，有些人应该是相当紧张的。第三个没想到：这样重要的会议，郑局长竟然没参加，竟然只是平贺辰召开，却又让郭群出席，是要避开郑局长？而且，平贺辰没提孙长悟，可郭群却说了，不知什么意思。第四个没想到：今天明确地提到了余美雯及弟弟余总，看来这个余美雯确实有点意思。

最有意思的是，平贺辰宣布散会后，冲着黄忠勇主任说：“你们去看一下郑局长来了没有，问一下是他到这儿来，还是我和郭书记上去找他。”

郑局长来局里了？来了怎么没参加会议？我正寻思着，马月生竟让我去找郑局长，然后他回头讨好地问平贺辰：“要写纪要吗？”平贺辰白了马屁精一眼，说：“这要写什么纪要！”我偷笑着出去了。

我上楼，敲门进郑局长办公室后，郑局长看着我问道：“你们加班啦？”

“局长，刚才平局长和郭书记召开了个会。”

郑局长若有所思：“开会？什么会？”

郑局长的反应让我有些疑惑。我简单地把会议内容汇报了。

郑局长点点头，“噢”了一声，说：“郭书记也来了？找我有事？”

我这才赶紧把平贺辰的意思说出来，郑局长想了想说：“我还有事，马上要走。下去会议室再说吧。”我随郑局长下楼，一路上谁也没说话。我琢磨着平贺辰和郭群一会儿会怎么跟郑局长说这事。

我加快脚步，先进会议室告诉平贺辰“郑局长下来了”。我心里好奇，故意出门时一扇门没关紧。控制室紧挨着会议室，门开着，里面没人，我钻进控制室尽量靠近门边站着。

郑局长问："有会啊？"

平贺辰讪讪地说："啊，是这样，昨晚孙局长10点给我打电话，要求我和郭书记开个会强调一下账目的事，没其他特别的事，太晚了就没告诉你。"

这家伙说什么都捎上郭群。

郑局长意味深长地"噢"了一声，说："值班人员给我打电话说孙局长让我九点半到局里，就是开会啊。既然会也开完了，我还要到市局有事，没其他的事我就先走了。"

平贺辰慌忙说："有事，有事。"

郭群也忙说："郑帜，坐，坐。不会耽误你到市局的。"

郑局长看看表说："什么事？"

平贺辰和郭群互相推诿着让对方说。平贺辰推辞不过，只好说道："是这样的，孙局长让我们俩跟你交代一下余美雯的事。有些事你了解得不多，不是很清楚，调查组很快就会来，就是想告诉你怎么说，要是找你谈话，你就说'知道有关事情'。"

郑局长缓缓地点点头说："哟，是这样啊。今天不赶巧，项局长让我10点到市局，时间来不及了。我呢，不是了解得不多，是根本就不了解。好在你和郭书记都十分清楚这些事，如果有人找我，你们来说就行了，避免我说不清楚出现纰漏，那会造成更大的麻烦。对吧，郭书记？如果需要做什么事，你们再找我，我先走了。"

郑局长不顾平贺辰和郭群的挽留，起身告别出来了。我赶紧闪到屋里。随后听到平贺辰骂咧着，郭群也发狠地骂出了声。我没敢再听他俩说什么，一溜烟地跑了，我估计这俩人一会肯定要去告状。

不过，今天专门召开了紧急会，说明真的要来查账了，说明孙平之死带来的震动刚刚开始，有些人就开始紧张了。会有事发生吗？周四和表哥见面后这两天也没联系，当时表哥并没有说要查账的事，表哥不应该不知道清理账目的事儿，为什么表哥没有说？说明开始是秘密的？这件事应该不会那么简单，还得问问表哥。可昨天和老婆说起表哥时，老婆提醒我少跟表哥一起出去，那情景似乎是她知道一些事，我猜测是表嫂跟她叨叨的。表嫂跟老婆叨叨，估计也是想从我这儿了解点有关表哥的信息吧。

5 月 20 日

日记：5 月 20 日，周日，阴

真巧，昨天还想见表哥来着，今天中午表哥就打电话叫我一起去吃午饭。

我把昨天开会的事跟表哥说了，向他求证是不是开始查账了。表哥说“别多问”，轻描淡写地说了句“查账不就是做新账”。可我感觉到这句话如同泰山那般重。

表哥告诉我一件奇怪的事。今天早上 8 点半，孙长悟将郑局长、平贺辰、盛文龙、孙全胜和表哥，叫到了市局办公室。

孙全胜和表哥先到，不一会儿郑局长和平贺辰进来了，盛文龙最后才到。孙长悟见郑局长和平贺辰进来，说：“郑帜，先说你的事，说完你就走，我再和他们研究点别的事儿。今天找你和贺辰主要关于是余美雯与你们局合作的两件事，一件是合作公司收费的事，一件是公司原来用的一座楼给了余美雯的事。你知道吗？”

郑局长说：“公司收费的事，我这几天知道了一些，大楼的事，不了解。”

孙长悟说：“郭群说你们开过班子会，是经过研究决定的。”

郑局长想了想，说：“大楼这件事，班子没有开会研究过，研究过的事应该有会议纪要，我回去查一查。”

孙长悟皱着眉头说：“没有的话，查有什么用。”然后对平贺辰说：“这件事你和郭群清楚，没叫郭群来吗？怎么没叫他来呢？这件事由你和郭群负责，郑帜不要参与这件事了。从现在起，余美雯的事全权由平贺辰负责，公司大楼的事，目前纪委调查组还没涉及此内容就不要报了。文龙来啦，坐。没事了，郑帜，你先走吧。”

郑局长迟疑了一下，问：“没事了？那我走了。”

孙长悟没答话，郑局长便转身走了。

孙长悟骂了一句：“王八蛋！我说的话不明白？这点事让他担着都推，能重用吗！”

表哥说孙长悟气愤劲儿过去后，又给他们布置了几件事。但表哥没细说，只含糊地说了个大概的意思：孙长悟说这件事很麻烦，要和盛文龙、孙全胜找个地方把公司的事好好清理清理，面上的事由平贺辰把握，有紧急情况要立即汇报。争取一周内把公司的事理顺、整合干净，下周末由贺辰带着常总和田凯与他们会合去五台山。然后他又对平贺辰说，跟田凯交代一下，这周要把那几个妖精安顿好，不能因为女人惹出事端。

我笑问表哥“妖精都是谁啊”，表哥说“别瞎问”。我又问：“公司的账还需要孙长悟亲自去清理？”表哥回答道：“你别到处瞎说，好多是孙长悟家的公司，还有他的人，一直由盛文龙帮着打理。对了，我可能去趟香港，孙长悟让我过去办点事。”我问什么事，表哥打岔过去了，我只好识趣地不多问了。

从表哥的话中，我能感觉出孙长悟对郑局长不满了，后边还不知会发生什么事。孙长悟让表哥过去，是不是在铺后路？

5 月 21 日

日记：5 月 21 日，周一，阴

今天还是阴天，还有点闷热，有人已经穿上半袖上衣了。

今天的办公会还是日常工作那点事儿，我只是奇怪为什么孙平的事、查账的事，在会上只字未提。

不管了，我还是想想心里惦记的事吧，昨晚老婆跟我说了小舅家的事。

跟我老婆结婚好几年了，儿子都 5 岁了，我在日记中好像从未记过岳母家的事。其实老婆也不愿意多说，因为她不太喜欢这个小舅。

老婆家的情况比较复杂，岳母本住在一个偏远的小县城，是随下乡的岳父回城的。小舅比岳母小十二岁，是岳母同父异母的弟弟。因为家里就这么一个男孩，一家人都宠着他，岳母对这个小弟弟也好，小舅跟这个姐姐也最亲近，当岳母要随岳父进城时，小舅哭着不让，嚷着要跟着走，只是小舅的妈妈不同意。岳母时常明里暗里地关照着家乡的小舅，岳父也不多过问。后来小舅早早地娶了媳妇，生了个儿子，着实把一家人乐坏了，单传啊。他们给孩子起了一个好听的名字——宋徐峰，小名叫“丁丁”。倒不是因为小舅妈姓徐，意思是宋家终于盼来这个可以传宗接代的男丁。小舅这次是一个人来的，老婆说过，小舅现在二婚了,但很少带现在的小舅妈过来,他们婚后又生了个儿子。

在丁丁上小学四年级的时侯，小舅两口子离婚了，丁丁由奶奶帮着照看。刚开始，丁丁有时也去妈妈那边住一两天，后来爸爸妈妈各自成了家，又各自有了儿子，丁丁渐渐地完全由奶奶照顾了。

老婆说：“有六七年没见过丁丁这孩子了，算起来他差不多有十八九岁,或二十来岁了吧？”我说:“这一下就差三岁呢。”老婆也笑了，说：“小舅这次可能是背着小舅妈来的，想让我们帮着给丁丁谋个差事，就是希望他能早点定性，成个家呗。”

老婆问我的意见，我说：“听老婆的，这事不是什么难事。只要老婆高兴，丈母娘高兴，老公干什么都行。”

老婆说：“你就会说好听的。具体情况还不太清楚，回头看看再说。妈让我们明天晚上去吃饭。”

看来，这事得管。

5 月 23 日

日记：5 月 23 日，周三，晴

昨天去岳母家吃晚饭，饭后岳母跟老婆嘀咕了半天。我们回到家都快九点了。老婆一会儿自言自语，一会儿又问我怎么办。儿子缠着她玩，她都有点不耐烦了，我想赶紧哄着儿子洗澡睡觉，谁知这小子死活要让他妈给他洗，平常儿子也会和我一起洗澡，可今天就是不愿意。一个晚上不洗就不洗吧，我给儿子简单洗漱完，哄着他在屋里睡觉，折腾到10点他才睡着。这时老婆已经洗完澡，坐在客厅的沙发上看电视，我洗漱完就陪老婆聊起了小舅家的事。

原来丁丁已经从家里出来打工两年多了，跟家里联系也不多。特别是最近一年，基本上不和家里联系，今年春节在家也不爱说话，没待几天就又走了，他奶奶哭着不让走，他只是抱着奶奶哭，最后还是走了。当时奶奶找小舅让他给点钱，因为小舅再婚了，也就只给了几百块。到现在为止，丁丁只给小舅打过一个电话，还是吞吞吐吐地说需要几千块钱急用，小舅问用途，丁丁就没再要，这都几个月了，再没打过电话。小舅有时给他打电话，他也不接。这孩子倒是跟他奶奶通过几次电话，只说“挺好的”。

老婆说：“得，这回有事干了。那孩子到底什么情况，在哪儿，他爸都不知道，我们更是两眼一抹黑了，还把你给捎上了。别不高兴啊，老公。”

我只好安慰老婆：“你老公怎么会不高兴呢，老婆怎么说老公都会坚决执行。”

关于丁丁的情况，还真得费点周折。躺到床上后，我思量着该如何下手找到他。

5月24日

日记：5月24日，周四，晴

今天下午，局里召开了全局处长级别以上的会议，是市局孙长悟局长亲自召开的,但不知道什么内容,马月生没叫我参加。

正好，老婆打电话说晚上去岳母家吃饭，所以我干脆早早地去接儿子。到岳母家时，小舅刚走，一进门岳母就问：“给丁丁打电话了吗？”老婆笑着对岳父说：“爸，您看我妈，比对我还上心呢。”大家听到这句话，都乐了。

吃完饭，岳母又一次催我们明天就给丁丁打电话，老婆答应着。

老婆问岳母：“这次小舅来了后，您老对这孩子怎么这么上心了？”

岳母说：“你小舅有了丁丁后，可把你姥爷乐坏了，嘱咐我要像待亲儿子一样待他。最近几年你小舅来得少了，我也有大孙子了，也就没那么细心关照他们了。这次你小舅来，我才知道这孩子一些事。丁丁是个好孩子，只是生在了穷地方，他奶奶又溺爱，再加上你小舅不争气，他初中毕业上了技校，后来就出来了。这两年没怎么回家，让人担心……”

岳母一个劲儿地让我们抓紧去找人，我和老婆答应明天就打电话，先看看这孩子现在在哪里再说。岳父一边宽慰岳母，一边让我们赶紧带儿子回家睡觉，明儿还要上学。

5 月 25 日

会议记录摘录：5 月 25 日，周五，上午 9 点，科办公室
召集人：马月生
与会人：全科人员

马科长：现在开个全科室会议。昨天下午，市局孙局长召开了我局副处长以上干部会，一直开到七点钟。应孙局长要求——要迅速传达到全体人员，下面传达昨天的会议情况和精神。孙局长首先做了重要讲话，然后要求每位处长表态。各位处长发言后，孙局长都针对表态进行了点评。最后孙局长做了重要讲话，定了几件事。录音还没来得及整理，会后你们再整理下。现在，就将我记录的内容传达一下。

首先是孙局长讲话："今天这个会，主要是讲孙平事件以来的稳定问题。大家都知道孙平被'双规'，后来死了，紧跟着网上开始热炒。今天就着重说说这个热炒的问题。孙平死了，热炒他！热炒你们局！还热炒我，孙长悟！为什么热炒我？是因为你们！是因为你们局！是你们出了这么大的问题造成的！我在管事的时候、郭群管事的时候，没有问题，没有反映！现在有问题了，谁的问题？你们心里要明白。今天你们每个人都要表态。

"今天开这个会，主要是对你们领导班子不满意，对你郑帜不满意。你有什么资格当书记、局长？你不配！外面的热炒来源于你们内部，下面的热炒来源于上面。这个公司还要不要继续营业？收费还要不要继续？你们每个人都要表态。

"我说过了，这个公司是96年科研、97年验收、98年启动的，是和有关部门共同创立的，一年给我们一千五百多万。郭群清楚，这10年你们是不是从公司得到了4个多亿？我们要理直气壮地反击！今天我要求你们局所有人上网反击。市局信息处长问我怎样处理，我说'这是他们局的事，让他们自己去处理，这是检验他们主要负责人的时候'，可是直到今天，你们也没主动去处理。那好，你们不主动，就别怨我拿鞭子抽你们。”

以上是孙局长开场的讲话。然后每位处长都表了态，孙局长逐一进行了点评。说得不好的，被孙局长骂了一通，当然啦，孙局长也表扬了几位立场坚定的处长。

最后孙局长要求，会后各单位各部门立即召开全体会议，传达会议精神，并把传达情况报办公室汇总。

你们听好了，今天我只是把情况传达给你们，你们要做好人人表态的准备。

最后，孙局长要求财务处明天下班前，给各部门、各科室的每间办公室配上电脑。从明天开始，每个科每个人，每天以老百姓的身份在网上进行反击，由我们科汇总每个科每个人在网上反击了多少条，要排名次的。

黄主任非常重视这件事，一会儿我先去主任那儿，然后再分别给你们布置具体的任务，散会。

日记：5 月 25 日，周五，晴

真庆幸昨天没参加那个会，马月生传达的肯定不是全部内容，但已经让人感受到了空气中弥漫着的硝烟味道。怪不得今天大楼里的人，特别是领导们，面部都有些僵硬。我一天都在琢磨这件事，连老婆给我打电话说丁丁的事，都没真正听进去。

孙平的事已经铁定了，为什么要反击？为孙平鸣不平？难道……？老百姓的话，有拾钱的，拾货的，没有拾骂的。老子曰“善者不辩，辩者不善”，我改成“正者不辩，辩者不正”，所以，有不还口的君子。文明社会，君子手里有三把剑——正直、道德与法律！有这三把剑的支撑，君子脚跟是牢固的。可是对于某些人，根基不稳所以才要狡辩？

我想上网找找看有没有关于孙平的更新的帖子，可又不知道具体去哪儿看，就话里话外地套马月生。这小子炫耀着熟练地找到一些让我看，新内容的帖子还是有的，但大部分只留有标题，正文给屏蔽了，从标题看有骂孙长悟的。马屁精看到这么信息多被屏蔽了，狠狠地骂了一句"网监"。"温端倪"的名字在我脑海中滑过，一个问号也跟着滑过。

没办法，打不开，我装着无所谓的样子，马月生嘱咐我别瞎传，只让我赶紧想想怎样搞好数据统计。

虽然整理录音是件苦差事，我心里叨咕着"千万别让我干"，可又有好奇心，想听听实况；但是马屁精今天没让我整理录音，竟然把孙局长布置的关于网上反击的数据统计活交给了我！

想想今天马屁精传达的会议精神和领导讲话，这活可不简单。肯定不能完全按马屁精说的做，这小子一贯好大喜功，一味地显摆自己，不能让这小子给忽悠了。

我找到黄主任，说："今天各单位各部门电脑还没配齐，就是配齐了，明天的情况也要周日才能报上来，统计好了还得签字。"

黄主任问我怎么办，我说，"周一至周五，下午四点前报上来，五点前汇总完，报您审后再报市局。周六、周日，两天报一次，周日下午四点报上来，五点报您审"。我知道黄忠勇也不愿意周日来局里。后来确定把周六、周日的统计一并放到周一报，我心里直乐。

回到家吃晚饭时，我跟老婆说了马屁精传达的几个数据："一年给一千五百万，10 年怎么就四个亿了，难道说漏嘴了，还有其他的钱？”老婆说，“你就别瞎琢磨啦，少掺和事”。我提了让我负责网上反击数据统计的事，老婆有些担心，我就没再多说什么。

老婆提起丁丁的事，我马上表态“老婆交办的事决不含糊”，老婆乐了。

尽管在马月生那儿看了一点关于孙平的网络新闻，可这会儿还想再上网看看。网上除了揭露孙平的丑事以外，还出现了大量骂孙长悟的帖子，揭露了孙长悟如何乱搞男女关系，一家人如何以权谋私的鲜为人知的事。好家伙，就因为这个而进行网上反击？无疑在拾骂啊！活脱脱的一个此地无银三百两！

对了，表哥上次说孙长悟要亲自组织几个人去清理账目，还有工夫召开干部会？怎么还去五台山会合呢，想求菩萨保平安？

5 月 26 日

日记：5 月 26 日，周六，晴

天渐热，天亮得也早了。

起床后，老婆弄了早点。儿子嚷着非要出去玩儿，老婆想了想，对我说：“带他去玩儿会儿吧，我们中午在外面吃，顺便去商场买两个被罩。孩子大了，又老爱跟我们一起睡，从今天起，分盖两床被吧。”

中午在外面吃饭时，我催着老婆赶紧给丁丁打电话，我肯定岳母晚上要问起这事的。老婆拨通了电话，但没人接，再拨，还是没人接。老婆有些赌气地说："爱接不接，不管了。"我劝着，让老婆发个短信过去，告诉他"是姐姐，抽时间回个电话"，回不回电话是他的事。

不一会儿，丁丁的电话打过来了。"是丁丁吗？还记得大姐吗？好几年没见你了，怎么也不到大姨家来玩，大姨想你了。什么时候来家里？忙啊？你现在在哪儿？大姨说了，你要是忙，回不来，就让我去看你。不用啊？告诉大姐你在哪儿，北京？丁丁，大姐不猜了，你自己说吧。这样吧，大姐不勉强你，你要是有困难了，就跟大姐说。是，你爸前几天来过，大姨说好久没见你了，找你爸要的电话。你爸没说什么。怎么啦，有什么事吗？能告诉大姐吗？真的没事？没事就好。行，不告诉你爸。那你记得再给大姐打电话。"

老婆放了电话，嘟囔了一句，然后问我："你听明白了吗？他不愿意说，也不想让小舅知道。是不是发生什么事了？"

其实，从老婆接电话的话语中，我八九不离十地能听出丁丁不愿意说太多，或许有不便说的什么原因。

晚上从进了岳母家的门，就没离开中午给丁丁打电话的事。

回到家后，老婆跟我说："刚才妈跟我说，实在不行让咱们去找找她外甥丁丁。我妈这不是没事找事吗？"

哎，老婆这回竟然说"她外甥"，看来老婆有点不高兴了，可我也没办法多说。我只能劝她先别想那么多，看看再说，过一两天再打个电话，总得知道他在哪儿才放心。

今天马月生没打电话来，看来明天可以睡个懒觉了。

5 月 27 日

日记：5 月 27 日，周日，阴

今天太阳没有早早地挂起，天阴得厉害，适合睡个回笼觉。再醒来时，儿子搂着他妈妈睡得正香呢。

昨晚，儿子死活要跟我们睡一屋，睡在我和老婆中间，终结了我们睡一张大床、盖一床大被的时代！老婆只好跟小家伙讲好，一个礼拜只能跟妈妈睡一个晚上。

这一天，除了一家人去市场买点菜，就没再出去，老婆收拾收拾屋子。下午岳母又打来电话，老婆明白是关心给丁丁打电话的事，老婆保证“今天不打，明天准打”，岳母还是不放心地嘱咐我们上点心。

新闻联播刚过，马月生打来电话，说明天上午开局长办公会，让我早到一会儿准备一下。两天没去单位，接了这个电话，感觉有点隔世般，脑子出现了空白，好像还需要与前天的记忆连接一下。

这会儿，我想起来了，背着老婆在厕所给表哥打电话，故意问：“明天有事吗？”

表哥果然说：“在外地还没回，过两天。”

看来他们真的去五台山了，但愿神灵能保佑。

5 月 28 日

会议记录：5 月 28 日，周一，上午 9 点，小会议室

召集人：郑帜局长

与会人：副局长平贺辰、于庆泉、韦建禾、申士杰、洪升礼、盛文龙；办公室主任黄忠勇、副主任田凯；三处朱之兰；郭群书记

记录人：科长马月生及我

郑局长：今天周一，本来是局长办公会时间，刚才平局长接到了孙局长的电话，让改成班子会，请郭书记也参加。刚才有议题的处长们已经回去了，有关议题下次办公会再议。平局长，你说一下。

平贺辰：一上班，孙局长打来电话，要求马上把局长办公会改为班子会，让郭书记、朱处长也参加，介绍一些情况。郭书记，让朱处长说吧。

郭书记：好，之兰说说吧。

朱之兰：昨天周日，市纪委调查组一处长来处里了解取消公司的事，我们给他看了两个通知。这件事我向平局长、于局长报了，刚才也向孙局长报了，孙局长让我们马上开班子会，主要让班子成员了解这件事。

于庆泉：两个通知是什么内容？

郭书记：你把两个通知给大家念念。

"……"朱之兰念了两个通知。

平贺辰：孙局长讲，要马上开这个会，主要是让大家知道有这件事，调查组问到班子成员时，不能说不知道。孙局长特别强调，要我告诉郑局长、于局长你们俩，不能说不知道这件事。是吧，郭书记？

郭书记：是，是，刚才孙局长也给我打了电话。郑帜，你是一把手，你不能说不知道。

郑局长：黄主任，这个通知是你们起草的吗？平局长、于局长审过吗？

黄忠勇：局长，我不知道。这两个通知不是我们起草的，也没经过我们审。

于庆泉：没报我。

平贺辰：黄主任，今天这不是告诉你们了吗，怎么还说不知道？

黄忠勇：不是，不是，平局长，我是说不知道谁起草的。

朱之兰：这两个通知是我们起草的，是吧，郭书记？

郭书记：对，对，之兰他们起草的，是他们自己定的。

郑局长：平局长、于局长，看来班子确实没有研究过这两个通知，只有你郭书记知道情况，是这样吗？

郭书记：郑帜呀，今天就是把这件事告诉你们，特别是你！你要说这两个通知是班子研究过的！今天不就是在研究吗？你是一把手，是知道这事的！今天主要还不是通知这件小事，主要是让班子成员了解，自 2002 年把中心行政性收费改成余美雯公司经营收费，这几年余总给我们公司两亿多，都用于给大家发补贴和补贴办公经费不足。这一点大家要牢牢记住。最最关键的是，郑帜，要是有人找你谈话，就这么说，不能说“不清楚”或“不知道”。

平贺辰：是啊，其他几位局长，调查组可能也会找你们谈话，你们也要这样说，我们要保持口径统一。

郑局长：大家还有什么要说的吗？

于庆泉：朱处长，今后要是有不需要我审的文件，事儿也就不用报给我。

郑局长：郭书记、平局长、朱处长，你们还有什么要说的吗？

郭书记、平贺辰、朱之兰：没有。

盛文龙：平局长，我有个建议，今天的会就不要出会议纪要了。

平贺辰：对，对，不出纪要。

郭书记：郑帜，我看，还是不要出纪要了。

郑局长：好！就听郭书记、平局长、盛局长的建议，不出纪要，今天我们也不是班子研究。

于庆泉：不要算我出席。

郑局长：大家还有什么要说的？没有？好，就到这儿，散会。

日记：5 月 28 日，周一，阴

一上班，马屁精就紧盯着我，让我赶紧催各部门汇报周六、周日网上反击情况。我说："你不是说黄主任定的下午报吗？现在各部门还没报上来呢。"马屁精"嘿嘿"地笑，还是让我提前给各部门打电话再催一下。

今天上午本来应该开局长办公会，孙长悟一句话就给改了。这个会议时间不长，火药味够浓。不开这个会，还真不知道这些事，还发了这么两个通知。这两个通知看来是孙长悟直接、亲自审定的。应该不只是我不知道，其他局长也未必都知道。盛文龙够阴的，最后提出不让出纪要；郑局长也很聪明，不出纪要，不算班子研究；于庆泉干脆还跟了一句"没出席"。

看来，我们局有不少不为人知的故事。

下午 4 点以后，稀稀啦啦有部门报来情况，但到五点也还没报齐，马屁精一个劲儿地催我，办公室几个人只好打电话催。

五点半时，总算报齐了，统计结果——不足百条。马屁精那个不满意啊，嘴里一个劲地嘟囔着“肯定要挨骂了”。我赶紧趁他去汇报的时间溜了。

5月29日

日记：5月29日，周二，阴

今天一上班，平贺辰就把黄忠勇和马月生叫过去了，不一会儿马屁精拉着老长的脸回来找我。马屁精一脸不高兴地说：“我昨天就说那个数不行，不行，你们还不相信，你们是不是诚心想让我和黄主任挨骂？刚才平局长把我和黄主任叫过去骂了一通。这是严重的政治问题，你们懂吗？”

屋里其他人都一脸茫然地相互看着，我估计是昨天报表的事，这事是我管的，我赶紧说：“科长您消消气，到底怎么啦，您说严重了吧？”

马月生没好气地把昨天带走的报表递给我看：“你们看看，你们看看，看看市局领导都是怎么批的！”

马月生一屁股坐在那儿。我接过表一看，好家伙，真是问题大了。市局领导是这样批的：“平贺辰：你们就是这样工作的吗？？？看着这几个狗屁数！……真的很难想象，你们是以什么态度对待这场严肃的政治斗争！我亲自开会部署的事，就是这样落实的吗？你马上组织好这件事，亲自给各部门一把手打电话，讲清楚这是考察他们一把手的立场问题、能力问题、品质问题！我要看结果，看看他们每一个人的……”

我边读边思量着孙长悟局长写这段话时的情景，一定是暴跳如雷，奋笔疾书。在“狗屁数”后面用签字笔涂成黑疙瘩的那几个字，一定是国骂；在“看看他们每一个人的”后面，也是一大行涂黑的句子，一定是用词到了极至又涂掉了，也没写句号。

我心里有些打鼓，但是又侥幸那么大的官是不会和我计较的。我故意说：“科长，是不是给您找麻烦了？不会影响您提主任吧？”

我这样一说倒把马屁精给说乐了，骂我说：“你找抽？跟我有什么关系？就是孙局长骂平局长和黄主任了，还责怪周一的会怎么开的。”

我故意关心地问：“哟，都说什么了？”

马月生说：“不清楚，反正黄主任挺窝火的，好像对周一的会不满意，没多说。让我过去就是让咱们赶紧再拟个通知发下去，让各单位各部门认真对待，加大力度。别的嘛，哎，你说，孙局长会是什么意思？”

我扬头做出思考的样子，说：“我没见到黄主任，应该不会有什么问题吧。”

但我心里猜测，孙局长不是对那个会有意见，应该是对郑局长和于庆泉不满。这个想法可不能跟马屁精说！

我说：“那我赶紧拟个通知报你？”

马屁精倒催起来：“那你还不快点。我去看看黄主任还有什么事。”

马月生说完走了，我们几个人叽咕起来，我赶紧写了个通知，添油加醋地把孙局长的批示加了进去，严肃地提了要求，随后报给了马屁精，马屁精改也没改就报给了黄忠勇，黄忠勇更快地画了个圈，就让报给了平贺辰。平贺辰改了三个字，没报郑局长，中午前发下去了。马屁精回来还说平贺辰正给各部门一把手打电话呢。

好家伙，够紧张！

下午老婆打电话说一会儿岳母去接儿子，让我下班直接去岳母家。我问老婆这两天有没有给丁丁打电话，老婆说“没打”，我说“丁丁的事，你晚上好好跟妈说，别让她老人家不高兴”。

还别说，上午一折腾还真的见效，各单位各部门都在 4 点左右把数报上来了。把数汇总好，我心里又觉得有点问题，昨天不足百条，今天一下子又天文数字——十几万条。我报给马屁精，这货竟然挺高兴，拿着邀功去了。我说没什么事我就先走啦，马屁精痛快地说“走吧，走吧”。

岳母见到我们后，埋怨地说：“丁丁的事，你们上点心啊！”老婆安慰了半天，岳父也在一旁解围，“这事光急不行，得先知道那孩子具体在哪儿，明天给你小舅再打个电话，看看他知不知道”。岳母这才说：“你小舅也是混蛋，自己的儿子都不知道在哪儿，明天我打电话骂他。”

一回到家，老婆就唠叨上了：“看到了吗，他成咱家的头等大事了！我儿子长大了可不能这样。”我逗老婆：“咱儿子是谁的儿子？他爸有才又能干，儿子肯定也错不了。当然啦，儿子他妈聪明、漂亮，儿子肯定是个大帅哥。”老婆在一旁笑得差点岔了气。

5月30日

日记：5月30日，周三，阴

今天一上班，平贺辰又把黄忠勇和马月生叫过去了。一会儿，马月生又是脸色难看地回来了，嘴里骂着递给我昨天的报表，报表上孙局长只落了“胡说八道”四个大字。

我看着马月生问：“怎么啦？”

马月生没好气地说：“你没看见局长怎么批的？这帮王八蛋，这数肯定是编的。局长是好骗的吗？”

我迎合着说：“是呀，他们骗咱们行，骗不了局长呀。孙局不高兴啦？”

马月生叹息了一声：“唉，又骂平局长了，说昨天怎么开会布置的。”

我不解地问：“领导，昨天你不是说孙局长让平局长打电话，让咱们发通知吗？还让开会啦？”

马月生也纳闷：“就是呀。不知怎么和孙局长说的。行了，我们别管那么多了。黄主任让咱们把好关，数别太假了。一会儿你们几个人分别给各单位各部门再打个电话，强调一声，别再让领导不满意了。

马月生走了，我们几个叽叽呱呱地说笑着，但还是感觉有无形的东西压在心头，我拜托哥几个帮着把电话打了。

下午各单位各部门报来的数，和昨天一比，跳水了，汇总后才两千多条。马月生看着数又有点为难了，没办法，只好硬着头皮报走了。马月生走了，我看应该没什么事了，收拾收拾回家。

昨天岳母说让我们这两天过去吃饭，所以接了儿子就去岳母家。这回是老婆问岳母电话打得怎么样，岳母没好气地说，平时不管他，自己的儿子都不知道在哪儿。老婆一听就知道说小舅，反过来又劝岳母，我们会尽力的。这一晚上，就没再提丁丁的事。

5月31日

日记：5月31日，周四，阴

今天好像挺平静，平贺辰没再急急忙忙地找黄忠勇和马月生说报表的事，我那一丝丝紧张的心情，好像在希望着的什么中平静了些。

紧张的心情？为什么是紧张的心情呢？不！怎么会是紧张的心情呢？那不是什么紧张的事，有什么可紧张的？跟紧张有什么关系？！应该说，那只是对这件事心里有离茫然的顾忌。这不，快中午了，市局领导的批示下来了，让各领导干部回击帖子的内容逐条汇总上报。哈哈，我莫名地有些幸灾乐祸，看这些领导们怎么把东西拿出来！我按照马月生的要求又起草了通知，他们审核后发了下去，要求明天下午四点报数时一并报上来。做完这件事，到了吃中饭的时间，我在食堂和几个人又聊起孙平的事。想起说好要和大水聚一次的，这些天竟忘了给他打电话。吃过饭，我们电话说好周末见。

虽然孙长悟好像每天都有指示，但是这几天上班时间，却不像以往都能看到他来我局，而那几员干将的“音容笑貌”也几乎无了踪迹，怪不得这几天总觉得少了点什么。

对了，上次和表哥见面后一晃都十天了，表哥也没了音信，难道这些人到别处干什么要事去了？思量着给表哥打了电话，表哥说这几天忙，回头和我联系。我说了一句表哥你自己多注意，表哥说了句“什么？哦，没事”，就撂了电话。就这句“什么”，让我觉得表哥应该是和他们某些人在一起干什么事了。不免，既好奇又担心。或许这会儿表哥在香港啦？表哥说要去的。

不过，这几天一直在弄这些数，还有丁丁的事，还真的没时间顾及其他事，连每周定期的打球、锻炼也中断了几次。

6 月

6月1日

日记：6 月 1 日，周五，大雨

憋了一个礼拜，今天可算下了今年以来第一场大雨，但气象预报说是小到中雨。看着天如锅底，雨如倾盆，真的担心下班怎么走。潜意识里，这天似乎也预示着什么。

关键是，今天是“六一”儿童节。孩子们有的放半天假，这场雨可让接孩子们的家长着实受罪了。好在岳母看天阴得吓人，没等雨下起来，中午就将儿子接走了。

这样的天气，似乎也没泯灭大人们的幼儿天性，接到不少关于儿童节的短信，号召大家回味回味吃奶的年代，可以再熟悉熟悉撅着屁股爬行的健康行为……哈哈，看来现代社会在呼唤童趣、纯真的回归。

好在不到 5 点雨就停了，不然还不知路上会堵塞成什么样子。七点多才到岳母家，儿子早就吃饱了，自己在玩呢。

今天，各单位各部门所有的领导干部都上报了上网反击的内容。窗外黑压压的，心里有些闷得喘不过气来，情绪自然也不高。办公桌上有两大摞纸，都是一些单位报来的发的帖子，有我们几个人从局域网上打印下来的，也有一些单位冒雨送过来的，机关里则是打印好送过来的。看着这些文字，沉闷的心情被扑哧的一声笑一扫而光。因为这些天明显感觉到大楼里的沉闷气氛，所以我们几个交流着，也是不同以往的无所顾及。看看这两大摞纸，肯定有一半是编造出来的假帖子，凑数的。关键是，这些帖子文字相当幼稚，属于呀呀学语的级别。可笑的是，不少人竟然像写文章一样，写了一页、两页的都有，无疑这些人是没有真正上网发帖的，只能用这种方式应付了。更可笑的是，一些人没多想，为了证明确实上网发了贴了，就从网上下载下来，并多多少少夹杂着别人的帖子。因为关注此事的人不计其数，跟帖前赴后继，这些幼儿级的帖子只能见缝插针了，所以要想下载打印自己的帖子，必然要带着别人的帖子。如此，把网上如何骂孙平、孙长悟及其家人的行径，有鼻子有眼地，有骨头不愁肉地一并上报了，有好多我还真是第一次看到。哈哈，这些要是报上去，估计会把人气成半身不遂。

笑过之后，我马上意识到，得请示马屁精，这样报上去，领导怪罪下来，这小子还不得把屎盆子扣我头上，那我就有口难辩，死无葬身之地了，得把马月生叫过来看看怎么办。我没说自己意识到了什么，只说东西太多是不是全报走。这小子过来看到这两沓帖子，竟然兴奋起来，一个劲儿地叫好说，抓紧报，抓紧报，这回局长肯定满意。我一看这小子这样，只能说

“是不是太多了，要不摘出去一些，有些还带着其他内容”。这个马屁精，说有其他内容更好，领导一看就知道是真发的帖子。没办法，我只能抽出一页纸给他看，说：“我看这页纸上只有一条可能是咱们的人发的，还用上了国骂，其他的都有问题。马屁精看着，“呀”了一声，后又“哟”了一声，说：“这怎么办？我得去跟黄主任请示一下。”我趁机抽出几页，幸亏抽出几页，不一会儿马屁精过来肯定会让人把所有的东西，连同今天的报表全部送到平贺辰办公室。

这里摘录一页下载的，集可读性、趣味性、娱乐性于一体，还有点披判类似《金瓶梅》的文学性的帖子：

……

孙平、孙长悟两个败类。（10楼）

胡说八道，诬蔑！（11楼）

11楼的，刚出生的吧？那俩就是狗娘养的！成天装逼，人前君子背地娼盗。天天给老百姓讲廉正，老百姓“廉”了，口袋“廉”得没钱了，孙平、孙长悟狗日的可“正”，俩王八蛋，让兄弟姐妹还有那些姘头们的口袋里却“挣”满了钱。小姘个个有车，人人有房，啥时痒痒啥时都能上，哈哈。（12楼）

胡说，你才狗娘养的！孙局长不是这样的人。（13楼）

哈哈，13楼的娃露馅喽。我说孩子，你爹用枕头挡在床边，自己去偷人啦，你怎么不听话掉下来啦？你还小，不懂事，你爹是不是齐眉的棉帽、漆黑的墨镜、遮脸的口罩、腿短的大衣齐脚腕走的？知道什么是叫床吗？不是你这样叫的。你姨的叫声把邻居吵醒啦！哈哈。（14楼）

哈哈，咱听说孙某某就用这个扮相进过小姘楼道，小姘是唱歌的，据说是中音，可邻居说夜里“练声”是“花腔”。哈哈。（15 楼）

嘎嘎，咱也知道，叫床女花腔……（16 楼）

可以拍 MTV 啦……（17 楼）

……

13 楼的，你说孙局长不是这样的人，那孙市长是这样的人喽。快说说，孙市长小姘余美雯挣了多少钱呀，好羡慕小崽能继承那么多钱。（22 楼）

……

一帮混蛋！一群狗屎！诬蔑，该判刑，该杀！（30 楼）

哈哈，楼上的孩子，快回家吃奶吧。（31 楼）

我替你爹递状子，嘱咐你爹去法院穿大衣，戴帽子、墨镜、口罩啊？别人会看到狗脸的，哈哈。（32 楼）

孩子，去找你几个姨吃奶子吧，能啄出不少汁，那是你爹留下的，不认识在哪儿，叔叔带你去。（33 楼）

哈哈，有意思吧？刚才给老婆看了这些，老婆说：“这些人啊，你别瞎写呀……”

快下班了，没听马屁精有啥消息，过去问他，马屁精说“平局长说有事，回头再说”。我心想这还不是头等大事吗，还有大过这事的。见马屁精没说别的，我就说“这雨也停了，要是没事，我走了”。从马月生办公室出来，顺便去了一下文秘科，却看到调查组发来的整改通报，他们正在拟签呈报领导。趁机看了一下，好家伙，要求整改的多达二十几条！不知市局领导是否看到了这个文件，反正这肯定又是暴风雨前的雷鸣闪电。难道马屁精说平贺辰有事是这事？估计这个周末又没得歇了。别管他了，反正到下班点了，赶紧回家吃饭。

虽然雨停了，路上积水还没退去，车辆行使很慢，自行车与机动车争道，不少公交车站等车的人们站在雨水中，只有少数人是穿了雨鞋的。

到岳母家时，新闻联播已经开始了，老婆也是刚到不久，正和岳母说给小舅打电话的事。岳母见我回来了,就张罗先吃饭，然后边吃边说起丁丁的事。小舅告诉岳母，丁丁具体在哪儿他也不确定，那孩子就是不告诉他。岳母把事揽下了，让老婆明天给丁丁打电话，一定要问出他具体在哪儿。

老婆说："他不说就算了，他连他爸都不想告诉，能告诉我吗？再说，问出来又有什么用？"岳母说："有用！让他来家里，或者你们俩去看看他，看看是不是有什么困难。"老婆叫了出来："哎哟，我的娘亲，您还真想养这个儿啊？爸，您说句话啊。"

岳父还没开口，在旁边玩的儿子学着他妈妈喊，"哎哟，我的娘亲"。我们全都被逗乐了，也化解了刚才有些不快的气氛。

6 月 2 日

党委会笔记摘录：6 月 2 日，周六，8 点 30 分，小会议室

召集人：孙局长

与会人：党委成员

列席人：三处处长朱之兰

记录人：干部人事处李思哲科长、办公室马月生科长及我

孙局长：昨天晚上贺辰告诉我调查组发来整改通知，问题多达二十条！二十条！你们听听！听听！你们怎么能睡得着！你们睡得着我睡不着！我睡不着，整整思考了一夜。5点我给郑帜打电话，召集你们开党委会，我要是不打这个电话，你们有可能就当没事一样呢！这个会也不长，半小时，让你们说，你们也说不出什么东西来。肚子里没东西，再加上不学习不研究，能说出什么道道才怪！今天由我来领读这个整改通知。你们手里有这个吗？都没有？江万励，你们干部处怎么组织会议的？就这么组织？你们手里没这个东西怎么研究？充分反映你们这个班子太差，不出事儿才怪！

江万励：局长，我们没看到这个这件，办公室没给我们。

孙局长：都一样！平贺辰，看看你这个队伍带的，能不出事儿？

孙局长逐条念整改通知：……

孙局长：都听明白了吗？你们不用都记住，记住核心就行了。就是一个字，彻底地改！不该收的钱不能再收，不该有的项目取消，自愿的项目不能强制。这件事，由平贺辰和于庆泉负责。按我说的，一会儿你们就开会宣布取消。我就说这些，郑帜你们研究吧，我走了。

郑局长：刚才孙局长做了具体部署，提了要求，平局长、于局长，你们定一下什么时间开会？

平局长：就十点半吧，办公室抓紧通知。庆泉你看呢？

于局长：你定吧。

平局长：黄主任，你们马上通知各单位各部门一把手，十点半在大会议室开会。

郑局长：大家还有什么事吗？今天的会由江主任干部处出党委会纪要。黄主任，办公室同时整理个东西报市局。散会。

盛文龙：我建议不用出纪要了。

郑局长：今天这是正式的党委会，要有纪要。平局长、于局长，一会儿会后，由办公室负责整理情况并报市局。散会。

会议记录：6 月 2 日，周六，10 点 30 分，大会议室

召集人：于局长

与会人：各单位各部门一把手、公司马续、干部人事处李思哲科长、办公室马月生科长及我

于局长：今天周末，又把大家临时请来。本来刚才孙局长是让贺辰和我一起开这个会，不知平局长有什么要事脱不开身，让我来开这个会。好在就是传达孙局长指示，但很重要。昨天晚上调查组发来整改通知，孙局长一夜没睡，5 点钟给郑帜局长打电话，亲自来我局召开党委会，刚才孙局长亲自领读了整改通知书。下面我来传达孙局长的要求，请你们记一下。孙局长要求“记住核心就行了。就是一个字，彻底地改！不该收的钱不能再收，不该有的项目取消，自愿的项目不能强制”。大家听明白了吗？具体有什么问题与三处朱之兰处长和公司孙全胜经理沟通。朱处长来了吗？来了吗？来了，好，你们组织好。孙经理来了吗？

马续：局长，孙经理说有事，让我来了。

于局长：噢，孙经理有事呀，是不是比孙局长交办的事还

大呀？马科长来就行了，你向孙经理汇报一下吧，如果有什么问题让他直接请示孙局长。你坐下吧。我就说这些，大家是否听明白啦？有没有问题？好，没问题，那就回去立即落实，有什么情况及时和朱处长和马科长沟通。黄主任，你们写个情况报郑局长审后报市局。散会。

日记：6 月 2 日，周六，阴天

昨天的大雨过后天也没转晴，多好的天呀，正是睡懒觉的天。没辙，早上 6 点马屁精打电话来通知 8 点半由孙局长主持召开党委会。我说“党委会是李思哲他们的事，我们去干吗？”我故意让马屁精央求我，马屁精还真配合，得，还得去呀！

其实我心里明白，就是为了昨天调查组的通报才开这个会的。一般只要触及孙局长神经的微事毫情，这个紧急会必定要开的，而且要多早有多早。看得出，这次真是大事，有几天没见孙局长了，或许确实真的是没睡好，今天忽然觉得他苍老了许多，白头发明显见多，更加衬托出他的愤怒中夹杂的疲倦和怨恨已到一定程度，不然不会沉不住气地自己来领读，没说几句就散会了。这怨恨，实际上是针对郑帜局长的，从话语间明显地流露出来。而郑帜局长还是那样不温不火，从容地应对一切，坚决要求按规定出党委会纪要。这肯定招惹有些人的不满甚至怨恨。

或许还真有急事。党委会没让孙全胜这个当事人参加。孙局长让平贺辰和于庆泉一起召开会议，可还没等郑局长说完话，平贺辰就已经站起来往外走了，看来是急着找孙局长。10 点半的会议由于庆泉一个人主持，平贺辰没来，孙全胜也没来，只派马续参加。看来于庆泉早就估计到平贺辰和孙全胜不会参加会议，话中带着情绪，但会议又不得不开，那就应付差使呗。

我倒是感觉挺好，会议简单，材料当然不会复杂。我只是觉得这么重要的会议，平贺辰不应该不参加。按照以往，平贺辰可是要往前冲的，不会让别人抢风头。马屁精的一句话露了馅，他去讨好地问平贺辰要不要起草个讲话稿时，听到孙局长说“就让于庆泉一个人开这个会，今后出现什么意想不到的问题，就由于庆泉兜着”，他还骂了于庆泉和郑帜局长。

这事儿做得是不是有点阴险？以前没感觉是这样呀！真是伴君如伴虎！

小心，小心，再小心；谨慎，谨慎，再谨慎；既然跑不掉，远离为妙。

在郑帜局长宣布党委会散会后，我故意磨蹭着等到和李思哲前后脚地往外走。这会儿其他人都走得差不多了，因为我印象中五月份没开党委会，要不李思哲他们已经考察过要提拔的那几个人应该公示了。我故意问中午有事吗，好长时间没吃饭了，李思哲说有事，改天再吃，我顺嘴问了一下薛庆黎、张劲翔他们，李思哲摇摇头说不知道。我说：“你这管干部的不知道，那谁知道？”李思哲说：“平局长他们焦头烂额的，最近没催这事。我听了，觉得李思哲这小子够阴的，玩儿蔫的，看来什么都知道。我说：“我怎么没看出平局长他们忙呢？”李思哲说：“马续这些天都忙得脚朝天了。”我思量着，原来这俩小子经常在一起。

与李思哲分手后，好奇心驱使我给表哥打了个电话，表哥电话里说“有事回头再说”，我心里已经估计到了他和谁在一起，这也印证了李思哲的话。

对了，今天还要和大水见面，干脆问问他现在是否忙，要是没事就中午见，电话打过去，大水也想中午见。和大水边吃边聊，相互交流着一些情况。大水没有参与到具体的调查中，但是多多少少知道一些事情……

晚上回家，老婆告诉我她给丁丁打电话了，估计是问出了什么，情绪不对，还念叨自己身体不舒服。我寻思，又要到每月这个时候了。

6月3日

日记：6 月 3 日，周日，阴天

昨天睡得有点晚，和老婆好好地温馨了一下，老婆开心咱也淋漓尽致，嘻嘻。心满意足，又和老婆聊了一回，老婆和我商量今年出去旅游的事。去年我们就有意向去新疆。躺在床上，刚才的小困意过去了，和老婆计划着。初步商定今年去，原则上七月初就去。老婆高兴地说："从明天开始做功课。"每年出去旅游，老婆都会提前做好充分准备，包括时间、行程、景点、交通、住处，等等，总之吃喝拉撒面面俱到。一看表，都半夜一点多了，赶紧睡，第二天可以睡个懒觉了。

可是真的很烦人。今天又是一大早，也就 7 点钟吧，马屁精打来电话，说孙局长有指示，主任让我们八点半到值班室看看是什么内容，再拟个文件报局领导。嘿，大礼拜天的报谁呀！

到单位一看，是孙局长五点打来的电话记录，内容是："告郑局长，明天就出台落实检查组整改要求的各项措施。同时转告郑局长，他是党政一把手，出了这个问题得负责，5 年以前没问题，现在却出了这么严重的问题！谁同意强制的？马上改，明天就部署改！”

这个电话记录有意思，昨天于局长不是已经开会部署了吗，怎么还让部署呢？看来真的让马屁精说对了，肯定是市局领导对于局长昨天召开的会议不满意。而且不仅对于局长不满意，明显地对郑局长也不满意。

其实大家心知肚明，强制收费不是朱之兰坚决落实“领导（孙局长）”指示办的吗？

9 点，我的这个签呈还没报到黄主任手里，孙局长的第二个电话又来了，值班人员赶紧把孙局长的电话记录给我。好家伙，真够吓人的。记录内容是：“告诉郑帜，现在社会反映强烈，一片骂声，一把手不重视，不研究就部署。告诉于庆泉，这件事儿处理不好就别干了。”

赶紧给马屁精打电话，问这个怎么办，马屁精耍滑头让我直接请示黄主任，黄忠勇连二传都不干，让我直接报于局长、郑局长。给于局长打电话，于局长也干脆说“不用报他了，直接报郑局长吧”。硬着头皮给郑局长打电话，郑局长倒是挺和蔼地说他 10 点半到办公室，让我把文件放到办公室就行了。这回咱还积极了一把，说：“那我就等您吧，有什么要求好抓紧落实。”

为了在第一时间把文件报给郑局长，10 点钟我就拿着文件在传达室等着。10 点 20 分郑局长进来了，我赶紧迎上去把文件呈上，郑局长接过文件看着，边看边慢慢地往电梯处走。这时，孙长悟局长从外面匆忙进来，看见郑局长愣了一下，似乎不情愿。听到我说“孙局长您也来了”，郑局长本来低头看文件，好像也微微地一愣，然后回身和孙局长打招呼。郑局长说正在看他的指示，孙局长只好也朝电梯走来。

孙局长说：“郑帜，这可是大事，你要过问。于庆泉懂什么？就知道胡说八道，一点水平都没有，什么一反映就说有问题，就全取消？不要全听调查组的，不要他们讲取消哪个你就取消哪个。跟他们讲全部取消，只是一种态度，有些是可以不取消的。你们好好研究研究，这是见水平的，一把手的水平。”

多有水平的一番话呀！

郑局长说有些人要求退款。孙局长不耐烦，头也不回，边进电梯边说：“不退，不退！退了，你们用什么？明年不交就行了。”

这明摆着强制他是同意的，或者他是知道的，最起码他是默许的，还在大会上讲什么为你们受过。再说收的钱真的给我们用了吗？唉！！！

我和郑局长在出电梯时跟孙局长说回见，孙局长连声都没吭，电梯继续上升。跟着郑局长进办公室的刹那，我忽然有些后悔。我是什么？为什么刚才我要站在他们中间？这件事这样敏感，这样复杂，是我这小人物能处理得了的吗？我有那个能力处理吗？严格地说，我这个小人物能参与一下都是冒着危险的。但是，我相信这是件棘手的事，除了孙长悟这样有“水平”的人外，无论是谁……

硬着头皮问郑局长需要我做什么。郑局长想想说，回去吧，这件事，有事我找你们主任。我一下子轻松了，往外走着，心里反倒有些空荡荡的，或者说有些失落，我也不确定。

今天这件事令我心情不太好，精神也不高，不愿意记别的了。

6月4日

会议记录：6 月 4 日，周一，5 点，平局长办公室

召集人：郑局长

与会人：平局长、于局长、郭书记、黄忠勇、马月生、我

平局长：郑局长你说？

郑局长：情况你们清楚，还是你们跟黄主任部署一下吧。

平局长：现在需要马上写个东西，庆泉你说一下情况。

于局长：是这样。刚才调查组给我打电话，要 5 月 13 日孙局长召集我局研究撤消公司和取消违规收费事宜的会议记录。我跟贺辰说了，他去文秘科没有查到这个会的纪要。贺辰向孙局长汇报，孙局长便把郑局长、贺辰和我叫到了楼上的办公室，让我们抓紧补一个纪要送过去。黄主任你们马上补一个纪要，然后请贺辰审后，由我送过去。

平局长：别让我审，请郑局长审吧。

郑局长：刚才孙局长不是说了让你审后报他吗？节省时间，于局长下班前还要送过去呢。

黄忠勇：局长，那次会议好像没有记录，都说了什么也不好回忆了，写什么内容？要不要再问问参会的人员？

平局长：哪有那么复杂，不用写具体内容。刚才孙局长说了，就写 5 月 13 日郑局长主持开会，孙局长出席，研究决定撤消公

司、取消收费等事，然后你们再编几句就行了。

黄忠勇：那就简单了。马科长，你们赶紧写，有几分钟就出来了，快点。

马月生：主任，那文号怎么办？

黄忠勇：平局长，怎么办？

平局长：孙局长说了，按特例走，没文号。

于局长：会议纪要应该有文号，又是研究这么重要的事。是吧，郑局长？

郑局长：同意这个意见，应该有文号。平局长，要不还是你再请示一下孙局长？

平局长：别请示了吧？！刚才孙局长也都说了，过去也这么做过，郭群书记、黄主任你们不是清楚嘛，赶紧吧。

郭书记：是呀，郑帜，可以走特例，不用文号。

郑局长：郭书记，这样不好。以前您什么时候弄过我不清楚。我主持的会议，包括今天都是要有记录的，发纪要也是要有文号的。

平局长：这事一会儿再说，先赶紧把纪要写出来。黄主任你们就在我这儿写吧。

黄忠勇：马科长他们用的都是台式电脑，没法搬过来呀？

平局长：那我跟你们去马科长那儿写。郑局长、庆泉，那就这样？

郑局长：一会儿平局长审完，于局长你就代劳送走。黄主任，今天的内容要有记录。郭书记，您还有什么事吗？

郭书记：没有，没有。

郑局长：好，散会。

日记：6 月 4 日，周一，晴

天可放晴了，却也热了，开始出汗了，得开空调了。今天周一惯例开办公会，但是临时取消。我问马月生怎么不开了，马月生说，一上班平贺辰、韦建禾、申士杰、洪升礼、盛文龙几位局长都有事，参加不了，请示了郑局长，因为议题也都是务虚的，所以临时取消。

正好干点闲事。又想起早上与老婆说起丁丁的事咋办，看来岳母是非得让我们去找找这个孩子不可了。原来前天老婆有些不高兴，有给那孩子打电话的原因，当时丁丁怯生生地说了一句："姐，你能给我几百块钱吗？"当时老婆听了特别生气，没吭声，丁丁马上说不用了，就挂了电话，昨天老婆跟岳母说了，岳母一下子生气了，倒是没说老婆，只一个劲儿地骂小舅，说孩子肯定在外面有难了，才又催我们去看看，所以这事不能不上心了。什么时间去好呢，利用周末两天？可岳母等不及，老婆也还没有问出丁丁具体在哪儿。刚才跟老婆要丁丁的电话，我说让我试试，老婆还讽刺我，我说"看我的，我就不信了"，说完有些后悔。如果问出来了，就得去。好吧，去就去，就当旅游，也有段时间没一个人出去了。

下午 4 点，已经没有什么新鲜感地统计着各单位各部门报来的反击帖子的数目，下面不报我也能八九不离十地编出来了。好几天了，报走的那两大摞帖子，没得到领导什么反应，有些奇怪。

不过，5 点钟时，郑局长在平贺辰办公室开了一个会，竟然让郭书记也参加，这个会应该挺有意思吧？挺有嚼头，特别是传递着一些只能意会不可言传的意思。让写东西，以为又会加班到很晚，好在于局长一直在催，没到很晚。这个意义不一般的破件，平贺辰亲自口述，马屁精抢着打字，总共写了十行260字，还一大堆废话，加上报头一页。最后没报郑局长审，孙局长也没看。

因为要有个签发，马屁精竟然让我去找郑局长签字，又涉及文号的事。我请示黄忠勇怎么办，黄忠勇请示平贺辰，平贺辰交代直接找5月13日那天的一个210号件并上。也就是说，一号两件。做这一切，估计没经过郑局长，但是，这个文件会不会存档值得怀疑。

今天在平贺辰办公室，还听到他们关于以前补件的谈话，看来郭群、平贺辰，还有黄忠勇他们肯定干了不少类似的事。对了，以前干这事，孙长悟局长、郭群都是找苟德利，这次这么大的事怎么苟德利没跟着掺和呢？好多天没跟表哥联系了。没准马屁精也干过，哪天叫他吃顿饭，这小子臭嘴，一套话准说。听他们说的，这事儿绝对不是一次、两次了，平贺辰好像说走嘴了，脸“腾”地红到了脖子根，黄忠勇赶紧用眼偷看郑局长。郑局长好像一副没入耳，若无其事的样子，于局长则笑眯眯地，仰着头看着天花板。

郑局长最后要求，今天会议的内容要有记录，但是我感觉黄忠勇会暗示马月生不做正式记录。

管他呢，反正我参与的事我必须有记录，这也是对自己负责！我还有老婆、孩子，还有父母健在呢！

6月5日

日记：6 月 5 日，周二，晴

今天心里一直惦记昨天的那个文件，但是一直没有什么下文，好像根本就没有什么事情发生过。这个文件究竟重要，还是不重要呢？谁能说清楚。上午有意识地找了个借口到文秘科查个文件，不知这帮人有没有意识到，我会去查昨天的那个文件，管他呢。但是，终究没有看到昨天那个文件的只字记录，连手记的文件登记册上，5 月 13 日 210 号并用的文件一栏，也没落下任何字符。这个文件蒸发了，心里真的不知什么滋味……

换个心情，干点自己的事吧。试着给丁丁打电话，第一个电话丁丁没接，发了个信息自报家门，再打过去丁丁接了。试着和他沟通，他还是不肯告诉我他在哪儿。我随嘴说："我知道你在哪儿，我那边有同学，有什么事他们会帮忙，我把你电话给他们，下午就让他们去找你。"丁丁还很单纯，我还没说是哪儿，他就连忙否认。哈哈，这就证明他确实是在北京。我更坚决地说"明天就去找你"。放了电话，我又有些后悔。真的去？我给老婆打了电话问："咋办？"老婆说："晚上回妈家吃饭再说。"

下午百无聊赖地弄完那些破数，顺嘴跟马月生说明天有事晚点来，马月生倒是痛快说忙就别来了，我见坡就下地谢了。

岳母一听我跟丁丁联系上了，知道他在北京，就催着我们去一趟，恨不得我们吃完晚饭就走，还说让儿子住下，明天不用我们看管。老婆问我："咋办，明天能去吗？"我说"没问题"，岳母这才放心，催着我们赶紧回去准备。我们还是带着儿子回了家。

回到家，我和老婆商量明天送完儿子上学就走，力争当天去当天回，实在不行就只能住一晚，视情况而定。老婆说希望我当天赶回来。

6 月 7 日

日记：6 月 7 日，周四，晴天

昨天太晚了，没赶回去。今天一早，在赶往北京南站的路上，又给马月生打电话请假，说要晚点到，其实今天就是去上班了也到下午了。马屁精叽咕地抱怨两句，然后跟了一句：“请客啊！”他就这德性。

带着不太多的成果，中午 12 点以前回到家。给老婆打过电话，吃口饭，收拾好，昨天没带这个本子，现在有时间先记一点。昨天下午 3 点多到了北京，思量着都这个时间了，要是顺利地找到丁丁，说不了几句话就得往回赶，到家也得大半夜了。给老婆打电话说只能在北京住一晚了，老婆自然又是一通嘱咐。在王府井附近找了一家快捷酒店住下，当然北京的快捷酒店价格也不低。然后立即联系丁丁，这小子死活不说住哪儿，我只好提议一起吃个饭，让他带我去三里屯看看，那边吃饭的地方也多。

初次见面，小伙子难免生疏，腼腆，不知所措。当我看到这小子时，眼前着实一亮，帅。个头儿得有一米八，白净清瘦，可能因为不好意思，低着头，背显得微驼。

他也不主动说话，我问一句他就简单“哦”“嗯”的，要不就是不说话。我问“这里的酒吧好热闹吧？”“嗯。”“要很晚才有人吧？”“嗯。”“经常来玩吗？”“没有。”“现在一个人住吗？”“没有。”“没有？没有地方住啊，还是合租？”“不是。”“不是？住哪儿？”他只低着头往前走，不说话。“一个月吃住要花多少钱？”“没有。”“没有？吃住不花钱啊？”“不是。”

我心里叫着：“哎哟，这可怎么办，看着挺精神，说话怎么这样呢。”我们就这样乏味地围着工体快转了一圈，我只好说“我们找个地方吃点东西”。让他提供个喜欢的吃饭地方，他还是说“不知道”。我只好说：“今天姐夫请客，到酒吧街了，我们就吃西餐。”

这个点是下班的高峰期，但三里屯这里，至少要八九点以后才陆陆续续人满为患。路边一家西餐厅，挺正规的，我们就选了这家。我们点了两份牛排、配餐面包、一盘沙拉、一份炸洋葱圈、两扎黑啤酒。

交流还是不顺利，磕磕绊绊，他也不多说。是不熟悉还是存有戒心？好在会笑了。

我说：“你爸希望你回去，想回去吗？”

他摇摇头。

我说：“你姨好多年没见你了，想让你去家里玩。”

他还是笑笑，没说话。

“交女朋友啦？”

他先是愣神，然后笑笑说：“没有。”

“还不好意思啊，是不是一起住呢？”

“不是，没有。”

“要不要叫上一起吃饭？”

这回这孩子终于叫了我一声“姐夫，真的没有”。

我愣了一下，笑了：“你还不好意思了。”

“没有，真的没有……”

我说：“一会儿吃完了再逛逛，然后去你住的地方看看，看看你缺什么不。”

他低头吃着，喝了口啤酒，慢慢地切着牛排，但是我看到他张着嘴像是要说什么，但停了一下，还是没说话。

为了结束这样有些沉闷的交谈，我有意识地加快了吃饭的速度。吃完，我又让他带我在这周围逛逛，然后提议去后海看看。看得出，他可能也不怎么逛，路上慢慢地走着，也好奇地看看这，看看那，并告诉我他也不常来。我提议找一个好一点的洗浴中心一起洗个澡，他不想去，还劝我这一天挺累的，早点回宾馆休息。我想也好，让他跟我去酒店住一宿，再好好聊聊。他不愿意去，我逗他是不是怕女朋友不高兴呀？他说不是女朋友，是一个哥，他没告诉他不回去。我问：“是合租的？”他又说“不是”。哎呀，反正是没法交流了，算了。可一想我这是干啥来了，不就是为他来的吗，明天就这么回去该怎么交代呀。

我想尽办法，又吓唬又哄骗的。我说：“丁丁，我这次就是专门为你来的，你要是不让姐夫看看你住的地方，姐夫不放心，什么都不知道，回去跟你姨说了，你姨肯定着急，说不定她自己就来了……”最后他总算带我去他住的地方看了一下，然后跟我去酒店住了一宿，转天我逼着他送我到车站。这次出去是累了点，还好了解了一些情况。但是，有些事丁丁肯定没说。

岳母听了我的汇报，还是忍不住地担心，念叨着让丁丁来家里，要不然就自己亲自去找他。老婆有些不高兴了：“他不愿意让我们帮，那就算了，小舅他都不要儿子，您这么上心有用吗？”岳母有些急了：“胡说！”岳父在一旁赶紧劝着。

天真的热了，回到家老婆就闹着开空调，我说还早，为此老婆和我闹别扭。我知道老婆还在为刚才的事生气，这会儿只有把气撒在我身上。我乖乖跟老婆保证，周末一定陪她带孩子出去玩儿。

6月8日

日记：6 月 8 日，周五，晴天

今天一上班赶紧去找马月生，嬉皮笑脸地说谢谢，然后说中午请客，马月生还就实请，中午我们科几个人一起在外面吃饭，当然自然不自然地会说到一些事。

想着周末陪老婆、孩子，吃饭时就故意找话暗示马屁精，这周末无论如何不能让我加班。马屁精倒也没不高兴，说下班前把这周的事清一清，下周必须请他吃饭、唱歌。正中下怀，请他吃饭是绝对的，唱不唱歌到时再说，我可不愿跟他们几个去唱歌，他这张臭嘴可让人受不了。

下午抓紧清理手里的活，特别是把这两天别人帮着统计的数要过来，5 点以前把今天的数报走。趁这两个多小时没什么事，也把日记本带来了，把了解到的丁丁的一些事记录下来。

这次去北京，应该说给自己的冲击也不小。对于农民工在城市打工，特别是从贫穷地方来的孩子们的状况，我从自己周围和各种媒体上已经有了较深刻的了解，他们的清贫，可以说是一贫如洗，他们的艰辛，他们的无奈，他们为了能够吃饱一顿饭的奔波……但那不是亲眼看到的。我预计丁丁可能和别人合住地下室，我一再要求去看看，他才带我去，虽然比我想象的要好很多，但是有一种说不出的感受。

这是一栋沿三环的，至少有二十年历史的，火柴盒式的老楼房，每层四个单元：两套一室一厨一卫的中单元，两套两室一厨一卫的单元在两侧，基本没有厅，两室的单元也不过60平方米。楼道里墙皮发黄发灰，有的地方墙皮已脱落，还有不少广告，一些房子已经出租了。丁丁告诉我，对面的单元也是出租房，住了五个人。

丁丁住的单元，门很旧，也有些脏，虚掩着。他有些迟疑地推开门，里面灰暗，靠门边的厕所里开着灯，丁丁先进去把厕所门关上，里面传来一个男孩的声音：“回来了？”两个卧室并排开着门，一间黑暗无灯光的是丁丁住；另一间有灯光也是暗暗的，看了里面一眼，看不太清楚，屋子中间一张双人大床，床边 着一张电脑桌，一个男孩背朝外，坐在床边上网。男孩没回头就知道是丁丁回来了，说了一句：“给我们带什么吃的啦？”这两个男孩的问话，丁丁都没回答。

丁丁让我进了他屋，打开了同样很暗的灯，让我坐在一张单人沙发上。他出去给我倒了杯热水进来，然后关上门，坐到凌乱的床边。屋里墙上贴的壁纸旧得没法看，有的地方已经开了口子，好似马上就要脱落。床单已经呈灰黑色，两个枕头拽在床上，被子随意地堆在那儿，还有裤衩和袜子。我进来时，他就把这些东西往里推了推。一张旧茶几上放着一台电子管的二十寸电视，电视周边放满了杯、碗、化妆品、零售的、瓜子皮、橘子皮……旁边的一把椅子上堆了几件衣服，屋里没有衣柜……还有一种味道，但混杂着香水味，应该说是香水掩盖了什么味道。我走时看了一眼厨房，炉台满是油渍。

我无法形容自己的感受，这是什么生活？旁边那个屋里也是这样，这都是什么人呢？

我问丁丁："就这样生活？"他笑笑。"那两个是什么人？""朋友"。不知怎的我想马上离开，在我的一再要求下，他答应跟我去宾馆住一宿，丁丁跟那两个男孩说了一声，我想跟人家打个招呼，他说不用了。我们往外走时，上厕所的男孩正好出来，友善地叫了我一声哥，我也跟他打了招呼。出了门，我问丁丁跟他们说啥了，这孩子没表情地说"没说啥"。

要不是有点晚了，我真想给他买条新床单。回到酒店，我催他赶紧洗个澡，他还不好意思说不洗了。我笑着说："这么热的天不洗澡还不都臭了，是不是怕姐夫看呢？"他也笑了。我先洗了，然后他才洗，不好意思地穿着背心、裤衩进了卫生间。

我们没有再出去，其实我有一些好奇心想再出去转转，看看那传说中的疯狂的夜生活。我努力地与他交流，还不能让他觉得我想知道什么，就这一句那一句的。我没有睡意，也不觉得困，他说平常夜里也不怎么睡，早上要到中午才起，每天1点左右，早饭、午饭合一顿吃。就这样开着电视聊着，尽管还有好多疑问，但这一晚的交谈还是了解了一些这孩子的情况。可越理思绪越好奇，越不理解他们怎么是这样一种生活，就越想继续聊。想着明天早上还要赶回去，看看四点过了也就睡了。

这孩子自父母离婚后一直由奶奶带。生活很艰苦，学费都是省吃俭用省下来的，有时妈妈会给一点，小舅可并不关心。奶奶靠种地为生，为了丁丁上学近，后来把地包给人家种，一年可以得几百块钱。奶奶带着丁丁到靠近镇上的地方住下了，奶奶靠给别人干活挣点钱，一年也买不了一件新衣服。

丁丁学习还可以，比其他孩子懂事。上初中后，丁丁喜欢上了电脑，并认识了街上一个开电脑店的大哥哥。大哥哥见这个孩子经常来店里，好奇地看这看那，问这问那的，也就喜欢上了这个高个且讨人喜欢的男孩了，所以，丁丁每次去，只要店里不忙，大哥哥就会给丁丁讲一些电脑方面的知识，有时也住到大哥哥店里或家里。奶奶慢慢地也认识了这个大哥哥，挺感谢他帮助自己的孙子。大哥哥鼓励丁丁努力上高中，上大学，丁丁说家里穷，上不起，大哥哥说会帮助他。但是这孩子懂事，上高中当然没问题，上大学觉得没把握，家里的条件不允许，爸爸不管，妈妈又没能力管，所以这孩子一心想赚钱，让奶奶不要太劳累了。后来大哥哥帮着他上了计算机职业学校，离开了家，到了城市。小伙子也长大了，一表人才，女孩追得多了，开始交女朋友了……

关于交多少女友了，甚至什么时候开始做爱了，怎么来北京的，现在的情况怎么样，等等，一晚上这孩子始终没有说太多。

我问丁丁："今后有什么打算，不想回家吗？

这孩子话里有话地回道："大哥哥来北京找过我，让我去他店里，或者干点别的。"

"那为什么不回去呢？北京好，是吗？"

"不知道，我现在还不能回去，也许将来没事了再回去。"

我笑了，问：“什么是没事了再回去？待不下去再回去？”

……

我们也就睡了两个小时，起床、洗澡、刷牙、吃早点，他送我去南站。开始检票了，我看他犹豫着有话要说，便关切地问：“有什么事告诉姐夫，姐夫帮你。”

这孩子磨磨蹭蹭地说：“姐夫，能给我点钱吗？两百就行。”

我“啊”了一声：“两百？”这孩子难道两百块钱都没有吗？他好像说过，有时他一天一分钱都不花，当时还想是不需要花吗，还是没钱花。我给了他五百块钱，当然这是我的私房钱。他低着头说：“姐夫，谢谢你，等我有钱了还你。”我笑了，抬手轻轻地拍了拍他的肩膀：“姐夫还用你还钱？行了，回去吧，记得给我打电话。”这孩子才张张嘴说：“别告诉我姨，别告诉我爸，也不想让我奶奶知道。”

回来的车上，有些困意，一会打个盹，没一会又被这孩子的事搅醒了，睡不踏实，然后就迷迷糊糊到家了……

6月10日

日记：6月10日，周日，晴

这两天天气真不错，就是热了点。儿子玩痛快了，老婆满意，我也难得周末可以休息两天。不错！挺好！

本来今天晚上想跟表哥吃个饭，老婆也同意了，可表哥要跟孙全胜出去吃。前几天还寻思，这回苟德利怎么没跟着掺和，今天表哥就说了苟德利，还有田凯。我顺嘴说了一句：“表哥，好长时间没见了，我们这儿好多事想跟你说说。”表哥却说：“你们能知道什么事，今天不行，得过两天，这两天忙，得把老板几个相好的事儿安顿好再说。”“啊”字差点冲出我的嗓子眼，我知道他们平常在一起称孙长悟为老板，表哥也似乎意识到了什么，连忙说没事，没事，瞎说。这又使我想起刚出事那会儿，孙局长安排田凯和表哥帮着处理几位红颜知己的一些事，看来还有些事没处理好，或者还有好戏在后头。这更加激起我的好奇心，无论如何也得从表哥嘴里掏出点什么东西来。那天跟水溢洋吃饭，他说的太简单，跟老百姓口传的和网上流传的差不多。

这会儿，忽然有个奇怪想法，孙平猝死？莫不是经不住……

晚上去岳母家吃饭，岳母说给小舅打电话说了丁丁的事。岳母还是希望再跟那孩子联系，或者让他来家里一趟。老婆也没辙，大声说：“行，明天就让你姑爷继续。”这事就这样成了我的事。

6月12日

日记：6月12日，周二，晴

这两天没什么特别的事，有些闲得无聊。想想昨天晚上见到的情景，真值得琢磨，可自己又能琢磨出什么呢，还得由表哥解答，现在也就别绞尽脑汁了。不过，一想到昨天晚上的情景，还是有一点点兴奋，兴奋中还掺杂着种种想象。好长时间没有阅读《新华文摘》了，今天，挑重点一口气读了好几本，除了眼睛有些疲劳外，倒是浑身清爽，精神愉悦。原来读书是这般美好。可心里又不免有些失落、伤感，阅读正离人们越来越远了。回家和老婆说了，老婆也有同感，以前老婆也是爱看书的。

今天的就记这些吧。昨天晚上回到家都十一点了，怕老婆不高兴也就没再记，今天补记，所以下面以昨天的口气记录。

说也怪了。今天还真没什么事，办公会也没什么特别的，会议纪要也好写。统计数的事有点渐凉，数照报，马月生不催了，也没再见到领导的批示。那一摞帖子不知领导看没看到，目前没下文。今天 11 号了，从 1 号马月生报给平贺辰到今天已有 11 天了。平贺辰给压住了？可是也不能呀，孙长悟不是这样的人，脑子可好使啦，布置的工作不完成，想不了了之？找死！平贺辰应该没那个胆儿。可要是领导看到了，竟然没有任何动静？那就太反常了。要不，领导真是修炼成仙儿了？这是一怪。

昨天（周日）岳母催，老婆赌气说让我继续找丁丁。今天人家这孩子就像得到信儿一样给我打来电话，磨磨叽叽的，没说什么，只说想跟我说说话。我寻思是要钱，但是他没说出口，我也就没接茬儿。过了一会儿想给他打回去，也没打。心里又琢磨起表哥什么时候有时间，大水也没什么新鲜的东西，网上还是那些内容，没什么新帖子。今天一天也没什么提神的事，这会儿没事了心里反倒空荡荡的了。唉，这人呢，忙时埋怨忙死了，没事儿又腻歪。这又一怪。对了，一会儿睡觉时得跟老婆说丁丁打电话的事。

闲着没事，跟球友联系一下，今天有球，好长时间没跟大家掺和打球了。给老婆打了电话，说一会儿没事了我去接儿子，吃完晚饭想去打会儿球，老婆也同意了，然后我找个理由提前去接儿子了。

8 点钟到了运动中心，我们这一伙的球友已经到了，有几个人还在场上活动呢。大家埋怨我脱离队伍时间有点长，我解释着。大家早就知道孙平的事啦，我也或多或少地了解孙长悟一些情况，就拿此事开聊开涮了。

我们打球的运动中心旁边，是一家集餐饮、娱乐、洗浴于一体的高档中心。怪就怪在，我们出中心大门的时候，已经过了 10 点半。我们几个人说笑着往外走时，看到旁边酒店出来几男几女，正准备进洗浴中心。那不是表哥、孙全胜、田凯，还有苟德利吗？被搀扶的人应该就是孙长悟，那几个女人都是光鲜陆离、嗲声妖气的，我有些惊呆了，又怕表哥他们发现我，就赶紧往旁边走，好在他们一时没看到我。

这事我没跟老婆说，不过哪天表哥高兴，可以让他给我讲讲这个有趣的故事。

6 月 13 日

日记：6 月 13 日，周三，多云

两天没去岳母家吃饭，她老人家有点不高兴了。岳母中午给老婆打电话说，一会儿去幼儿园接外孙，让我们下班直接去她家吃饭。老婆打电话问我明白什么意思吗，我说“当然明白啦”，我劝老婆去，老婆说我就会巴结丈母娘。

晚上吃饭的时候，岳母有意无意地说了一句：“那孩子也不知道打个电话。”

老婆说：“你姑爷昨天跟他通话啦。”

岳母一下子来了精神：“都说啥啦？他好不好？没说让他来家里住几天？”

老婆看着我，我不能把昨天老婆很不满意的话说出来，就说：“没说啥，我前些天去看他了，他挺高兴的，打电话道谢，还问您好呢。”

岳母高兴起来：“看，我说这孩子懂事吧？哪天还真的让他来家里住几天。唉，这孩子也不知道给姨打个电话。”

老婆有点憋不住了：“我说妈，您快省省心吧，来一趟要花好多钱的，他自己有口吃的就不错了……”

岳母脑子还是挺灵活的，急忙问：“怎么？这孩子在外受苦啦？我明天就打电话骂他爹。”

老婆感觉说漏嘴了，赶紧说：“等过节他回家时，让他绕道来家里看您。”

岳母有时也管我叫儿子：“儿子，别听你老婆的，还得去一趟。”

老婆假装不高兴：“行，他是您亲儿，我不是亲的，行了吧。”

岳父平常不爱掺和这些事，这会儿估计怕我为难，就说：“孩子他妈，不用特别急，让他们抽工夫去办，不能耽误工作。”

上午，我想起周一晚上的事，给表哥发了条短信，表哥回复说这两天太忙，过几天再见面。

6 月 15 日

日记：6 月 15 日，周五，多云

这周奇怪了，今天周五了，没开任何会。不开会，活也就是杂活，也不多。统计数还是照例报，也没人问津了。特别是今天在马月生办公室，我问他：“已经半个月了，统计数要报到什么时候？”这小子冷不丁地说了一句“没什么用了”。没什么用啦？也确实，这才半个月领导就不怎么关心了。可网上东西继续，骂娘的话虽然屏蔽了不少，却从其他网页、栏目进入还是可以找到的。我故意问：“领导让我们报的那一摞具体回击的帖子还满意吧？”你猜马屁精说啥？“孙局长骂纯粹一帮吃货，没一个有脑子的。看看网上给你们这帮人骂得狗血喷头，我都跟你们沾光吃瓜烙，替你们挨骂，让王八蛋看笑话。”我多少能估计到他会极其不满意，但这些话还是让我有些吃惊。“哟，那您没挨批吗？”马屁精有些同情地说：“平局长回来都没敢说。我也是刚听主任说的，今后你们弄文件要有头脑。”这马屁精竟然骂起我来：“你王八蛋也不是东西，不好好替领导把关。”

听马屁精骂我，气一下子来了。但咱还是很绅士地挖苦道：“哎哟，我的大领导！您可别这么说，我可是您带的兵，工作都是您直接领导，材料也是您亲自把关，您这么说不是给自己揽事儿吗？主任、平局长可是很信任您的，您这样说别人听到可是会瞎想的。”这马屁精就这德行，听了还觉得有道理，一个劲儿地说“对，对”。说了一会话，黄忠勇叫他，他就跟我说没事了。我正好说周末也别安排事儿了，我就带孩子出去玩了。没想到这小子倒挺痛快，还说我一天到晚偷懒耍滑，就知道老婆、孩子，没上进心，还记着我上次说请他吃饭，我答应周一请他。

看来这客还真得请，不然这小子说不定会在主任面前说啥呢，特别是那帖子的事。想想马月生说的话，原来帖子领导早就知道了，只是一直绷着，其实是窝了一肚子火，真是偷鸡不成蚀把米。

6 月 16 日

日记：6 月 16 日，周六，阴

今天有点闷热，带儿子出去玩了一天，都出汗了，身子有点黏糊，小家伙也是汗滋滋的。

吃过晚饭收拾停当快八点了，暗示老婆早点洗澡，早点睡觉，还自夸这一周多好，没加班，陪老婆孩子出去玩儿，当然没说工作还挺清闲。说得老婆都觉得奇怪：“你这一周是挺好，天天准时回家，别是领导对你有看法了？”我说“怎么会呢，他们都忙，这周活儿也确实不多”。虽然老婆说时我心里也掠过一丝这样的念头，但还是很轻松地逗老婆说：“我天天加班晚回来你不愿意，以为我在外面干坏事，回家故意搞‘禁闭’惩罚我，人家一个礼拜不加班，天天回家做‘好老公’，你又觉得腻歪。”老婆打了一下我的头说：“那是为你好，不能家里外面都‘忙’，身体吃得消吗？”我赶紧献上一枚吻：“谢谢亲爱的老婆大人体谅。”

6 月 17 日

日记：6 月 17 日，周日，小雨

今天天气不好，本来不想去岳母家吃饭，岳母不干了，说我们几天没过去了。

老婆早早地起来，今天没什么事，她提议接岳母去逛超市。吃过早点，我们就赶紧去接岳母。岳母一般不愿意去逛超市，嫌贵，都是每天一大早去逛市场，风雨无阻。有时我们劝说天气不好就别去，可也拦不住。岳父管不了，只好陪着去，平常都是岳母逛市场，岳父去公园溜达，然后一起回家。

今天岳母没提丁丁的话题，我觉得是有意的，可能也是怕我有想法。在晚上回家的路上，老婆说，“爸说妈心里还是不太高兴，让我们抽时间去看看怎么弄”。我说，“我先跟那小子联系，看看情况，不行就再去一趟”，老婆同意了。

回到家，老婆忽然想起什么，警告我抓紧时间请假，“别到时又来不及，要不你就别去了，我自己带儿子去”。我赶紧保证，“绝对完成任务”。

6 月 18 日

日记：6 月 18 日，周一，晴

今天开完办公会，平常马月生也不说什么，纪要我自然就弄了。今天他顺嘴说了纪要抓紧写，我也顺嘴说了句放心，哪天请领导吃饭。嘿，这小子顺坡就下，说就今晚吧。我只好答应，但说就请马大科长一人，别人不请，这小子还真同意了，没叫别人。我心里其实不想请，既然这小子说了就请吧，跟老婆请假，老婆同意了。

没想到今天还挺有收获。吃饭的时候，马月生抱怨说上周可把他累坏了。我故意说“那不叫我帮你”，他欲言又止，我赶紧故意说“行行行，信不过就别说。”马屁精就是这德行，你越不让他说，他还越怕你对他有意见，乖乖地告诉你。他先嘱咐我不能再对任何人说，我发誓咱是哥们儿，不会不知道轻重的。马月生这才说，是平贺辰只让他和黄忠勇参与，不想扩大，所以也就没叫我。而且，黄忠勇还特别跟他强调要保密。然后马月生给我描绘了15日周五和17日周日，这繁忙紧张、小心谨慎的两天。

马月生说：“15日周五8点钟，还没上班，孙局长就将郑局长、平局长叫到市局办公室。孙局长让郑局长就他要求追查公司怎么成立，怎么强制违规收费，什么时候开始的，谁同意的等问题做专题汇报。

“让查这个啦？什么时候？”我表现出有一搭无一搭的态度。

“好像有吧，我也不知道。”

“结果呢？”

“咳，哪有什么结果。郑局长讲，这件事由我们局党委承担责任，就不要追究过去问题了。”

“就这？行吗？”我故意问。

“肯定不行。据说孙局长不满意。孙局长说，我过去管的时候怎么没有反映，没出问题？为什么你们一管就出这么大反映、这么大问题？你们怎么搞的？”马屁精那劲儿又来了。

"那，郑局长什么反应？"

"听平局长和黄主任俩人说，郑局长讲：'这一届党委没有一个人知道到底是怎么一回事，只有二处武金夫、三处朱之兰和孙全胜能讲清楚。但他们提供的文字说，是下面各单位各部门自行做的，局里默许的。从 2003 年初开始执行的，当时由郭群主管，袁少合分管。郭书记都退休一年了，袁局长也调走两年多了，这事也不好再找这两位领导问了。干脆别查了，就由我们党委承担责任。'"

"不对呀，那时孙局长就是我们局长呀。郑局长这么说，孙局长听不出来？"我这样问其实不是问马屁精，而是问自己。而且当时平贺辰也是参与者，郑局长这样说，应该很高明。

"是呀！你说对了。孙局长听后很生气地质问郑局长：'什么意思？那时我是局长！我怎么不知道？我挨批了吗？有没有文字记录？没有？我不知道，就得你们负责！'"

"哟。那郑局长怎么说？平贺辰一句话不说？"

"平局长一直没说话。听他们口气，好像平局长事先知道孙局长叫他们去，就是要当着他的面儿问这事儿。"

"那郑局长怎么说？"

"郑局长还是建议由我们局党委承担责任，不再追究过去。"

"孙局长同意吗？"

"谁知道呢。不过孙局长听后，沉默了半天才说：'我想想，这件事暂时不向市里报件了。'"

"报什么件？"我不理解地问。

这个马屁精感觉自己说走嘴了，赶紧说："没有，没有。"

勾起了好奇心，我拿话激他："好呀马科长，我们这么长时间的交情了，原来您还一直不信任我呢？防着我？行嘞，以后我就有话说了，您干的可都是党的机密大事，我们一个小办事的可没资格干。您辛苦点也是应该的。”

马屁精有些挂不住脸地骂了我，然后说：“我怎么不信你啦？不信你今天会跟你说？不就是周一平局长把我和黄主任叫到办公室，交代拟一个情况报告，报孙局长审后报市里。平局长特别指示，孙局长交代就让我们俩亲自写，不要报我们局的领导们。”

我听了故意说：“停，停，停，大科长，您快别说啦。局长明确要求不能让别人知道，您这不是害我吗？”

马月生又骂我，他就这样，有点娘儿们气，然后说：“反正今天你知道了，你要是往外说，我可饶不了你！”

我逗他说：“您不是工作积极认真吗？放心，那个副主任您肯定能当上。”

我想起大约一个月前，刚出事儿那会儿，李思哲他们考核了郑农、薛庆黎等四个人的事，没有马屁精，不知这小子知不知道。我没控制住，说了半句赶紧停住：“上个月李思哲他们……”

马屁精好像没听清楚我说的后半句，就又骂我王八蛋，说：“起草了一个情况报告，已报孙局长，还没审批回来，具体内容明天给你看草稿。”

我赶紧说：“别，别，您快别让我看草稿了，泄密我可担不起。我敬您杯酒吧。”

马月生劲儿又来了：“这杯酒得罚你喝。你小子别装蒜。对了，你刚才说李思哲那帮王八蛋是不是在考核干部？这小子怎么没告诉我？”

合着这小子听见我说的啥了，赶紧打马虎眼说：“这杯酒我喝。什么考核干部？我是说有几次他们不也参与这事啦，怎么这几次没叫他们呢。”

马月生一副看不起人的样子说：“他们哪干得了这个。倒别说苟德利干这个倒是行家。”

“是呀，这回怎么没让这条……没让他干呢。”我差点说出狗字。

马月生笑了：“你王八蛋直接说这条狗不就得了，还怕我告你状去？他呀，就是一条臭（嘴）狗，这回孙局长和平局长是怕他坏事，就没让他参与太多。其实他可真是知道不少事儿。”

我还想听下边的事，就故意说：“就这点事还叫忙死了。行了，喝了这杯慰问一下，干杯。”

“什么呀？还没说完呢。你干，我一半。等会儿，喝杯酒就叫安慰了？一会儿找个地方放松放松，那才叫安慰。”

“好，好，谁要人家是领导呢，咱服从。”我心想，我可不能跟你一起去，去了就等于自投罗网。

“别废话，听着。下午几点不知道，市局迷糊主任去了郑局长办公室，五点钟黄主任打电话说他没在，让我去郑局长办公室。我进去时，感觉他们已经说了好一会话了。”

“李大迷糊主任可是市局党委常委。市局领导亲自到我们局来？少见，必又‘难’。”我感到有些意外。

“是呀，我也觉得奇怪。他这个办公室主任当得，跟白痴一样。我进去时他正跟郑局长说话，好像有点紧张，又有点震惊，见我进来还沉默了一会儿。倒是郑局长见我进来，说了一句“你来了”，并让我坐下，我跟迷糊打了招呼。”

“什么意思？叫你一起听？”我的好奇心又来了。

“开始我也觉得纳闷，后来才知道，原来是叫我来写检查的。”马月生有点丧气地说。

“你写检查？什么检查？”

“不是我写检查。听着特有意思。郑局长说：‘李玉主任，我知道办公室主任不好干，今天我们说的话就过去了。’说着郑局长伸手去拿迷糊主任跟前写满字的那两张纸，李主任像吓着了一样，赶忙拿起纸，说：‘你不能看这个记录，这是孙局长跟我讲的很多话，我不能讲给你听。’然后迷糊主任又重复说了一遍：‘刚才你说的，我只是听听而已，没别的意思，今天不是谈话。’最后迷糊主任终于说出了他来的目的：‘孙局长让我跟你讲，你们党委要向市局党委写检查，你要向市局党委写检查。’”

我迅速反应道：“党委写检查干吗让你去，应该是江万励他们的事。”

“是呀，我也这么想，谁知道黄主任让我去是什么意思，也许……”这个马屁精话说一半，肯定寻思到什么意思不说了。

我觉得又是黄忠勇捣的鬼，他或许提前知道了些什么，不想让别人掺和。我又逗马屁精：“那是领导信任你，这么机密的事能让别人干吗？”

马月生这回有些不屑地撇撇嘴：“净干这受累不讨好的活。听着，郑局长说：‘那就谢谢李主任还亲自跑一趟，今天周五了，这样吧，我给市局项书记打个电话，周一下班前把党委检查和我的检查报市局党委，就送到干部处吧。’你猜迷糊主任说什么？”

“李主任说啥？”我反问。

“迷糊主任赶紧说：‘别，别，别。你们写完检查直接给我就行了，别让别人看到，被人看到多不好。你们班子也不用太多人知道，知道的人多了也不好。’唉，你说还有这样的事？”

我心里有些明白了，但是不能接马屁精的话，于是趁机故意给别人发信息。马屁精以为我没听见，就又问我：“你听明白了吗？”

“李主任让你写检查？”我故意问。

马屁精真以为我没听见，又骂我，然后说：“不愿意听？喝酒！想跟你发泄发泄吧，你还爱答不理的，就欠周日来累你这王八蛋。”

我赶紧陪笑：“行啦，大科长。我刚才给老婆发信息呢，谁叫咱怕老婆呢，不像大科长您，嫂子乖乖听您的。今天您想发泄？好呀，咱正愁没机会表现呢。要不就今天，一会儿我们轻松轻松去，给您安排一个？”我违心地说。

马屁精又有点尖声地骂我，我赶紧把手指放到嘴前，做出“小声点”的动作，马屁精这才压低声音罚我两杯酒。“你小子得了便宜还卖乖。你知道昨天我一天都没闲着，再碰上这个老迷糊，还真不能在这种人手底下干。不知李迷糊怎么跟孙局长说的，周六晚上黄主任又打来电话，说孙局长让周日下午六点前必须将两个检查和一个情况报告一并报到他手里。”

“你开始说是一个情况报告，后来变成俩检查，怎么三个都要啦？够紧张，都你自己干的？叫我呀。”我故意气他。

“叫你？我昨天七点钟就到办公室了，我跟黄主任说忙不过来，党委检查本来就应该由江万励他们写。黄主任这才跟平局长汇报，让他们负责写检查，我写情况报告。可就是这个情况报告把我给折腾死了。”

马屁精一口气说着：“其实前些天已经拟好了一个。可是8点钟时李迷糊又将黄主任、郑局长叫到市局，说孙局长催他们交报告。李迷糊竟然说，‘由于你局的问题，百姓对孙局长产生了误解，形成网上恶炒’。然后他拿起一张纸，说这张纸上写的是孙局长跟他讲的话。郑局长要那张纸，李迷糊不给，郑局长又让李迷糊说些重点，郑局长记了一些。但郑局长说他记得不全，也肯定不是孙局长的原话，李迷糊应该进行了加工和节选。郑局长回来，又按李迷糊口述的改了。”

我也不打断他。“10点李玉又来电，急切地讲孙局长让咱们中午前把报告改出来报他，并让郑局长在办公室等他。后来他又让郑局长去市局找他，郑局长11点才到市局。这样一折腾，十二点前哪写得完呢。郑局长到市局时，李玉已在那等着了，迷糊主任口述，郑局长记录，逼着11点半搞出来送到他手里报给孙局长。”

马月生继续说：“郑局长问李迷糊，‘您说11点半能给您吗’，李迷糊竟然让郑局长用电话一字一句地念给我，我在这边一边听一边改。后来，黄主任接过电话给我复述，这才快一些。”

“我的妈呀！还不把您老累坏了。改得多吗？”我真的有些吃惊。

马月生瞪大眼睛：“别贫。几乎颠覆了原件。按郑局长口述，不，应该是郑局长记录，李迷糊口述；也不，也许还是李迷糊记录，孙局长口述。我赶紧改完了，送到市局郑局长手里时已经一点半了，郑局长拿去给李迷糊，李迷糊却让郑局长直接给孙局长送去。原来孙局长在市局餐厅招待客人呢，我跟郑局长到餐厅给孙局长，孙局长反倒说不急了，让我们把文件给李主任就行啦。我们又回来给李迷糊。从市局出来，心想可完事了，嘿，还没到家，黄主任又打来电话让我赶紧回去，说孙局长将稿改完了，让我按孙局长改的稿改好后报市里的八位主要领导。从 4 点到 5 点，孙局长打了四次电话，一个劲儿地催，要求 5 点前改完送走。”

这会儿不知马屁精什么意思，只听见他说：“哎，你没看稿子，我怎么看怎么觉得通篇都是在为孙局长辩解，以及带给他的伤害和影响，并把责任都推给了郭群，字里行间充满了对郑局长的不满。”

我有些心惊，没想到马月生这个一心想当官的墙头草、马屁精，今天竟然说出这样的话，应该不是故意试探我。我这会儿倒想试探他：“那稿子不是孙局长改过的吧？应该是……”

“黄主任说是孙局长改的，上面写的字也确实出自孙局长之手。算啦，不说它了。不过，今天李迷糊一早就迫不及待地打来电话，让我们把昨天留存的孙局长亲笔修改的原稿及复印稿全部销毁。有意思吧？”估计马月生这会因为喝了点酒，把什么都说了。

不知这会儿怎么了，我脑子和嘴都反映很快，而且嘴更快，还有些神秘地说：“咦，不会你又留……底稿？”

马月生忽然有些警觉和紧张：“什么呀！你别瞎说啊？！”

我马上说：“咳，咳，瞎说的。我又知道什么呀。不说了，喝酒！”

马月生好像也缓过劲来，轻松地说着“干干”。我又有些不解地问：“市局往外报件不经过项局长审吗？”

马屁精也有点疑惑地说：“对呀，那个稿子郑局长看了也没什么反应，而且改后的稿子我局也没正式让郑局长签发，有意思吧？市局那边一直是李迷糊在操持，不知道报没报项局长，也许项局长不知道。没准，也搞个不经过签发的特件。”

“不是说要报市里八位领导吗，报这么多领导没有一把手签发，不应该啊。”

不能再说了，再说会出问题的。我故意岔开话题，说些社会的、单位的、某些人的，素的、荤的，黑的、灰的、黄的，甚至大道的、小道的、空穴来风的，等等各种事情和信息。不知不觉快到了晚上十点，啤酒喝了十几瓶，不过喝得还行。这可能是我跟马月生共事以来的第一次，也许也是最后一次吧。这类话题的“酒会”不能多！

今天的酒，马屁精喝得还算满意，我心里还揣摩着请假的事，趁他高兴我就说了。他挤兑道：“你行啊，每年都出去玩儿，歇吧，歇吧。”我谢了，他还嘱咐我也要跟黄忠勇请假。这小子还算懂事。我一直担心这小子一会儿会不会真的让我请他去洗澡，估计他有点迷糊了，他没提我更不提了。

回到家，跟老婆简单说了几句，老婆有些担心，警告我少跟着掺和，不过挺满意我请了假的事。

6月19日

日记：6月19日，周二，阴

今天去岳母家吃饭，老婆提起月底或下月初要去新疆旅游的事。岳母有些担心孩子太小吃不消，岳父则嘱咐我们要考虑周全，安全、天气、身体状况，等等，其实也是担心安全问题。老婆被说得有些不自在，不过倒没动摇。

岳母自然想到了外甥宋徐峰，话里话外地担心我们不管了。今天不知怎的，竟叫起那孩子的大名了。老婆逗着她说："您不是还有儿子吗，这两天让他请假去趟北京，行吗？干脆让他带您去一趟，您要是去了，可没人管您的外孙啦。"

岳母被逗乐了，抱起我儿子一个劲儿地亲："我谁也不要，就要我外孙。"

小家伙可会讨他姥姥欢心，搂着他姥姥亲，还说："姥姥，我带您去北京。"

岳父说："还是不要请假，耽误工作不好，要去就歇班去。"

我赶紧向岳父、岳母表了态。

回到家，老婆有点过意不去地跟我说："先打个电话，不行就辛苦一趟。"我自然让老婆放心："这件事就交给我办，放心吧。"

我想了想，然后跟老婆商量："要不就明天或后天去，不要等到周末，上周没加班，这周就没准了。"

老婆担心是否能请假，我说"应该没问题，昨天刚请了马月生吃饭，或者干脆就说病了。明天上班再说，见机行事"。其实，我心里早就盘算好了，应该没问题，再说，我真有一种要去的冲动。

6月20日

日记：6月20日，周三，阴

天真的热了。早上到单位就用心听着这两天有没有特别的事。周一晚上和马屁精聊完后，马屁精这两天没怎么交代我干活，不知是不是觉得那天说多了，故意躲着我，还是有些话说多了见面尴尬？或许不是尴尬，是有戒心了？管他呢。反正没什么事，上午抽工夫给丁丁那小子打了电话。这个电话促使我不管头高不高兴，明天都要去一趟。

其实，管这小子叫宋徐峰还是丁丁，我都觉得别扭。打电话时听他声音还是有些局促，为了缓解气氛，我问他是叫他名字徐峰好，还是叫丁丁好。他竟然说不知道，还说大家都叫他丁丁，很少叫他大名的。唉，有点傻了。我说“那姐夫就当你是小弟弟啦，也叫丁丁吧”。他应该是笑了一下，只“嗯”了一声。下面的对话急死人，也更不理解他们到底是怎么回事。

“你姨想你了，想让你过来玩几天。”

“不了。”

“不了是啥意思？工作忙离不开吗？”

“不是。”

“那为什么？”

沉默。

“丁丁，说话呀！啊？有什么问题吗？说话呀，急死姐夫啦。”

“不能走。”

“为什么？”

沉默。

“哎呀。丁丁，你都是大人了，有什么困难跟姐夫说。”

“我，我没钱。”

“啊？没钱？工资不够用吗？”

“不是。”

“丁丁，你别两个字两个字地说行吗？告诉我怎么回事儿？”

沉默。

“说话呀！是不是，你没工作？”我忽然意识到。

“嗯。”

“啊？真的？那你怎么生活？”

“姐夫，你还能给我点钱吗？”

“丁丁，你到底怎么啦？啊？你就这样生活？那天天吃什么？还住那儿吗？”

“住。”

“吃那俩男孩的吗？”

沉默。

“人家养活你？丁丁你……”我忽然想到，那两个男孩包养他。我急了，说：“丁丁，你不能跟他们有什么的，你姨知道会气死的。”

“姐夫，不是那样，他们帮我……姐夫，不说了，麻烦你了，别告诉姨和我奶奶。”

“为什么？你就不怕你爸知道？”

沉默。

“姐夫，谢谢你，我挂了。”

“等会儿，丁丁，你爸爸也总问呢。”

“他不管我。他从来就没管过我……”

我感觉到那孩子在哭，赶紧安慰：“丁丁，你把银行卡号发给姐夫。”

“不了，好长时间不用了。”

……

写到这，我心里有点不好受。

下午，我故意在马月生办公室门前逛荡了两次，看他也没说啥，便思量着怎么开口。现在各单位各部门还照样报数，可能也觉得无聊，3 点一过就报上来了，干脆现在就把数给马屁精送过去。顺便告诉他，周一酒喝得有点多了，这两天胆结石又犯了，明天去看看病。

现在马屁精也对这些数不感兴趣了，顺手拽在桌子上。我故意关心地问他前天喝酒没事吧，他还真的有点尴尬。我也不理会他的表情说，“那天回家可能有点着凉了，胆结石犯了，这两天痛死了，如果明天没什么事，我想去输一天液”。这马屁精一听我不好受，色劲儿来了，非问我是不是喝完酒回家跟老婆办“大事”了，我说没有，这小子竟然说否认就不准请假，还硬逼着承认。反正这小子愿意听，就给他编呗。这马屁精看我承认了，更来神了，还跟我讨论起如何跟老婆办事来。我故意装痛说：“大科长，我现在痛着呢，等我过两天好了，单独向您老请教如何跟嫂子‘办事’。”这会儿，看我恭维他，他倒高兴了，还关心起我来，催我明天赶紧去输液，一天不行就多输几天。我感激着赶紧出来了，心里喊着成功啦！看来这小子一聊“色”就来神，今后只要满足他，就什么事都好办了，哈哈。

我赶紧给老婆打电话，说去单位找她一起接孩子去岳母家吃饭。

路上，我跟老婆说起和丁丁通话的情况，老婆心里也不好受，不明白怎么会这样，又埋怨小舅不是东西，也发愁怎么过姥姥这一关。我把请假的事说了，老婆听了笑着说，“你们男人在一起就没别的事”，然后又警告我在北京不许出去洗澡。我赶紧保证着，然后说：“老婆，可是我想搓搓澡怎么办呢？要不你在旁边看着，绝对不找女的搓澡。”老婆打了我的头一下，瞪着眼：“竟想美事呢？还想找女的搓澡！哼！”我笑着说：“我找老婆搓。”“喜欢谁找谁搓去。”“真的？”“你敢！”。

等儿子的工夫，我又给丁丁打了电话，告诉他明天去看他，可这孩子似乎并没有表现出高兴的声调，还有些犹豫、担心，客气地说太麻烦了，别来了。

到岳母家吃饭时，老婆告诉岳母说我明天会去看丁丁，看得出岳母心里可高兴了，但是没提通电话的事。快回家时，岳母给了老婆一些钱，让我带给丁丁。老婆一看，五千块，有些惊讶：“妈，您干吗？给这么多？您快收着吧，我们会给的。”

岳母非让拿着，还一个劲儿地嘱咐我：“儿子，别听你老婆的，都给丁丁啊！”

我老婆只好拿着说：“行了，我拿着，您就别管啦。”

岳母还是不放心，岳父解围道：“就让他们看情况给吧。或者看看他缺什么，买点东西也行。”

回到家，老婆说“不能都给他，照他的情况，再多也白搭进去”，老婆让我先给一千块。我觉得也是，但多带了一点，决定看看情况再说。

6月21日

日记：6月21日，周四，晴

今天早早地就出来了，中午赶到北京。因为没有告诉丁丁什么时候到，他还以为仍旧是下午到。我敲了三次门才听到里面答应了一声，半天才听到有拖鞋声。门开了，丁丁腰间围条浴巾，睡眼蒙眬。

“谁呀？啊！姐夫，您都到了。”

“还没起呀？不让姐夫进去？”

“哦。”

“丁丁，谁呀？”屋里传来一个男孩的声音，我顺着声音往里看，隐约看到一个赤裸的男孩揉着眼往里一闪。

“我姐夫。”丁丁赶紧回身将那间房门关上，不好意思地说，“姐夫，进来吗？”

“不欢迎姐夫？哈哈。”我故意轻松地笑着进了丁丁的房间。

“不知道您这么早就到了。”这小子不好意思地笑笑。

“啊，这还早啊？噢，对了，你们中午是第一顿饭。”我指指旁边的屋子，逗丁丁，“你们都这样？”

丁丁脸腾地红了，赶紧找T恤穿上，又在椅子上找了一条流行的休闲七分裤穿上，没穿内裤。

“姐夫也没吃饭，我们到外面去吃吧。”我说，丁丁站着没动，“别愣着，快去洗脸刷牙。对了，叫他们一起去吧。”

“不叫他们了。”

“怎么了？姐夫想谢谢他们照顾你。要不你去问问他们，就说你请客，谢谢人家。”我笑看着他，他磨蹭着，“去呀，问问好，礼貌嘛。”

丁丁出去了，一会儿进来没说话。

“说了吗？”

“恩。”

“一起去？”

“恩。”

“好。叫他们快点，时间不早了。”我催着。

“他们在洗澡，我去让他们快点。”

丁丁出去了，我都觉得出汗了。大约一小时，不知怎么形容这三个男孩，才算收拾停当。出了门。我感觉那两个男孩还是挺高兴的，开始也管我叫姐夫，后来就叫哥了。说话也挺有礼貌。

我叫他们三个人点自己喜欢吃的菜，可基本都是素菜。让他们点些荤菜，都说不爱吃，我点了一份红烧肉，被他们三个人吃得精光。结账时只花了一百块，我心里觉得他们要么是不好意思，要么是生活很吃紧。

开始三个人都很拘谨，我只能试探着问些情况，怕他们多想。从谈话中了解到，这两个男孩，一个叫文箫，28岁，一个叫周子诺，24岁。聊了一会儿，我说了一句：“谢谢你们照顾我弟弟，丁丁出来一段时间了，他爸爸希望丁丁回家找个工作，干点什么。”

子诺不知有意还是无意地说：“丁丁还有事，还不能走……”

“不能走，为什么？”我的担心、疑问一下子表现出来，“你……”

丁丁一下子紧张起来，文箫赶紧岔开话题："不是，哥，我们仨正在计划一起干点什么，刚起步。要是家里希望他回去，我们再商量商量，看看我们做的情况，要是做不下去就让他回去。"

"是吗？你们想做什么呢？需要我帮忙吗？"我露出高兴的样子。

"不用，不用，哥。有困难我们一定找您这个哥，您是丁丁的哥，就是我们的哥。丁丁是挺好的小弟，我们一定会好起来的。哥，没准我们真的会请您给参谋参谋呢。"文箫说。

"那好呀！丁丁，你们要是真的需要我出出主意，就给我打电话。对了，文箫、子诺，你们也别客气，我给你们留个电话。"

……

丁丁听着我们的谈话，显出紧张的神情，低头不语。憋了好一会儿，他才说："姐夫，我们走吧。文箫哥、子诺哥，我们陪我姐夫到王府井转转吧。"

我理解丁丁的意思，想着今天还要赶回去，也就没去王府井，又给他们炒了两个菜带回去。

回到他们的住处，我又坐了一会儿。我要走，让丁丁送我，那两个帅哥也要送，我没让，我就想跟丁丁再聊聊。临进检票口，我给了丁丁一千块钱，嘱咐他："这是姨给的钱，别乱花。姐夫不明白你到底是什么状况，但是你肯定没告诉姐夫实情，姐夫不勉强你，只是有事一定给姐夫打电话。"

丁丁眼泪掉了下来，"姐夫，你还来看我，行吗？"

"丁丁，丁丁，怎么啦？出了什么事吗？"

这孩子抹去眼泪，努力笑了笑，推着我进了检票口。我挥手让他走，他站着不动，我只好赶紧跑向站台。

6 月 23 日

会议记录：6 月 23 日，周六，晚 8 点，小会议室

召集人：市局办公室李玉主任

与会人：局长郑帜，副局长平贺辰、于庆泉、韦建禾、申士杰、洪升礼、盛文龙

列席人：黄忠勇、苟德利、武金夫、朱之兰、孙全胜、马月生及我

李玉主任：今天我是按照孙局长的指示来开这个会的。我呢，不了解你们的情况，具体是什么事，郑局长，还是要你们自己落实。

今天下午孙局长给我打电话，要求今天晚上马上开会研究，所以这个时候召集大家来开这个会。孙局长讲，武金夫和朱之兰两位处长跟他汇报，最近一些单位和个人要求退款。孙局长要求我们今天研究怎么办，让拿出办法，我对你们局情况了解得不多，都是什么款，有多少，更不清楚。所以，郑局长，办法还得你们研究。今天请你们来，还是请你们先把底数摸清楚，这样才能知己知彼，研究怎么退。郑局长，谁了解情况先介绍介绍？

平局长：李主任，还是按孙局长指示研究怎么办吧。

李主任：不了解清楚情况，拿出的办法没法向孙局长交差，还是先介绍一下情况吧。

平局长：武金夫、朱之兰你们谁清楚？能说清楚吗？

武金夫：李主任，介绍也没用。孙局长不是指示让我们研究办法吗，跟数也没关系，知道数有什么用。孙局长也没说要

介绍情况，您就别自己出题目了，是吧朱处长？平局长还是研究怎么办吧。

平局长：是呀，李主任，就研究怎么办吧。

李主任：看来你们也没搞清底数。这样不行呀，这样怎么干工作。那，郑局长，你们还是先抓紧摸清底数，然后再研究怎么办。（这时孙局长来电话。李主任：局长，我正在按您要求组织他们研究。是，是，是，想让他们把底数摸清。那？哎，哎，不搞，不搞，是，是，不退，不退，明白，明白，明天跟您汇报。）

李主任：正好，孙局长来电话，有明确指示，让我传达给你们。孙局长讲，“郑局长，你们头脑要清楚，要有水平，不要一有人闹就心慌，就想退，让人以为你们理亏”。孙局长要求不退，坚决不退！明年不交就是了。郑局长你们研究吧，我先走了。平局长，孙局长让你明天跟他专门汇报。（李玉主任走了，继续开会。）

郑局长：刚才李主任传达了孙局长的指示。武处长、朱处长、孙经理，你们抓紧拿出个具体处理意见，请平局长、于局长审后报孙局长。

于庆泉：不用报我，贺辰审就行了。按刚才李主任说的，贺辰直接向孙局长汇报就行了，别耽误时间。

平贺辰：行呀，庆泉你同意就行。

于庆泉：情况我也不太清楚，你全清楚，你定了更好过关。

郑局长：大家还有什么意见？没有？散会。

6 月 24 日

日记：6 月 24 日，周日，阴

周五没通知昨天加班，昨天白天也没事，晚上倒来事了。这个会，意味深长，能咀嚼出很多味道。回家不算晚，但是已没有心情写日记，记录这个会，心头有一种恶心感。今天想想，还是大有嚼头儿，就补记一下吧。回忆昨天晚上李迷糊召开的这个会，又如身临其境，但确实味道不对。开这个会有什么目的？有什么用？李迷糊不过就是一个傀儡、木偶。可昨晚这小子也有点滑头，不想担事儿，也让人恨，非得晚上八点开会，什么破事儿，最后还不是不了了之吗？李迷糊与孙长悟局长的通话，不用听到孙长悟所有的话，也能听出几分意思。就这么草草地散了，不过就是做做样子。难道真的只是做做表面文章？未必！对，还很有可能，在以后的什么时候，会有这样一句话："是你们研究决定的……"

平贺辰、武金夫、朱之兰、苟德利、孙全胜这几个人，散会了倒没有马上离开的意思。得意又张狂的几个人在一起指桑骂槐，既骂李迷糊，也有骂郑局长和于庆泉的意思。李迷糊真是迷糊，让人当猴儿耍，就是台前的猴儿。参加会议的其他人，不过就是个不得不充当的观众，还必须当这个观众，以备为日后证明。

苟德利故意骂武金夫"你这个'秃'玩意儿……"，还特意把'秃'音发成"兔"音。武金夫也不示弱，趁机会的接着"兔"音开骂起来。再听听平贺辰故意嬉笑着骂这几个人：别你妈的胡骂乱卷的，快走吧，赶紧回家……

回家后，老婆问我什么大事要大晚上开会研究，老婆听我说完后说，“真懒得听你们单位的破事儿”。

6月25日

会议记录：6月25日，周一，8点30分，郑局长办公室

召集人：郑局长

与会人：平局长、于局长、黄主任、武金夫、朱之兰、马续、马月生及我

郑局长：开个小短会。周六，市局李主任晚上8点召集开会，大家都参加了，除了马续，昨天是你们孙经理参加的。平局长还专门向孙局长做了汇报。下面就让平局长跟大家通报一下孙局长的要求。

平局长：昨天跟孙局长汇报了相关工作。孙局长指示，在所有的收费项目中，发证前的考试每人收500元，是我们培训中心收，培训中心是我们内部的，没有收费许可证，也没有培训办学的手续，收了十几年了，这不行，抓紧停。这件事孙局长不知道，孙局长对我们提出批评，并让我们抓紧写个情况报市局。忠勇，你们抓紧写报告，就是这些。

郑局长：平局长传达了孙局长的要求，黄主任你组织抓紧写报告，平局长、于局长审后报市局。

于局长：我不太了解情况，孙局长专门指示了贺辰，贺辰把关就行了。

黄主任：武金夫、朱之兰，你们一会儿提供一些情况，有

些东西我们不清楚。

武金夫：知道那么多干吗，郑局长让你们写报告，就别瞎布置活。

黄主任：平局长，我们不了解情况怎么写？

平局长：秃子你别闹了，一会儿你们到我办公室再说。

郑局长：那好，就由平局长直接组织你们写吧，平局长审后直接报市局。散会。

工作记录摘要：6 月 25 日，周一，九点，平局长办公室

召集人：平局长

与会人：黄主任、武金夫、朱之兰、马月生及我

平局长：这样，忠勇，报告你们先拟着，回头武金夫跟孙局长再说说。

武金夫：……

黄主任：局长，我们真的没法写。

武金夫：……

日记：6 月 25 日，周一，阴

今天真够有意思的，郑局长、平局长召集布置的这是什么事，就像儿戏一样。必须布置，必须写，但不写也可以。什么玩意儿！

但是，报告涉及的内容如此重要倒是没想到。一、说明确实存在违规收费问题，有一些并没有像上报的那样已经停收了；二、奇怪的是收了十几年的费，孙局长竟然完全不知道！？超乎寻常！

还有上午做的笔记中，武金夫的两句话只能用省略号，因为武金夫是对着黄忠勇国骂，加“下三路”。

今天想到还有一件事，哪天得问问马月生。就是前些天写的检查和报的那些件，是正式行文报市局，还是报孙局长个人。感觉孙局长不想让市局项局长知道，最起码不想让项局长参与这件事。可孙局长有些事是让李主任出头的，难道李主任也不报项局长？难道市局也这样？都有些乱了。

6月26日

局务工作会记录（部分）：6月26日，周二，8点30分，大会议室

召集人：郑局长

与会人：各位副局长，各单位各部门一把手，马月生、李思哲、马续

……

（今天召开局务会，马科长派我去办事现在才回来，记录下面议题）

郑局长：今天原定的议题已完成，大家还有什么意见吗？没有，好。那平局长和于局长定一下，按孙局长要求今天就把会开了，要跟大家讲清楚“不退费”的理由，不要发生不稳定现象。

平贺辰：各单位各部门一把手都在，这个会后就接着开吧。

于庆泉：接着开吧。

郑局长：好。大家再坚持一会儿，由他们二位就有关问题进行具体部署。局务会就到这，散会。

平局长：等一下……

郑局长：（平局长小声与郑局长交流后）平局长有个事要说，平局长你说吧。

平局长：按照孙局长要求，公司经理做些调整。孙全胜改任董事长，经理由薛庆黎担任。

郑局长：还有吗？好，散会。

日记：6 月 26 日，周二，阴天

今天开局务会，马屁精却派我先外出办事，所以只参加了最后部分。局务会后，马月生也没让我继续参加平贺辰和于庆泉的会，让我赶紧把局务会纪要写出来。实际上，平贺辰没参加接下来的会，只由于庆泉召开。

郑局长第一次宣布散会后，平贺辰要说公司人员调整的事，是平贺辰临时增加的。我离郑局长和平贺辰近，他们小声交谈的内容我听到了。

平贺辰小声告诉郑局长，孙局长指示将公司的董事长与总经理分开，说孙全胜太糊涂，连账都搞不清，只让孙全胜当董事长，总经理让副经理薛庆黎担任。郑局长让平贺辰正式通报，平贺辰不肯，郑局长说："这是局务会，应该传达孙局长指示。"平贺辰又说不是孙局长指示的，是他个人意见。郑局长说："如果不是上级领导指示，就不能临时增加议题，让公司正式汇报后再开会研究。"平贺辰又说是孙局长指示的，这样郑局长才让他作为一个议题通报。

关于公司人员调整的事还没完。我拟好会议纪要，黄忠勇修改后报郑局长修改签发。下发的会议纪要中，写有“经市局孙长悟副局长同意，孙全胜任董事长，薛庆黎任总经理。”的内容。盛文龙看到后把我叫到办公室，要求去掉“经市局孙长悟副局长同意”这几个字，说孙局长看到了很生气。我为难地说，请盛局长跟郑局长请示，盛文龙让我先走，他去找郑局长。改没改就不知道了，哪天有机会看看存档的文件有没有这几个字。

今天，参加一个同事的婚礼，去的人不少，与娘家酒席合在一起共50桌，挺热闹。新郎新娘来我们桌敬酒，我偷偷地嘱咐他别喝太多，晚上还有“大事”要办呢，其实估计别人也会这么嘱咐。饭后，有几个小伙闹着去闹洞房了。

算了算，这个月的份子钱有点多，四千，还找老婆要了两次钱。没办法，男人就是要面子，随礼的份子钱也多。

6月27日

工作记录：6月27日，周三，11点30分，食堂单间

召集人：市局孙局长

与会人：郑局长、平局长、于局长、黄主任、武金夫、朱之兰、孙全胜、马月生及我

孙局长：来这么多人干吗？我就几句话，都坐那听着吧，抓紧补救。紧急把你们叫到食堂，是因为不得不现在说。昨天你们开的是什么会？质量太差！效果太差！庆泉，是你召开的？反映太大了！这样干工作不行呀！是要捅大篓子的。

于庆泉：本来贺辰和我一起开的，他说您找他。

孙局长：我找他怎么啦？我不能找他吗？郑帜，那个会应该由你开！

于庆泉：我都做了明确要求。

孙局长：要求了没做到也没用，也是你的问题。这样的工作水平能干好工作吗？不出篓子才怪呢。贺辰，赶紧把公司撤消。文龙，账都处理好了吗？账的事，不需要太多的人。我们处理的那几个事效果多好，没出事。该往里搭钱的就得搭，多给些也没问题，不要出乱子嘛。这就是本事，这事处理得好！昨天会开得太差。贺辰，你们再好好研究研究。郑帜，你把日常工作做好就行了，其他事不用参与，你也参与不上，就交给贺辰和文龙去做就行了。

日记：6 月 27 日，周三，阴天

今天中午可把于庆泉气坏了，脸通红，一个劲儿地摇头，嘴里像是在骂娘。

今天孙局长说公司和账的事，看来孙局长是下决心要撤消公司了。此前，听一些在公司干的人讲，公司账上已没钱，还烧了不少账，看来说不定还真有此事。这会儿又想到了表哥。

想想还真是的，他们就是耍滑头，一有事，准找一个垫背的。这回于庆泉是捞上了。

上次跟表哥见面时，忘了问了，有些日子没怎么见孙长悟来局里，是不是真的出去了。今天看孙长悟苍老了许多，白发不少，应该是突增了很多。唉，走心思呀。

对了，孙长悟局长说前些日子平事儿啦，还搭了不少钱，什么事？为什么不让郑局长参与？怕什么吗？看来这里面真的有不少鲜为人知的事。

不管这些事了。这几天老婆可认真了，准备着出行的一切，除了问问丁丁的事外，她们单位的事也不怎么跟我叨叨了，我们单位的事更懒得听。出行的一切准备工作，老婆全包了，也不让我参与，我倒省心了，看看电视，跟儿子玩会儿。

6月28日

会议记录摘录：6月28日，周四，九点，大会议室

召集人：市局孙局长

与会人：市局纪委书记蓝伊泰、市局办公室主任李玉、市局信息处王处长；我局局长郑帜，副局长平贺辰、于庆泉、韦建禾、申士杰、洪升礼、盛文龙，各单位各部门一把手

孙局长：今天我和纪委蓝书记、办公室李主任、信息处王处长专程来你们局召开这个干部会，就说一个事儿，王处长你说说情况吧。

王处长：大家知道，前一段时间网上出现恶炒的情况，现在已经遏制住了，目前情况基本稳定。

孙局长：好了，好了，王处长你就说到这儿吧。你们听清楚了吗？现在才算稳定。为什么外部会出现恶炒？！是内部造成的！你们造成的！我管了那么多年，我什么时侯强制了？我是坚决反对强制的！你们有人说我支持强制，不如直接说是我同意或者我要求你们强制收的。我什么时候说过？研究过吗？

批示过吗？我离开5年了，我只是分管，郭群也只是把握一下，所有的事都是你们干的。我知道吗？不知道！这几年，你们局出了这么多事，是你们党委的问题，领导的问题。业务业务不行，队伍队伍不行；政治素质差，心术还不正，搞歪门邪道。也难怪，出了事儿一推六二五，把自己摘干净，就当没事儿了。你胜任吗？配当官儿吗？这一时期让我思考主要领导人的品德问题、人格问题、能力问题、能不能胜任的问题、配不配当这个官儿的问题。随着时间的推移，大家是不是看得更清楚了！你们看清楚没有？反正我看清楚了！你们要是还没看清楚，就是思想问题、立场问题！今天这个问题先不谈，你们先思考，我会让市局组织处专题研究这个问题。今天就说说网上恶炒这件事。5月24日，我专题布置，让你们网上反击，每天给我报情况，大排名。信息处王处长他们干得好，替我监督你们干。这件事就告一段落，不报了。当然报表设计得不错，黄忠勇你们干的？好！这事得表扬，这是态度问题，立场问题、交办的事就得认真办，干好了就表扬。干了但没干好，只要态度端正，认真干了，也还是予以肯定，争取下次努力干好。关键是有些人，不是不能干，而是不想干，不好好干，甚至故意不干，还给干的人使坏。

黄忠勇：局长，这都是马科长干的。

孙局长：他们干的，也是你领导得好嘛。没有一个好领导，就没有一个好队伍，就干不出漂亮活。马科长我知道，不错，人很好，工作认真努力。贺辰，这样的干部将来要重用的，你们党委要有正确的用人导向，要重用好人。

平贺辰：局长，马科长是我们后备干部库的。

孙局长：那都没用，有的后备不走正路也不行。今天先不说干部的事，就说恶炒问题，我替你们背黑锅。要不是24日我亲自组织坚决回击，你们会想到组织人员上网反击吗？肯定不会！这是一个人的水平问题，也是能力问题，驾驭复杂局面的能力问题。什么时候反击，什么时候停止，这就是水平。可是，我忍了这么长时间，替你们背了这么长时间的黑锅，到现在你们竟然不给我道歉？一个道歉都没有，还是……，我不想骂人，但是你们做的事就是欠骂！蓝书记，你们纪委要重视这件事。

蓝伊泰：孙局长您放心，我会派有关人员下来调查有关问题的。

孙局长：对！就要认真对待！对重大问题不能迁就。郑帜，你们要做好准备，首先要有一个正确的认识。今天本来还要你们每个人发言的，我看你们也没那个水平，就别浪费时间了。蓝书记、李主任、王处长，你们还有什么要说的？

蓝伊泰：您放心，下一步按您要求落实。

李主任：我说两句。郑局长，你们要好好反思，你们确实应该在素质、水平、能力多方面提高，孙局长是恨铁不成钢呀，你们不要辜负孙局长的期望。

孙局长：什么恨铁不成钢？王处长还有要说的吗？没有？散会。等等，我再强调一个事，李主任你回去要在适当的场合把我的话讲明白。就是最近许多人喜欢议论谁是谁的人，我告诉你们，我本人不是任何人的人！本人不是孙平的人，也不是其他人的人！我几年前就与孙平斗争了！今天在你们这里说，就是要让你们每个人都明白！你们这里有些人，喜欢到社会上不负责任地胡说八道！江万励你们做政工的，李民君你们做纪检的，要关注这个事，谁再胡说八道就按违纪处理。散会。

日记：6 月 28 日，周四，阴

今天，天还是阴沉沉的，而且湿度更大了，气压也低，闷得人难受，汗都有些黏糊糊的，也挺配合今天的这个会。

今天这个会，开得让参会人的心情就像这个天一样压抑。自孙平事件发生以来，开始几天大家还当是局外事地津津乐道，虽然感觉孙长悟、平贺辰、孙全胜、郭群、盛文龙、苟德利、武金夫、朱之兰等人神秘、紧张、恍惚，但还没波及到大家。确如孙大局长所说，自 5 月 24 日以后，这座大楼就如同罩上了一张看不见却感受得到的恢网，特别是科处领导们。今天孙长悟的讲话，加重了这张网的浓度和分量，使处长们处于精神紧张之中。中午的食堂，人们三三两两地聚在一起，也都显得严肃、神秘，缺少了笑谈。有一个人却是高兴坏了，就是马屁精，他一天到晚嘴里哼着小曲，还回来跟我炫耀。嘿，活儿是我干的，好处他捞到了，还扁我。行，有你小子好瞧的。不过，这小子倒说了请我吃饭。

说心里话，这件事其实干得挺蠢，领导表扬黄忠勇和马屁精，各取所需，自有道理。不过，今天要是不开这个会，我觉得大家似乎都忘记这件事了，因为后来报的数都是各单位各部门内勤瞎编的。其实，社会上、网上一直在议论、嘲笑、谩骂我们的网上反击，纯粹是一帮傻叉，老网民叫什么来着，菜鸟？不是，反正就是个雏儿，让人家骂了个狗血喷头，更恶骂我们的局长大人。市局信息处王处长这帮人应该是天天都能看到的，特别是前面提到的那些帖子。难道他们没建议过别再弄了？反正我觉得是偷鸡不成蚀把米，还给老百姓制造了有趣的话题。

不过可把音乐糟蹋了一回。

今天不知唱的哪一出，怎么把纪委书记蓝伊泰也叫来了？这个蓝伊泰，大家都叫他“姨太”，今天虽然话不多，还有点附庸的感觉，但不知会整出什么事呢。他们这么搞，项局长知道吗？

6月29日

日记：6月29日，周五，好热的大晴天

终于盼来了一个大晴天，却也是一个大热天，更是这些天来，终于有一件高兴事的一天，发高温补贴啦！本来发高温补贴有什么可高兴的，就那点钱，谁稀罕？可今年的今天，这个高温补贴就像一线阳光，将天这个大黑锅的锅底射透，还把锅底撕开一个大洞，压抑的心情一下子愉快起来。

可马屁精的一句话，又让这束阳光夹杂着一股灰，甚至一股黑！人呢，可真是的，发给你钱了，就花呗；多简单的事，不就是钱吗，干吗非要知道钱的来历呢，知道了，这个钱就有些变味。钱这东西要只是一个简单的交换工具或方式，也就索然无味了。钱，确是解决衣食住行的必需，也是人们永远的话题，更是满足人的精神生活的源泉和需要：满足愉悦、满足刺激、满足贪婪、满足罪恶……

想想自孙平出事儿以来这些天，有时一进那座大楼，就像被一张无影但沉重的网笼罩着，不由你不沉闷，压抑得恨不得跟着时钟早早地飞到18点，踩着那钟声奔出那扇玻璃门。不过，时钟和脚跟没有跑过发钱的速度。5点，平贺辰把黄忠勇、江万励、邵克伦叫到办公室，破天荒地部署今年发放高温补贴的事情。要求：第一，今天无论多晚必须发完，要求越快越好，最好下班前发到每一个在职人员手中；第二，今年每人发五千。这么多！比正常的高出十几倍。哈哈，管它什么钱呢，反正今年答应老婆出去旅游。老婆说要早去，不能赶上放暑假的出游大潮，已定了下周三走，这钱真是及时雨呀，一下子觉得宽松啦。

据说下午5点平贺辰到郑局长办公室，说下午4点孙局长给他打电话，让他今天给大家发高温补贴，每人五千，每一名退休人员两千，每一重病人员一万，每个单位五万。立即办，今天必须发完。

好家伙，我在心里粗略地算了一下，要发差不多一千万，这是哪来的钱？局里哪来的这么一大笔费用呀？

据平贺辰讲："孙局长说，是公司的账外账现金……"

我很疑惑，这一段时间大会小会的，孙局长口口声声讲5年不问我们局的事，为什么这回要直接指挥发放高温补贴呢？根源可能是钱数和来源吧。为什么要用公司的钱给大家发高温补贴？要知道这么多年来，据说大约有十年的时间了，公司没怎么给局里钱的。还有，公司的这个小"金库"，真够"小"的。

还有一个事挺有意思的，邵克伦问财务手续怎么办。平贺辰让各单位各部门自己做个小账，让大家在白纸上面签个名字就行，表明大家领到这笔钱了，算是有账了。平贺辰让黄忠勇立即通知各单位各部门派人来局里领钱；让邵克伦立即组织人分好钱，确保各单位各部门随来随领；让江万励负责退休人员和重病人员的发放。

自己这是怎么了，不就是一个高温补贴吗，怎么引出那么多稀奇古怪的想法，好像一下子变了一个人。管它是什么钱呢，交给老婆，老婆高兴就行了。老婆说啦，正好明天逛街，准备出行用品。这一次要好好玩一玩啦。我也趁机用大自然的美好洗洗脑吧。

7 月

7月2日

日记：7 月 2 日，周一，晴

天晴了，也热了，明天就要出游了。终于满足老婆去新疆的愿望，我也有些兴奋。只是儿子有点小，到年底才满五岁，不知是否吃得消，不过这小家伙个儿大，也挺壮。老婆一直向往伊犁薰衣草的芳香，早在脑海中描绘那广阔无际，由几代兵团人创造的奇迹，担心过了季节，所以闹着早点去，也做足了准备；新疆的水果，出了名的甜，数不清品种的葡萄，在国内极少能品尝到，猩红沙喉的甜西瓜内地也少见，可是现在去吃还有点早，它们还要享受大约一个月的阳光烘烤。没办法，不要求两全，但能躲过人潮嘛。儿子最爱看孙悟空大闹天宫，竟然知道火焰山，闹着要去火焰山，还要拿着芭蕉扇。听说还能看到美猴王的金箍棒，儿子喊着："老爸，你能把它变小，放到我耳朵里吗？”我想去西北第一村看看，还有那茫茫戈壁和荒漠绿洲克拉玛依……当然，心目中不只有内蒙古辽阔的大草原，风吹草低见牛羊，还憧憬着新疆草原的模样。

美好冲净阴霾，等不及啦，明天来得太慢啦！这半个月，我要用音像、照片记下点点滴滴。说真的，凭咱这点墨水，估计也写不出更多美好的文字。不过，写不出也不是什么坏事，心里反倒拥有的更多，可以自我欣赏，自我陶醉，也许，这个过程能够自我陶冶，净化心灵。不知为什么，就在写下“自我陶冶，净化心灵”这几个字时，心里竟然生出一丝悲哀，……咳！说着这么美好的事，怎么还不纯净呢，赶紧净化到无瑕，不然真的有愧于说这么美好的事。心，真的驱除了魔鬼，肉体放到天平上，轻盈得只剩下灵魂快乐的重量……

7月20日

日记：7月20日，周五，晴

大漠的辽阔、浩瀚真的能荡涤灵魂，即便是魔鬼也会披上天使的衣裳，忘却自己。当伸出双臂拥抱广漠无垠的戈壁，当置身魔鬼都不想再嬉戏的魔鬼城，当平视日月都可同辉、仿佛一纵身就可以遨游浩瀚宇宙的时候，才发觉，原来自己的胸怀可以这样宽广。不，是美好的心，可以包容一切。

回到家，如同宇宙遨游落地，恍如隔世，还要恢复记忆，不情愿重复地迈进迈出那道门。

小家伙真厉害，比我们俩都有精神儿，可也累坏了。老婆操持一切，安排得井井有条，功课做得十分充分，旅行一切顺利。整理半个月的录像、照片，配上文字，老婆也高兴地全部揽下。

不过，小家伙经历了一次“酷暑天胃痉挛、拉肚子的磨难”，一次“草原骏马狂奔坠落历险”，也把我和老婆吓出了两身冷汗，不过还算幸运，儿子没事儿，还是那样结结实实，健健康康。不知这算不算缺憾。也许，这些才是完美的全部。有时间把小家伙的两次经历记录下来，等他上学了能阅读时，让他看看自己的勇敢，这也是成长的经历。

新疆给自己的一切，感悟、美好……全在心中，有太多的文字可以书写，可我的文字水准不足以真正描绘出她的容貌和魂魄，再华丽的辞藻也是牙牙学语。在旅行途中，不时地感叹，然后下着决心，回去要把看到的、经历的……统统记录下来。回到家，回味兴奋之余，心里有一个强烈的念头，仅此屈屈数日还不足以领悟其皮毛，此次旅游，值！还应再去！

我只有十天假，为了不至于太辛苦便于休整，老婆把行程安排得宽松了一些，所以这次和老婆干脆都多请了十天事假，一共出去十七天。昨天到家，周一正式上班，给马月生打电话，这小子立马就通知周一上班开办公会。

7 月 23 日

日记：7 月 23 日，周一，晴

半个月没进这座大楼都有些不适应了，恍如隔世。跟大家打了招呼，大家问新疆好玩吗，我又兴奋地介绍起来，没敢唠叨太多，赶紧到费主任和马月生那里报到。马屁精自然要娘儿们地说上几句，咱也就嬉皮笑脸地应付他呗。参加办公会，脑子也没真正进入角色，好在办公会没什么新意。

但是进了这座大楼，感受到的氛围确实和已经进伏的天气出奇地吻合——潮湿，闷热，压得人喘不过气来。中午，把马月生和李思哲拉出去一起吃饭，他们都没去过新疆，好奇地问这问那，我从心底发出感慨，新疆得去！此行太值得了，我改变了自己的看法，并为我们辽阔的祖国自豪。羡慕得两人也动了心思。当然，我还有其他用意，想了解这半个月都有什么新鲜事。

交谈中，他俩说了不少事儿，我从中充分感受到了一张无形的网正笼罩着这座大楼。他们说的事，李思哲都是点到为止，也许是怕马屁精往外瞎说吧。反正李思哲说过类似的话，马屁精不是“小广播”，而是“大广播”。我也表现得不是特感兴趣的样子，不仅是怕李思哲反感，也是怕日后马屁精添油加醋地炫耀自己知道的事多，再把我们在一起吃饭，又说了这些事的事儿也广播出去，说不定谁就会给送双小鞋穿。对一般人说也就算了，关键是马屁精，他会有意无意地在黄忠勇面前说，甚至会在平贺辰面前提起来，没准还会讨好地跑到孙局长面前提及一些事，发表一些讨好的看法，结果就糟糕了。

他们俩说的事得好好捋一下，今天听得脑子比较乱，马屁精说得多，李思哲说得不多，但李思哲说的事有点意思，先捋出来，主要有这么两件事儿。

第一件事，一天，一大早，可能六点钟，对，是周一，孙局长给平贺辰打电话，让告诉郑局长马上开党委会，研究任命薛庆黎、郑农等四个人的事儿。平贺辰自己不跟郑局长说，让江万励去说，江万励磨蹭到上班，叫上李思哲，带着考核的那些材料向郑局长汇报，江万励没说请郑局长马上开党委会，只是说请郑局长定一下什么时候开党委会，并建议说已经考核两个月了，能不能办公会后就开。郑局长笑笑说：“没提前议定议题，临时就开党委会是不行的，再说又是研究提拔干部这么重要的事，你们是组织部门，这个纪律要坚决遵守。就这样让郑局长给挡回去了。据说江万励跟平贺辰汇报时，平贺辰把江万励骂了一通。

第二件事，没两天，孙局长将郑局长和平贺辰叫到孙局长在我局的办公室，布置两件事。

第一，局党委委员太少，让增加到 15 个人。郑局长讲二级单位党委成员 11 个就满额了。孙局长讲可以突破，让马上找市局组织处张处长，郑局长请孙局长先跟张处长打个招呼，这样好一点。孙局长有点不满意地说：“什么事都得我说吗？”然后就给张处长打电话：“张处长，郑局长向我请示，他们要增加党委委员的事，我觉得可行，我让郑帜去跟你汇报，然后让他们给你们行文，你们抓紧给办了吧。”

张处长好像说：“要先听听情况，然后向项局长汇报一下，可能要上党委会。”

孙局长张张嘴，说：“还用上党委会吗？这事儿，你们组织处不就能决定吗？这样，等郑局长找你们再说。

孙局长不太满意，郑局长说按要求党委委员是通过选举产生的。孙局长一听，立马又高兴地说：“那你们赶紧开会补选党委委员。”

郑局长说：“是要开党员代表大会的。”

孙局长说：“贺辰，回去你就准备。郑帜，这事就让贺辰操办。现在都有谁？”

平贺辰说：“还是您当时安排的那 11 个人，有我们俩和于庆泉、韦建禾、申士杰、洪升礼、盛文龙五位副局长，还有办公室黄忠勇、干部处江万励、财务处邵克伦、纪检室李民君。

孙局长说：“考虑一下苟德利、武金夫、朱之兰、孙全胜。唉，孙全胜跟傻子一样，能上吗？苟德利也是臭嘴，存不住事。反正你们弄吧，上俩也行。”

郑局长说：“开党员代表大会也是要向上级市局党委的。”

孙局长说：“不就报告吗？报了不就行了吗？贺辰，你们抓紧开，连书记一起重新选一下。”

郑局长说：“书记是任命制。书记是市委组织部下文任命，平局长的副书记则由市局党委任命。

孙局长沉思了很长时间，没再说这事，然后说了第二件事。孙局长说：“郑帜，你基层工作经历不多，应该多深入基层，不仅是搞调研，还要下去工作，时间不能太短。你考虑一下，下去一段时间，也可以不回来了。

郑局长做着记录说：好的。我抓紧按照您的指示给市局党委写报告，具体下去多长时间还是不回来，看市局和市委批示，然后再跟您汇报如何安排平局长他们的工作。

听李思哲话音，孙局长可被气坏了，然后像轰赶一样让郑局长先走了，之后孙局长跟平贺辰就不知说什么了。

……

今天就先写这些吧，老婆在整理照片、录像，我得去帮忙弄，别让老婆不高兴。

7月24日

日记：7月24日，周二，晴。

马屁精说了不少，捋一下，主要说了四件事。

第一件事，为了平息社会上日益不满的情绪，孙长悟局长亲自召开过一个座谈会，征求和听取社会一些单位的意见和建议。据说这是得到什么人的指点搞的。参加座谈会的有副局长平贺辰、于庆泉、韦建禾、申士杰、盛文龙参加，郑局长没，处长黄忠勇、田凯、武金夫、朱之兰、苟德利，郑局长和洪开礼参加。本来邀请参加座谈会的是这些单位的领导，结果齐唰唰地这些单位的领导们都没来，来的人都不知道是谁。

孙局长主持座谈会，其开场白说："我们都是老朋友了，今天请大家来，就是想听听大家的意见和批评。我5年前就不当这个局的局长了。5年以前我管，没问题。这几年没管，出了这么多问题，使大家产生极大的不满。为什么？这5年我很少参与他们局的事，太长时间没管他们的事，结果出了这么多问题，出了这么大的事。前一段时间我在他们的党委会上说，从现在起我要全面地管，彻底地管。所以，今天召开这个座谈会。大家对他们有什么批评、意见、建议尽管提，不要有什么顾虑，我们共产党人是经得起批评的。我在这儿就是给大家撑腰的，所以不怕尖锐，也不怕骂娘，大家有什么意见今天都可以说。

马屁精说，与会的人并没有提出什么意见，会议有些冷场，孙长悟有点烦躁了。结果有一个人挑头，却是明确提出应该退款。这个问题一提出，大家热烈响应，纷纷要求孙局长做主，抓紧退款。孙局长听着有些不耐烦，但又不好说什么。到后来孙局长实在尴尬得不行了，就拿于庆泉开刀。

孙局长说："大家的不满情有可原，也应该受到重视，被认真对待。这个问题我早就让他们研究，结果大家还是有这么多不满意。这说明什么，说明他们没有把这事当回事。庆泉，这事归你管，大家这么多意见说明你们没干事儿！我让你们认真研究事，不是让你们误事，要干事，要勇于承担责任。我们共产党人要为老百姓办事，干得好就干，干不了就换人。

这个会草草地一个小时就散了。

第二件事，孙局长带着市局办公室李迷糊主任、组织处张处长，到我局召开处级干部会，说是听取整治情况。我刚走的那一周，孙局长让我局开展整顿，为此局里还召开大会动员部署。

孙局长这次只带了两位处长来，会前指定让平贺辰汇报。平贺辰汇报了一半就被孙局长给拦住了，说我们的动员大会开得一塌糊涂。然后孙局长话锋一转，说："我让你们整顿，你们根本没搞明白是什么目的，动员会就是对付。想应付我吗？我眼里可揉不进沙子。过去没问题，才几年就变成现在这样了。不能不使人怀疑、反思，是不是选错了人？！短短几年，发生了质的变化。问题出在哪儿？就出在用人、做人的标准上！你们用人就存在问题，自己的德行不行，就不能发现好同志，职能部门发现了好同志，你却不用，一个人说了算，这样行吗？这也反映出做人有问题。能不能做个好官，就看德行上走不走正路；群众拥不拥护，就看怎么做人。

“于庆泉提得很早，后来不学习了，就不进步了。郑帜，提你是因为你年轻，有知识。关键是你们走不走正路。这几年，特别是这一年，看你们越来越差了。将来要对你们局班子成员进行考核，广泛听取大家意见，不行的就坚决撤换掉。韦建禾、申士杰你们也一样，提你们是因为你们年轻，有知识，只有知识有用吗？关键是走什么路，跟谁走，就是要走正路。你们在座的都应该明白这个道理。我相信今天的话会起作用，如果我今天不讲这番话，我担心今后会有问题。今天我也让组织处张处长来了，张处长你们回去后按照今天的会议精神考虑对他们班子的考核问题，下面请张处长讲话。”

张处长：“今天随孙局长来参加这个会，没有准备，也不大懂大家的业务，不好讲什么。刚才孙局长提出了要求，加强班子的建设和管理是我们组织处的重要职责，按中央和市委的要求，对班子和干部的考核每年都要定期进行。回去后我立即向项书记汇报，落实好市局党委的要求。”

孙局长说：“对班子和干部的考核是组织部门的职责，要主动发挥职能作用，给党委当好参谋最重要，不能按部就班，要积极主动，不能被动。

孙局长没让李迷糊讲话，也没问大家还有什么要说的，就宣布散会了。这个会给大家带来的心理震动是不小的，孙长悟的话耐人寻味；组织处张处长的表态，却好像也传达着某种味道。

第三件事，一天，孙局长带着平贺辰、韦建禾、申士杰、洪升礼、田凯、武金夫、朱之兰、苟德利几个人到下面去检查整顿的落实情况，完事儿请大家吃饭，吃饭时把孙全胜、薛庆黎和“大小姐”也叫过去了。“大小姐”没和这些人一起吃，孙局长和她单独见面后，安排她陪另外一些人。

席间，孙局长询问洪升礼身体状况。孙长悟其实不怎么喜欢洪升礼，说实话，当初是碍着孙平的面，因为要说能耐孙局长比洪升礼差多了。洪升礼这些年也忍了，表面上与孙局长还不错。孙平死后，洪升礼其实很失落的，孙长悟也就不怎么拿他当回事儿了。但面上还有所顾及，毕竟洪升礼知道一些事。今天虽然以关心的态度询问病情，但后边的话，明眼人一听就知道有挖苦的意思。孙局长对洪升礼说身体还是要好好养，养不好工作就没法干了，当官没个好身体是不行的，中央也要求领导干部要有一个健康的身体，看我五十多岁，你们没一个比得上我的体力。于庆泉身体也不错，可“心”有问题，也是不能用的。当然，光身体好、年轻也不行，德行不行也不行，像郑帜这样。韦建禾、申士杰还不错，品质好，走正路，将来是要重用的。郑帜是选错了，需要从新考虑，将来贺辰是能够挑大梁的，韦建禾和申士杰你们俩中可选一个做正职。

第四件事，可能于庆泉听到了什么，也知道孙全胜他们的一些事，据说于庆泉到市局项局长那儿去告状了，还扬言要到市里举报些事。为此，项局长还把郑局长找去了解情况了。

这两天满脑子都是他俩说的事，觉得实在太不可思议了，有点像天书。其他的事不说，郑局长是市管干部，不是市局能决定的，所以谁在这儿当一把手也不是市局能决定的。而且，有一种感觉，不知是故意还是无意，韦建禾和申士杰成了竞争对手，也许吧，说好听点是一种激励人的手段，说不好听的就是玩儿人，既许了愿，又不一定给你。当然，自己的这些想法是不能和这两个人说的。

不往下写了，写的过程已经使自己……。

7月25日

日记：7月25日，周三，晴

昨天对自己说不再写了，今天满脑子还是那些事，细细品味，觉得这些事传达出这么几个信号：

1. 清晰地传达出孙长悟副局长对郑帜局长、于庆泉副局长的不满；

2. 明显地有要换掉郑局长的意思，但首先可能先将于庆泉办了；

3. 明确地表达了平贺辰在我局的地位；

4. 对不开党委会通过薛庆黎、郑农等人非常不满；

5. 为了牢固地控制我局，可以以任何理由、任何形式，随时随地施展各种手段、权术。

可是，我一直感到疑惑，发生在我局的这一切，市局项局长是否完全了解呢？一些事，是市局党委研究同意的吗？

……

市里对孙平案件的调查不知到什么地步了，难道孙平之死，就可以抹掉一切罪恶，还“保护”了一些人？不然怎么感觉明显与此案有关系的人，还可以继续肆无忌惮，为所欲为呢。

下决心不再想这事了！！！

趁儿子这会儿自己在那儿玩得挺好，我来帮老婆整理游记，这是老婆交给的活。等游记整理好了，也可作为日记的一章，就叫……叫什么呢？回头整理好了再说吧。

7 月 27 日

日记：7 月 27 日，周五，晴

今天来得有点早，食堂吃早点的人还不多，看到苟德利、武金夫、田凯、平贺辰四人围在一起，边吃边聊。买好了早点，和他们打了招呼在不远处坐下。平贺辰吃着，示意那三个人压低声音，苟德利、武金夫、田凯兴奋地议论着，不远处的我还是能够听到一些的。意思是有人向市纪委反映谁了，市局有可能今天派人来调查。

自己赶紧吃完离开，回到办公室一直思量着要调查谁。孙全胜？哟，可别涉及表哥。昨天还按捺不住要找表哥，要不要给表哥打个电话？知道表哥这些年跟孙全胜学得也是有些那个，表嫂也埋怨过，有时喝酒很晚回家，表嫂还怀疑表哥会不会在外面有人，每次喝酒都要睡到第二天中午。

给表哥打电话，通了半天没人接，思量着表哥别真的像表嫂说的那样又要睡到中午，一会儿再试试看。一上班，不到九点马屁精就神秘地交代我一件事。

马屁精说："刚才郑局长把黄主任、纪检李主任和我叫过去布置一件重要的事。刚才黄主任同意让你参与弄。"

我问："重要的事？让我弄？是不是大科长觉得不重要？还是耍滑头？不会吧？"

马屁精嘻嘻笑了一下，马上又正经地说："真的是重要的事。主要是你材料写得好嘛。"

我心想就你那点玩意儿，一撅屁股就知道你要拉啥屎，我赶紧说："您可别夸我，干不好您别埋怨就行了。"

马屁精立马做出正经的样子："你可是我最信任的，睡一被窝儿的。"

我喊着："哎哟，大科长，您别肉麻啦。信任就得了，别睡一被窝儿了。您就交代事吧。什么重要的事？"

马屁精听了竟哈哈笑，平常那让人腻歪的劲儿又来了，说："小白脸，哪天还真睡你小子。"我赶紧示意他小声点，屋里还有别人呢。这小子这才正经起来，神秘地说："刚才市局纪委蓝伊泰书记来了，说有人举报于局长，市局组织调查组调查有关问题，让我们配合，今天就开展工作。"

我心里一惊，这不是自己预感的吧？难道自己真的有第六感觉？我故意问：有这事？于局长知道吗？纪委搞调查不会这么高调的，不是什么大事吧。

马屁精瞪大眼睛看着我，说："不是大事？昨天下班蓝书记就把于局长请到市局纪委了，并通知于局长这段时间先不要工作了，配合调查有些事儿。"

我有些惊讶："这是不是停职检查？"

马屁精撇撇嘴，还耸耸肩，说："不知道。也许吧。只是停职检查？据说从今天开始，于局长到市局纪委上班啦！"

我瞪大眼差一点叫出来："不是关禁闭吧？肯定是大事！那不对呀，这事不该我们跟着弄呀，是纪检的事。"

马屁精赶紧示意我小声点："嘘，小声点。我也纳闷，我们进郑局长办公室时，好像蓝书记和郑局长说过什么了。郑局长只是交代我们‘蓝书记代表市局来调查有关问题，刚才蓝书记布置了一些事，李主任，一会儿蓝书记给你做具体布置，黄主任，你们配合写有关报告’。蓝书记插话说‘还是应该由纪检部门写相关材料’。郑局长说，也要以我局名义给市局写报告，不涉及敏感细节问题。”

我问：“那你怎么知道是于局长的事？”

马屁精说：“郑局长接着说，‘黄主任，你们把小会议室准备一下。蓝书记，一会儿您和李主任就在小会议室好吧？我先不陪您了，我去市局向项局长汇报一下，看看于局长的工作怎么安排，是不是在问题没有调查清楚前，还是应该回局里工作的。因为不知多长时间，于局长分管的工作就受影响了。’

蓝书记沉吟了一下说，‘我也是代表市局来的’。郑局长说，‘蓝书记，我不是不相信您，我们会全力配合相关工作，也是为了同志们好。只是这样类似停职的形式，项局长没告诉我。出了这么大的事，怎么也得跟项局长检讨一下’。

蓝书记说，‘有孙局长批示应该就可以了，你要跟项局长汇报，也应该先跟孙局长汇报一下’。郑局长说‘孙局长有批示就更好了，我跟项局长把分工汇报一下’。蓝书记也就没再说什么。郑局长把蓝书记送走，也没交代我们什么事，所以我们就听着，纪检叫咱干啥咱跟着干啥就行了，我看黄主任没有掺和的意思，还不知道怎么回事呢……”

听马屁精说的话，这小子还是有点正义感的。于局长的事，怎么琢磨也觉得哪里有点不对劲，有些乱！马屁精最后说明天加班配合做相关工作。正好，给表哥打电话说明天中午要是没事就一起吃饭，表哥还真有时间，太好了，可以问问到底怎么回事儿了。

刚才跟老婆说了明天加班，老婆没说什么，就说明天晚上去姥姥家吃饭，估计还要提那孩子的事。我呢，其实也想搞清楚那孩子的情况。

7 月 28 日

日记：7 月 28 日，周六，晴

今天加这个班，纯粹白搭。人家纪委根本不理会我们，这也正合我意，没事不好吗。上网看看东西，什么都看，新闻、娱乐、赛事、八卦，甚至点击了……没想到这样轻闲，不然怎么也要把这个日记本带去，记一些东西。有些东西真的要抓紧记下来，不然时间会抹去很多记忆，真实会受到质疑。好在跟表哥一会儿见面，心存期待。

一个月没跟表哥见面，特别想从表哥那里知道些东西。但是表哥说过不要问太多，也不要知道太多，更不要让人知道我们是表兄弟的关系。表哥问我在新疆好玩吗，我简单地介绍着，并急于把话题引到有些事上来，终于我把话题引到了于局长被调查的事儿上。

我告诉表哥："昨天市局纪委调查于局长，都停于局长的职了。你知道吗？真的关禁闭了吗？是什么事？"

看来表哥知道，他想了想说，有人举报于庆泉有经济问题，贪污受贿，也说有女人……反正就那些事。

我像自言自语地问：“真有这事？于局长不管钱不管公司的……”

表哥轻描淡写地顾左右而言它，但是表哥说了一件事，看来是导火索。前些日子不知是什么事，于庆泉跟孙全胜闹翻了，于庆泉责问孙全胜，为什么公司清理的账目没上报各位局领导。孙全胜开始说报了，于庆泉较真，非要文秘科查报他的记录，孙全胜这才说报平贺辰就行了，没必要都报。于局长说了句“现在就主事儿，谁不知道谁是什么变的”。这话孙全胜告诉平贺辰了，平贺辰到孙局长那儿告状。孙局长早就有把于庆泉踢走的意思，听后就更下定决心了，最好有点事，让公安抓了最好。

我听了一惊，有意无意、若有所思地说“不会就为这事举报于局长吧？”

表哥嘱咐我少说也少听，不知道最好。表哥说刚才孙局长还大骂郑局长和项局长。这说明，今天上午表哥跟孙长悟在一起，估计最起码平贺辰、孙全胜也在。不过表哥说了一句话，“这事闹得有点大了”。可能因为郑局长就于局长的事找项局长了，项局长找到纪委蓝伊泰书记了解情况，蓝伊泰书记只能实话实说，说市纪委转来一封举报信，孙局长也接到了，孙局长批示让进行调查。项局长有意说此事好像没报他，实际上是质疑此事。蓝书记支吾地说孙局长批示立即认真调查。

项局长对蓝书记讲，作为纪委书记，应该清楚做出停职检查这一决定的程序和对一个正处级干部的重要性，建议他们暂缓调查，向局党委、向他专题汇报后再确定，毕竟于庆泉是市局党委管的干部。特别是，市工委廉书记已经过问此事。

我瞪大眼睛问：“工委廉书记也知道了？”

表哥说于庆泉告到工委廉书记那儿了。工委廉书记昨天专门听取了项局长的汇报，因为项局长完全不知道原委，所以工委廉书记对此事也很不满意。

我问："廉书记知道是孙局长让办的吗？孙局长知道廉书记不满意吗？"

表哥脸上有些佩服的表情，说："孙局长玩意儿多高啊！廉书记不满意也说不出什么。蓝伊泰说孙局长有批示其实是推辞，孙局长只批示'蓝书记处，情况告知'。"

我疑惑地问："那蓝书记自己做主的？"

表哥说："孙局长找到蓝书记当面说的，但无文字记录。所以谁也说不出什么，有事蓝书记兜着。"

我说："看来蓝书记和孙局长关系还真不错。那，这事就放下啦？我说呢，今天让我来加班参与调查，结果一上午没见人。"

这会儿表哥有些疑惑了："也让你参与调查？"

我说："是呀，不过就是等着写材料。对了表哥，昨天于局长没来上班。"

表哥冒出一句"孙局长早就想把他踢走了。"

表哥这句话使我想起以前听人说过的一件事。原来孙局长当一把手时，每次开办公会，于局长最爱对议题提问，有些事孙局长不希望有人提问，说白了睁一只眼闭只一眼最好。有的事已经列为议题了，可是会上孙局长常常以时间紧，或直接说没什么问题不用细说，说说题目就行了等等混过去，目的就是不想让参会的人提问说话。但于局长有时会就其中一个环节提问，使得这个议题的具体内容大家都知道了，自然有些想蒙混过关的议题需要返工。而一些之前先没列入议题的事，孙局长会临时增加，一般地布置一些具体工作也就过去了，要是当作议题决定什么事的，于局长也会就此事提问。当然有时郑局长也会发表意见。由此看来，那时就存在矛盾啦！看着吧。

表哥还说了一件事。平贺辰跟孙局长告状，我听着平贺辰也是想讨好，提起提拔郑农、薛庆黎、“大小姐”，还有张劲翔几个人的事，说郑局长成心不开党委会通过。孙局长听了，骂平贺辰这点事都办不好，还让平贺辰当场给郑局长打电话。表哥说可能碍着有他在场，平贺辰哄孙局长表示周一一上班就传达他的指示，孙局长又骂平贺辰“猪脑子！这事我能指示吗？是你，还有你盛文龙，是你们强烈建议开党委会”，转而又骂郑局长王八蛋，翅膀硬了敢不听话了，等等。表哥又提到盛文龙，说明盛文龙也在。表哥问我跟这几个要提拔的人熟吗，这几个人怎么样。我只说张劲翔是孙平的亲戚，那三个我不愿意多说，也就说接触不多。表哥说，“其实孙长悟对张劲翔不感冒，只是碍着死鬼过去提拔他的面罢了。”

表哥笑着说，孙局长又骂孙全胜就是一个傻子，正事干不了，吃喝享受一件都不落下。孙全胜倒不错，说啥都行，还点头哈腰地陪着笑。孙局长话头一转说，“提拔薛庆黎不是抢你总经理这个破官，关键是提起来，不是要再成立个新公司吗，让他盯着。”

听了表哥说的这些话，任何人都会生出很多想法。

表哥又问我要不要跟孙局长说提拔提拔我。

我赶紧说：“别，千万别说。我现在挺好的，跟大家都还行，一说就会出问题的。

表哥说再过几年岁数大了，想当官就困难了。

我半开玩笑地说："当官的和神经病是邻居，没准哪天进错了屋。先再过几年正常人的生活，等正常人生活过腻了，再找表哥帮忙。"

表哥打了我的头一下说，"我看你现在就有病！你以为想当就能当，趁着我还能说上话，哪天不带咱玩儿了，过期作废了，咱就是个鸟屁"。

7 月 30 日

日记：7 月 30 日，周一，小雨

小雨没下透，更闷热。想着表哥周六说的事，办公会一散，有意识地到李思哲办公室聊天，慢慢地将话题引到薛庆黎他们的事上。我说了一句："对了，他们怎么还没公示呢？"

李思哲顺嘴说了句："还没开党委会，怎么公示？"

我故意问："对呀，这么长时间怎么没开党委会呢？"

李思哲表现出一种少有的态度："谁知道呢，头的事儿咱管得了吗？"

我一下子没的说了，感觉李思哲不像自己原来想象的那样了。我讪讪地有些自语道："时间可不短了。"

李思哲却跟了一句："可不嘛，继续拖呗。早上一上班平局长又把江主任骂了一通。刚才你没看见郑局长问大家还有事吗，平局长示意我们主任说话，江主任问郑局长这月什么时候开党委会吗？"

我说“对呀，郑局长不是说让你们提前做好准备吗？要说也快”。李思哲“哼”了一下，说“谁知道呢”。我赶紧调节一下气氛，调侃他，“您老也快当主任了吧，到时别忘了提拔提拔咱呀。”

李思哲少有地骂了我一句，我赶紧找个茬口说：“这两天一起吃饭呀”就走了。这小子对我可能有戒心，不关心这些事儿了，还是把表哥说的薛庆黎的事记下来吧。

什么高人都有，什么奇事都会发生；只有你没想到的，没有做不到的。小舅子和姐夫联合，背着姐姐共同拥有另外一个女人。哈哈，这个蒙在鼓里的女人也该骗。

……

有一次，薛庆黎陪某位领导外出，没提领导名字。没一会儿表哥说到得意忘形时，就漏出是陪孙局长外出，也说了都有谁陪同一起去，其实我也猜到了，有田凯、孙全胜、薛庆黎和表哥。以前还总带苟德利出去，后来嫌他臭嘴，慢慢地也就不每次都带着他，这次也没带。但是，只要让苟德利知道了，就会表示出极大的不满。

表哥说，没想到这次去，薛庆黎还叫上了他小舅子。小舅子没和表哥他们一起走，而是带着一个女人先到了。开始以为是薛庆黎小舅子两口子，可后来发现薛庆黎也和这个女人眉来眼去的，还总趁别人不注意时有些暧昧动作。尽管不住一起，但每天晚上这帮人要活动到半夜一两点才回来，有时大家一起出去，有时孙局长分别带田凯、孙全胜、薛庆黎出去，表哥没跟孙局长单独出去过。带薛庆黎单独出去时，带不带小舅子和那女人就不知道了。但有一天，孙全胜请表哥和田凯出去玩，感觉薛庆黎和小舅子，还有那个女人陪孙局长出去了。大家一起活动时，薛庆黎总带着他小舅子和那个女人，但是活动完事儿，薛庆黎就去小舅子和那女人住的另一个宾馆，有时一夜不归。

我听的时候，脑海中竟然会出现某些场景，自己虽不是“圣人”，但可以说也做了三十年“君子”。

7月31日

日记：7月31日，周二，阴

昨天的雨没下透，天还阴，更闷热。今天31号了，翻翻这个月的日记，回味着这个月听到的、看到的，这一切真的很有意思，丰富多彩。

这个月结束了，不，是失去了。虽然明天的日月照样轮回，但昨天再也不会出现了，可发生的一切深深地刻在我的脑海中，像蚕一样吐着丝，让故事继续。

刚才翻看昨天写的最后一段话，仔细琢磨，原本一切生物的“本源”纯洁得无形、无色、无味，可是附着到不同生灵，就繁衍出不一样的形式，让它有了形、有了色、有了味道。

性，一切生灵的原动力；这一刻，成了思考它的动力之源。性这东西奇了怪了，一面承载着爱情、美好、艺术……向往着，追求着；一面又是龌龊、下流、邪恶的化身，抑制着，排斥着，甚至被消灭掉。同样是两个裸体，一边是艺术，一边是流氓。恰恰地，无论你赋予她快乐还是痛苦，美好还是邪恶，物种依旧是靠她延续。

从新疆回来十几天了，这两天脑子里只有单位这点事了。最关键的是岳母最大的心病还没解决呢，这两天岳母已经说了几次了。明天，怎么也得跟丁丁那小子联系一下了。

对了，忽然想起，我们出去没几天，我还接到过丁丁那孩子的一个电话，听说我们在外面旅游就没说什么，我还说回来后跟他联系。唉，怎么忘了呢，明天必须打电话。

8 月

8 月 1 日

日记：8 月 1 日，周三，晴

一周了，也没听到市局蓝书记来调查的消息，看来是真的叫停啦。好长时间没跟水溢洋见面了，去新疆前还说两家一起出去旅游呢。我觉得大水应该知道是否真的有人举报于庆泉，于是给大水打了电话。这小子知道我去新疆了，埋怨了我半天，本来他也有去的打算，只是我们去得太早。问他知不知道有人举报于庆泉，他说知道，还说这件事挺有意思的。我们约定周末见了面再说，看来这事真有点意思。

给丁丁这小子打了电话，开始没接，再打，是文箫接的，知道是我，倒是一口一个哥地叫，跟我聊着却不叫丁丁听电话。我心里急，让他把电话给丁丁，他这才告诉我丁丁出去了没带电话，说一会儿回来让他给我回电话。我问有什么事吗，文箫一个地的说没有，但听声音有点慌乱，我只好叮嘱等丁丁回来一定让他给我回电话。但是等到下班那小子也没打来电话，又发个信息给他，快晚上十点了，这小子才回信息，说太晚了不打扰姐姐、姐夫休息了，明天再打电话，嘿，还挺懂事。跟老婆说了，老婆没什么表示，只说明天去岳母家吃饭，跟岳母说一声就完啦。

不过，我觉得那小子是故意这么晚回信息，说太晚了也是托辞。管他呢，明天再说吧。

8月2日

日记：8月2日，周四，多云。

单位的事没什么值得记的了，那些存有好奇心想了解的事不见动静。还是丁丁这小子得再联系一下，不然晚上不知怎么跟岳母说。

快下班了，这小子还没打来电话，发信息过去让他回电话也没回，我只好打电话过去。开始又是没人接听，再打，是子诺接的，也是一口一个哥地叫。我有些着急了，可是跟人家孩子着急干吗呢。

我哄子诺："子诺，好弟弟，认我这个哥吗？"

子诺倒是挺高兴地说："当然认您这个哥啊。"

"那好，要是认我这个哥，就别您您的好吗？"子诺笑着答应了，"你告诉我，丁丁为什么不接电话？"

"哦……"子诺沉吟着。我问丁丁在不在旁边，子诺不说话，那就肯定在旁边，我让子诺把电话给丁丁。我听到电话里面有说话声，听不大清楚，好像文箫那孩子也在，共同劝丁丁。过了好一会儿，丁丁才接电话。

“姐夫。”叫我一声就完啦，没下文了。“怎么？不想理姐夫了是吗？”“没有。”“没有？那为什么不接电话呢？躲着姐夫吗？告诉姐夫，是病了还是发生什么事了？能告诉姐夫吗？”

我听到那边一个男孩的说话声，大概意思是丁丁说就他来说，最后还是文箫把电话要过去了。

“哥，我是文箫，有点事，不知您这会儿忙不忙，想跟您说说。”

“怎么又您您的了？是不是丁丁给你们找麻烦了？上次我给你们电话啦，怎么不给我打电话呢？告诉我怎么回事儿。”我尽量口气平和地问着。

文箫说是丁丁自己遇到麻烦了，我第一次听到丁丁在里面大声喊，意思是“不许说”。我让文箫告诉丁丁姐夫可以帮他，问问他愿不愿意自己跟我说。文箫说，哥，还是我跟您说吧。

“文箫，丁丁到底遇到什么事了？”

“哥，是这样。丁丁前些日子和女朋友发生点矛盾，可能人家把他给告了。”

“啊？处朋友还闹到打官司啦。是不是，把人家给搞……”我没说出口是把人家肚子搞大了，一想，外出打工的男孩处朋友，也不小了，什么都懂，还有多少不做爱的，就是没有女朋友，也有那么多办法解决。

“哥，您是想说把女孩肚子搞大了吗？不会，那女孩可精着呢，谁要把她肚子搞大了那是本事。是他们打架了，人家告丁丁。”

“文箫，什么时候的事？我上个月去你们怎么没告诉我呢？”

“哥，丁丁不让说，丁丁以为没事啦。以前他们也打过，只是没想到这回那个骚货不依不饶。”

我让文箫把电话给丁丁，丁丁这小子才不得不接过去叫了一声姐夫。我问他为什么闹到这地步，他不说话。我又问需要姐夫帮忙吗，嘿，给我来个不知道。你不知道难道我知道？多让人来气，操那么多心来管你。我尽量忍着不发火，看来从他嘴里也问不出什么，电话里也说不清楚，还浪费话费。我不情愿，但还是问了一句：“什么时候来家里，还是姐夫再去一趟？”这小子给我来一句“人家不让离开”。

“啊？为什么？”我急切地问他。“法院不让离开。”这会儿我明白了，说：“想不想让姐夫去一趟？”这小子想了半天，却说出一句“姐夫您别来了，没事”。

“真的没事？”其实我并没有决定要去，而是觉得应该说那句话。但是这小子不让去是真心话吗？我又跟他说了几句话，让他把电话给文箫：“文箫，哥拜托你一件事，丁丁太小不懂事，这件事你多帮忙，有什么事就赶紧给我打电话。这两天可能过不去，过几天我一定过去，到时好好谢谢你们。”

又跟他们说了两句，才放下电话。这下为难了，怎么跟老婆说？老婆还好，岳母怎么办？到了岳母家，我先跟老婆嘀咕，岳母也看到了，意识到我们可能是在说丁丁这小子的事，就让我说说。我顺嘴说了一句，过两天可能去北京开会，想去看看丁丁。老婆直勾勾地看着我，岳母倒是高兴得一个劲儿地说“一定要去看看那孩子”。

老婆那个没辙呀，我呢，这不是没事找事地还得去一趟。关键是，去了没事倒好，就怕还有不少事。都跟岳母说了，看来明天不去，后天也得去了。周末还约大水见面呢，只能看看他明天有没有空吧。和老婆商量一下后，老婆希望周六当天去当天回。

8月3日

日记：8月3日，周五，阴天

今天很闷热，湿度也好大，尽管食堂有空调，一碗稀饭喝下来也热得满头大汗，浑身已经黏糊糊的了。进了办公室，赶紧给大水打电话，结果人家要在外面开一天的会，跟他说了明天出门的事，大水倒是劝我把丈母娘的事一定办好，下周一或周二准见面，我也只好作罢了。这个电话打完，原本满怀希望地想给表哥打电话的心情一下子也没了，懒懒的，无精打采。找机会问了一下马月生明天有没有特别的事，他说没有，我就给老婆打了电话，然后去车站买了明天早上5点多去北京的车票。

上午马月生还说明天没事，下午快四点了又说明天有事。我给他看了车票，说陪岳母一家子去北京，马月生也没辙，只好同意了。我问了一句还有事吗，马月生自然要骂我一句后说没事啦，我嬉皮笑脸地谢大科长的恩，马月生又骂了一句然后喊着回来请客。我也干脆和老婆去接孩子，然后去他姥姥家。

岳母听我明天就去自然很高兴。老婆埋怨岳母自从小舅来过以后，就添了心病啦。吃过饭，岳父让我们早点回去歇着。回家的路上，我逗老婆，“回家早点洗澡睡觉啊，有‘大事’要办”。

回家后，知道接下来会发生什么“大事”吗？

……

8 月 5 日

日记：8 月 5 日，周日，阴

昨天到家已经 8 点多了，跟老婆念叨念叨，并商量今天怎么和岳母说，也就没写日记。

连续几天阴沉潮湿，雨憋着就是不下，不开空调真的不行了，有脑心血管病的老人们可难受了。北京下小雨，但是没下透，照样很闷。买好返程票，到丁丁他们住的地方时已经 12 点多了。这天，这屋，简直没法待，文箫和子诺两人住的屋子还有一台老旧的台式空调，丁丁住的这间则没有。嗨，反正这帮孩子在屋里也是光着身子的，睡觉也不盖什么，不过气味可不好闻呢。

知道我来，便开了空调，有那么一些凉意，但还是不行。我赶紧叫他们出去吃饭，找了一个小单间，空调的凉爽总算让我清醒一下。吃饭聊天也离不开丁丁的事。看得出，丁丁是有顾虑的，那两个孩子说得也不系统，有时还埋怨丁丁。丁丁像挤牙膏一样，不问就坚决不说话。好在一顿饭下来，我也大概知道了这件事的来龙去脉。至于丁丁以前交女朋友的情况，等再熟悉一些自然就能知道了。

这件事是这样的。丁丁一直和一个女孩住在一起，至于多长时间了没说，文箫他们俩经常劝丁丁和那个女孩分开，但丁丁不听。有时两人吵架，丁丁就会大半夜地跑到他们这里借住一宿，第二天女孩会不停地打电话让丁丁回去。今年春节一过，刚回到北京两三天，两人又吵架了，丁丁跑了出来。文箫和子诺还没从家里回北京，丁丁就一个人住下了。他们回北京后，丁丁也没提出要走。后来知道丁丁把女孩的手指给打骨折了，女孩让丁丁赔五万块钱。丁丁以为只是吓唬他呢就没理会，可女孩这回是铁了心，不给钱就告丁丁故意伤害。丁丁求文箫出头调解，人家不同意，最低三万，一分不能少。丁丁哪有钱呀，拖了一个多月，人家把他告了。

法院不许丁丁离开北京，文箫和子诺是担保人。看，把人家两个孩子也给捎上了，这两个小哥们还真的不错，一直帮着弄这事，但是前景不乐观。文箫通过朋友找了个律师帮忙，但是听文箫的话音似乎有难言之隐，就没仔细问。总之，现在等着开庭，结果不会理想，赔钱是肯定跑不了的。现在三个人正在发愁怎么凑钱。丁丁的脑袋都要钻到饭桌底下了。

丁丁就坐我旁边，开始我以为他是不好意思，手搭在丁丁的背上，听文萧和子诺说话，这会儿让他抬起身来，才发现他在抹眼泪。我的心像是被揪了一下，侧身将丁丁搂住，拍拍他的背说："大小伙子啦，遇上点事还哭鼻子，没出息。"丁丁有些抽泣地说："别告诉姨。姐夫，我们没有钱，我要坐牢啦……"我心里真的不是滋味，我有能力帮他吗？这真是一个棘手的问题，知道了不帮就只能看着他去坐牢，我了解的，进去之后，规矩孩子都会被活生生地“造就成”另外一个人，他也就彻底毁了。可是，要怎么帮？这不是一笔小数目。能找他爸爸要钱吗？还有小妈呢，他爸爸未必能给。让丈母娘出这个钱？丈母娘可能会出，但也会把老太太气坏的。这事有点难办了。这次干什么来的？真是没事找了个大事。要说不管了，不仅这个孩子彻底失望了，毁了，人家文箫和子诺招谁惹谁了，也跟着受影响。我尽量安慰着丁丁，答应回去想办法，但毕竟离得太远这边就拜托文萧和子诺帮着处理，不行的话就好好请请那个朋友和律师。子诺气得要骂街，让文箫拦住了，苦笑着保证尽力。当然，人家也说了：“如果办不好，哥您可别怪我们。”我赶紧说：“我在此谢谢你们了。上次你们没说，让你们受累了。要不你们一会儿就回去，我也回去商量商量……”

心里为难，还要安慰这几个人，给丁丁留下五百块钱，没再去他们的住处，直接就去了北京站。

回到家，跟老婆念叨，老婆气得骂那孩子，骂小舅，又埋怨岳母，这回不管都不行啦。而且，要是让小舅妈知道了，准得闹。老婆也为难该怎么和岳母说，实话实说吧，岳母肯定着急，再把老太太急病啦就更要命了。我安慰着老婆，还不能跟她全说，只说丁丁现在遇到困难了，看看岳母大人什么态度。老婆说：“甭问，肯定要帮。老公，你别不高兴啊？”我听老婆这样一说，心里有底了，安慰着老婆，等跟岳母说了再商量。

今天，跟岳母说丁丁遇到了困难，还没说别的，岳母就担心起来。老婆冲着我摊开两手，做出没辙的样子，然后对岳父说：“得嘞，爸，这回老太太又几天睡不着啦。”

岳父倒也开明，跟老婆说：“别让你妈着急，能帮就帮，也别指望丁丁他爸了。”

刚才老婆又跟我说：“老公，我们给点吧？”

我知道老婆怕我不愿意，我说了句：“亲情就是不一样，有困难还得靠家人。”

8 月 6 日

日记：8 月 6 日，周一，阴转大雨

早上起来，天就阴沉得如锅底，担心一会儿就会下大雨，赶紧送儿子去学校。昨天岳母还说天气不好，让儿子住下，免得明天下雨不好走，但老婆还是坚持把儿子带回来了。好在这场大雨九点多钟才下，一个多小时就停了，不然还真的麻烦了。尽管这样，下班路上堵的车也没完全缓解，比平常晚了半小时。

办公会的那点事没什么可记的了。不过感觉局长们都有些不自然。一早联系好大水今天中午一起吃午饭，但担心下雨，不行就改天，还好雨停了，可是路上积水不少，好在中午大家都不怎么出来了，车不多。给大水介绍了新疆之行，把大水羡慕得一个劲儿地责怪我没等他们一起去。我答应明年一定两家一起出游。我跟大水说了不少单位那些人的新鲜事，特别是那些风流韵事。大水也尽可能地告诉了我关于孙平、孙长悟的不少事，而且我也终于弄明白了，为什么突然调查于庆泉，又一下子平静了。其实这是表面上风平浪静，原来暗流涌动。

大水说，平贺辰、盛文龙牵头，组织洪升礼、韦建禾、申士杰、黄忠勇、田凯、江万励、苟德利、武金夫、朱之兰、孙全胜及基层十几个人，联名写反映材料告于庆泉有问题，同时附带着把郑局长也带上了,说他包庇于庆泉,并把市局项局长也带上了，说没搞调查就干扰纪委调查。估计没什么事，就是有人成心膩歪人,他们也侧面了解了一下,是有人奉旨搞的。奉旨？谁奉旨？奉谁的旨？肯定是平贺辰、盛文龙奉孙长悟局长的旨搞的。我分析他们就是想搞臭于庆泉，最终把他调走。大水说：“你们单位呀,在社会上可出名啦,真的就没人能管得了孙大局长？”我说：“连你们这些市领导都管不了，我们这些小老百姓只能看着啦。”大水说，“咱可不是市领导，不过上面也乱着呢”。

我问大水孙平的事怎么样了。大水说：“应该快差不多了。不过这家伙真行，竟然死了。死了，死了，真的一死百了，好多事也化为灰烬了。不过有些人倒是站起身了，还挺起腰板啦。就像你们的孙长悟大局长，现在也试着大声说话啦。”我心里咯噔了一下。

大水说了不少孙平和孙长悟的事，与以前自己了解的差不多。日记篇幅太小，记不下这么多事，包括自己这几个月思考的事，先列个目录，然后以专篇的形式记录下来，作为日记的补充。

8月7日

日记：8月7日，周二，晴

今天天晴了，湿度也没那么大了，不过一些偏僻的路面还是有积水。今天没什么特别的事想记。刚才老婆说她同事也想去新疆，问我们准备了什么东西，还想看看我们的照片和录像。我随手翻看了一下老婆的游记，又勾起了美好的回忆。下面摘录了几行。

看看时间，已经过了晚上 8 点，出了宾馆，向右，过了立交桥下的大路口，往前走几百米就到了摆满摊铺的街区，这是一个口字形的“繁华区”，美食大排档占了一条街。美食街便道很宽，摆满桌椅，不少食客已经在兴致勃勃地品尝着美食。新奇地了解每位摊主都有什么特色美食，竟发现，还有那么多没见过的鱼可食，看来可以满足对鱼的渴望……一天吃不了这么多品种呀，掂量半天，老板推荐我们吃狗鱼。狗鱼？看看模样，有点特色，就是它啦，一条大约两公斤的狗鱼经过烧烤，再撒上配料，味道真不错。又要了一只早已炮制好的特色麻辣鸡，味道也很好。这里的羊肉串很地道，要了二十串，还品尝了当地的啤酒……这一顿美餐，满足了我们的食欲。

哎呀，馋劲又上来了，什么时候才能再吃到美味的“狗鱼”呀。

有生以来，初遇这完全超出脑海中想象的、一望无际的沙漠戈壁，我们这些人倒成了就要被开垦的处女地了。发现这茫茫戈壁只属于我们几个人，惊奇又兴奋。导游告诉我们，这就是壮丽的古尔班通沙漠。汽车以每小时八九十公里的速度行驶，但在这旷野中却几乎感觉不到移动，打“跳火”——转向灯都觉得浪费；最后到了那边际“折起的锯齿状”，上面还有一抹白，真想漫步在那连绵的雪山顶。这里，阳光热烈亲密地拥抱一切，统治一切，若发现还有移动的生命，它也会将自己掩护起来，何况这里几乎没有绿色……渐渐地，远处连绵的雪峰消失在视线中，灰色也逐渐演变成红色，那起伏的山峰如同火苗，原来，我们已经摸到了准噶尔盆地的边缘，那座奇形怪状的山就是著名的火烧山……导游说幸运的话可以看到黄羊、野马，他指给我们看，我们努力地找寻着，似乎也只看到一个点在动。右侧前方被连续的碎石堆砌的山头遮挡了视线，这里是天然欣赏火烧山奇异景观的好地方，也是休息缓解压力的好地方。只是，下了车，阳光是那样热情地接待，热烈的“拥抱”让每一个人都立刻“激动”得流下汗来。即便如此，大家还是贪婪地与奇观相拥。这里的时间大约是上午 10 点左右，而在昨天已经吃午饭了。

……

这里的城市，和繁华的城市相比，除了没有喧嚣，还拥有清澈的蓝天、无暇的白云，荒漠上生长着植物，那鲜艳的绿、鲜艳的黄、鲜艳的粉、鲜艳的红……这里是那样强烈地告诉你，荒漠不是单一的灰色，而是五颜六色的，再看看饭馆门口盆里那多彩的鹅卵石！在这天地间，荒漠的颜色都是那样地美，而在这如此缤纷的色彩间，一切又都是那样地纯，无法比拟，站在这天地间,灵魂都得到了净化。来吧,这里可以让你晶莹剔透！

新疆真的值得再去！不仅仅是为了“狗鱼”！

8月8日

日记：8月8日，周三，晴

今天工委还真的派人来调查于庆泉的事，并找了部分领导干部谈话，还到部分基层了解情况。不过，从感觉的氛围来说，火药味不是太浓，虽然议论不少。因为有孙平的事在那，还有大家不便说的孙长悟的事在那，不免大家都有些幸灾乐祸。

因为有谈话，所以局里好像把这事当中心工作了，其他事全部让路，这倒不错，清闲啦。昨天不是说要整理东西吗，今天脑子里就在琢磨怎么写，先列一下提纲，要写哪几大快。想了想，至少有这几大块：第一，孙平其人其事；第二，孙长悟其事其人；第三，薛庆黎其事；第四，丁丁这小子的事。这四方面必须写。为什么要写薛庆黎，单凭带着小舅子和相好的一起陪领导出门游乐，这小子就有写头。对了，原来还想写一写关于"性"的话题，也是由想写的几个人之间的趣事引发的。苟德利这帮家伙要不要写没想好，还有表哥写不写也犹豫，就怕写了让老婆看到了就坏事了。

不过，要写这些人，单靠此前掌握的东西是不够的，还要努力从表哥、大水以及苟德利那里再了解一些情况。还有丁丁，这小子的事应该最容易得到。说干就干，明天先给丁丁这小子打个电话问问情况。

8月9日

日记：8月9日，周四，晴

工委继续调查于庆泉的事。这两天邪门了，一下子好像少了好多人，就连一贯遇到这类事都免不了叽叽喳喳的马屁精，这两天也不知道去哪儿了。唉，这世界本来就是这样，没谁就不行了，而且本来就不能缺谁，要不怎么说世界是“丰富多彩”的呢，无论什么歪瓜裂枣，少一种都不完美了。别管那么多了，有与无就是相对的，有就是无，无就是有。

还是给丁丁打个电话吧。没办法，丁丁就是没有一句整话，还是文箫告诉我，昨天去找那个律师研究调解的事，听那个律师的意思是对方可以调解，但前提是必须满足经济赔偿，否则免谈。明天律师再去法院谈此事，争取在开庭以前有一个结果，最好是庭下和解。文箫说，不管什么结果都要赔钱，否则肯定要坐牢。

文箫告诉我，这几天丁丁的情绪特别低落，总一个人哭，还说不让他们管了，就去坐牢吧。文箫叹息着说，“哥，现在我们也没法劝他。”

我担心起来，拜托文箫哥俩给照顾着点，担心丁丁想不开，做出什么极端的事来。我又嘱咐文箫，明天无论什么结果都要打个电话给我。

回家没跟老婆说这事。

8 月 10 日

日记：8 月 10 日，周五，晴

今天丁丁那边没打电话过来，我也犹豫着没打过去，估计是没什么结果，不能催太急，也着不得急。最近好像把周六、周日加班的事忘了，至少从新疆回来，这几个周末没什么实际意义的事，到下班也没听到第二天有什么事，挺好。从岳母家吃饭回来，跟老婆商量明天带孩子出去玩玩，开始老婆嫌天热，想想也同意了。

老婆还在时不时地整理着新疆的音像资料，写了不少东西。这两天脑子里一直在构思要写的东西，再等几天看看，如果孙平的事没什么新鲜的了，孙大局长家族的事也平静了，就可以开工了。最近几个月，日记记得有点疲沓了，有时还懒得写。日记虽然记的都是当天的新鲜事，可翻翻这些日子每天记的东西，也就围绕着这几件事，读起来又不系统，不完整，不如写成纪事好。

必须给自己定下死任务，否则就会拖沓了。一定！一定！

8 月 12 日

日记：8 月 12 日，周日，晴

昨天一家三口玩得挺好，晚上又去了岳母家。丁丁那边没打电话过来，我也忘了打过去，到家才想起来，也就没打。

今天上午去逛超市，老婆在那边挑东西，我带着儿子在这边推着车等着，儿子这里看看那里看看，我时不时得喊他别走远了。抽工夫打电话过去，文箫告诉我，结果不怎么好，前两天那女的还同意调解，昨天又变卦了，说就是咽不下这口气，还埋怨丁丁一直不露面赔罪，所以坚持要开庭，还流露出让丁丁尝尝坐牢滋味的意思。我的心一下子紧张起来，急于想知道结果，文箫听出我的关切，说到底会怎么样大约一周时间就能知道了。

这个电话打得堵心，琢磨着，看来这个钱是必须要出啦。晚上，老婆不知怎的忽然问丁丁怎么没来个电话，我没说上午打电话的事，想等两天听听情况再说，内心盼望着出现转机，但愿吧，其实心里也明白不大可能了。

8月13日

日记：8月13日，周一，阴

那场大雨过后一直是大晴天，今天又开始阴天了，湿度还不小，身上有些黏糊了，又憋雨呢。应该已经立秋了，不过没注意哪天立秋。

今天没有开局长办公会，问了一下马月生，这小子却神秘地说，据说于庆泉要调走了，还说孙长悟局长亲自给郑局长打电话，过问薛庆黎、郑农、张劲翔、“大小姐”四个人的事啦。我装着买好的样子说：“要说提您马科长才是真的，孙局长不是亲自说过吗？”

马屁精一下子像泄了气的皮球，嘟囔着：“咱没人，干活就想咱了，还不定什么时候想起咱呢。”我鼓励着说没问题，让他好好请请黄主任，让主任多在孙局长那里美言就行啦。马屁精也没那么在乎了，说道，黄忠勇管个屁用，要平贺辰才行。我说那就找平局长呀，马屁精“唉”了一声说没钱。我没多想，紧跟了一句：“什么钱？”马屁精竟然骂我傻逼，说：“这年头不给钱行吗？谁给你办事？”哟，我还真的一下子无语了。我自语道：“真的？得多少？”马屁精来了一句：“咱跟人家那四个人比不了，等着吧。”

嘿，今天有点意思，马月生无意中说没钱，说明什么？马月生这么投机的人，流露出这个意思，应该是准确的。当看到马月生那心灰意冷的样子时，当时真有股冲动，想说让我表哥给你说说。对了，又好长时间没见表哥了，或许表哥给咱说说，没准真的能当个一官半职呢。

8 月 14 日

日记：8 月 14 日，周二，小雨

今天真的下雨了，不过是小雨，倒是把热劲儿压住了。昨天听了马月生的话，一上班看看没什么事，故意走到李思哲办公室。李思哲赶忙把正在整理的东西拿报纸遮住，我一下子心里明白他在整理考察材料，便故意逗他：“有什么可保密的，不就是那点事吗，谁不知道？”我这样一说，他倒反问道：“你们都知道啦？”我说是呀。他证实了昨天马月生说的话，并告诉我刚才郑局长召集平贺辰、江万励和他，让整理好关于薛庆黎、郑农、张劲翔、“大小姐”四个人的考察情况，明天听汇报，如果没什么问题，再征求一下其他相关局长的意见，准备下周一办公会后开党委会。

嘿，看来马屁精没说假话。为了打消他的疑虑，我说：“我没事，就是好长时间没一起吃饭了，想中午出去吃。”他问我都叫谁，我有意地说叫马屁精他们几个。李思哲想想说：“还是改天吧，说不定一会儿主任找我就不好了。”反正来的目的也达到了，我也就没强求他。又去马屁精的办公室坐了一会儿，我暗示他可能很快就要开党委会了，马屁精这会儿真的有些走心思了，情绪不高。我劝着他，说还没请大科长吃饭呢，就今天中午吧。他看看表，还不到11点，一发狠，说：“11走，叫上你们屋的几个人一起去。”得，今天倒霉，花了二百多块钱，回家没跟老婆说，当然这点事也不用和老婆说。

本来想着给北京那边打个电话，也忘了。晚上去岳母家吃饭，只能说了个瞎话。

回到家，老婆逗我说：“你就骗妈吧，明天告你状。”唉，一头包。

8月15日

日记：8月15日，周三，阴

昨天雨没下透，又闷了，早上一起来就觉得浑身黏糊糊。昨天李思哲说今天郑局长要听薛庆黎、郑农、张劲翔、“大小姐”四个人的考察情况汇报，准备下周一办公会后开党委会。今天有意识地到郑局长办公室送了三次材料，都没有碰到李思哲他们，也注意听着是不是其他时间听汇报了。后来想想挺没劲的，关心这些有什么屁用，尽管还不时地冒出好奇心。

中午1点钟左右，我想起给丁丁打电话。丁丁这回倒是挺快地接了电话，好像在盼着我这个电话。没说两句，丁丁就把电话给了文箫，让文箫跟我说。

我听了文箫的话，和估计的差不多，也还是有那么一点失望。心里空荡荡的，问："需要我做什么吗？"其实心里早就明白该做什么，但就是不死心。问文箫律师怎么说，文箫说其实知道那个律师挺那个的，希望他别有什么企图，可也没办法，谁叫我们要求人家呢，人家到底真的帮了什么忙也不清楚，只是说还是要开庭，我们最好的结果就是认罪，并同意赔偿，这样可能不判实刑。"这是什么结果？"我问。文箫有些不好意思地说："哥，对不起。"我赶忙说："文箫，哥没有怪你的意思，还要谢谢你费了很多心帮着照顾丁丁，哥要好好谢谢你们俩。"最后问他什么时候开庭，文箫说大约下周。我跟他们约定，开庭前我不过去了，及时电话沟通，我在这边抓紧准备钱。

我让文箫把电话给丁丁，丁丁上来就说对不起，我也就嘱咐几句，安慰几句，丁丁似乎哭了。我只能告诉他，没有什么过不去的槛，有你大姨，还有姐姐、姐夫呢，这事过去了再说今后怎么办。

放了电话，琢磨着和老婆商量怎么跟岳母说，然后我给老婆打电话，说一起去接儿子，再去岳母家。跟老婆商量，我只能说丁丁在那边跟人家做生意赔了，需要还人家的借款，估计岳母也不会问真假，只要帮着解决了就行。

老婆征求我的意见："不要跟妈说太多，别让老太太拿那么多钱。”我说：“老婆想得真周到，没问题，不能让妈为此把身体急坏了。”老婆说：“知道你有心，只是我们真的要破费了。去新疆花了不少钱，现在又要拿出至少两万，今年资金有点紧张了。”

老婆只说两万，是因为我没跟老婆说要赔四五万。我安慰老婆，“钱是王八蛋，花了再赚，没事。这事就这么定了。”我心里有了谱儿，这事已经解决了一半，整个人轻松起来。不过，丁丁这小子的事，还有那两个孩子和律师的事，使我的好奇心强烈起来。

果然，跟岳母一说，她老人家就有些急了。我和老婆，还有岳父都劝，老婆劝着说：“我们都按排好了，您不用操心了。”最后看在我儿子的分上，岳母老人家才安歇一会。

8 月 17 日

日记：8 月 17 日，周五，晴

这两天没听到也没碰到郑局长听李思哲他们的汇报，不知下周一开不开党委会。快下班也没听说明天加不加班，这几周领导加班的意识淡化了，只是通知周一开局长办公会，这又勾起了我对办公会后会不会开党委会的猜测。管它呢，不加班还不好吗？挺好！

文箫打了 个电话过来说，律师通知让做好准备，下周二或下周三开庭。我想跟丁丁说几句话，这小子真气人，就是不肯接电话。文箫小声地说：“哥，丁丁这两天有点见傻，不怎么睡觉，也不怎么吃东西，有时还偷偷地哭，真的有点可怜，总说自己是没有家、没人要的孩子。

啊！我听了心里真的好难过，这才似乎理解了什么。可能没有那个处境,体会不到一个二十岁的孩子的心境,虽然不小了,但是特殊的家境,让他这么多年一直处于孤单无助的境地之中,别人一般是体会不到的。我再次拜托文箫他们这几天帮着处理这件事，我下周一定过去看他们。

刚才去岳母家吃饭，没跟岳母提起这事。回来的路上，跟老婆说了，老婆听了心情也不好，一个劲儿地骂小舅。我劝着：“算了，我们能帮就帮吧。”然后我们商量下周五、下周六过去帮着解决这事。

8 月 20 日

日记：8 月 20 日，周一，阴

今天是有意思的一天。

在食堂吃早点的时候，与李思哲坐在一起，说起一会儿办公会后开党委会的事，他没说明，还是说就那事。我说马月生最近情绪不高,李思哲虽然没说话,但是脸上却露出鄙视的神情。

开完办公会，郑局长就宣布散会了，并没提开党委会的事。于庆泉还问了一句：“不开党委会了？”平贺辰有些慌忙地说不开了,于庆泉还有些不满意地回了一句,不开了也不通知一声。够奇怪吧？散会后，其他人都陆续出了会议室，马月生小声地说：“怎么不开党委会了？”我也说：“不是说好了要开会的，怎么临时又变啦？”马月生说一会儿得去问问李思哲，我没答话。

中午在食堂吃饭，我故意和马月生坐在一起，却没看见李思哲。我提起话头问马月生：“看见李思哲了吗，怎么没开党委会？”马月生神秘地说：“没找到李思哲，倒是听黄主任说了一句，办公会前平贺辰召集黄主任和江万励研究一个事，好像是薛庆黎病了，昨天突发脑瘀血昏迷了。他们开始还不想告诉郑局长，想让党委会继续开，不知郑局长怎么知道了在问情况，江万励才说薛庆黎昏迷了，目前还不太清楚病情。所以党委会取消了。看着马屁精说这事时兴奋的样子，我估计这小子幸灾乐祸呢。

办公会上并没有任何人提及薛庆黎昨天突发脑瘀血昏迷的事，似乎大家都还不知道，还是大家有意避讳此事？有意思吧？估计现在只有个别人知道，因为薛庆黎几乎不到局里来，没有几个人能看到他。

回到家才想起给表哥打个电话问问，表哥肯定知道。唉，这会儿还是别打了，要不老婆不乐意了。

8 月 22 日

日记：8 月 22 日，周三，多云

上周五文箫打来电话，说是这两天开庭。这几天我心里有些忐忑，似乎不愿意听到预知的结果，所以北京那边没打电话来，我也就没有主动打电话过去。晚上到岳母家吃饭，尽量回避提起此事，岳母还是问了一下，老婆说没听到丁丁的消息，岳母只是叮嘱我一下，这两天一定问问。我答应着，明后天一定联系。

我心想，或许这两天没开庭，时间延迟了，或许，或许了许多，其实无外乎给钱吧，不如早结早省事。可是咱也左右不了呀。明天吧，只能明天打电话问一下了。

猪脑子，昨天惦记着给表哥打电话，今天竟然一点都没记起打电话的事。唉，老啦?

8 月 23 日

局长办公会记录：8 月 23 日，周四，10 点 30 分，小会议室

召集人：郑局长

与会人：副局长平贺辰、于庆泉、韦建禾、申士杰、洪升礼、盛文龙；办公室黄忠勇；干部处江万励；财务处邵克伦

列席人：李思哲、马月生及我

郑局长：这周，我们增开一次办公会。议题就一个，研究关于薛庆黎突发脑瘀血昏迷的有关事宜。之所以增加召开这次办公会研究这件事，是因为盛局长这两天一直在说这事，强烈要求开办公会研究。平局长这几天的主要精力也都放在这事儿上了。

应该说，关心每一位人员的健康是党委、班子的重要内容，特别是发生了重病时，组织更要关心，帮助家属协调解决困难。本来原定周一办公会后召开党委会，同样也是研究薛庆黎得四个人的事，只是因为薛庆黎突发脑瘀血而临时取消，所以今天

就增开一次办公会。这是第一次开这样的会，有些打破了常规，而我们要研究的事，本身也是打破常规和规定的。

下面请平局长具体说说薛庆黎周日突发脑瘀血昏迷的情况和你们提出的意见。

平局长：19 号，周日早上 6 点，薛庆黎突发脑瘀血，送到医院当天做了开颅手术，至今已经 5 天，目前还处于昏迷状态，医生说如果再昏迷几天，可能会有生命危险，即使能醒过来，后果也不好。这几天花了不少钱，现在家属提出让单位帮着解决医药费。财务处和干部处提出了一些意见。你们说说。

财务处邵克伦：局长，家属提出让单位出钱解决治疗费，同时希望单位提供困难补助。

郑局长：具体是什么？你们什么意见？

邵克伦：我们研究了一下，觉得应当给。

郑局长：你们的具体意见是什么？

邵克伦：局长，今天办公会如果同意，接下来我们会和家属商量，再提出一个具体方案。

郑局长：邵处长，办公会研究的事，事先必须有具体内容，如果会前你们还没有具体想法，就建议召开办公会，你觉得合适吗？我开头就说了，这是一次破例，这个例破得是不是太不合适了？大家遇到困难，组织要提供帮助，这是党委始终坚持的。为什么要为帮不帮助解决困难而专门召开专题办公会？邵处长是不是有什么特殊理由，需要先定了再拿方案？

于局长：邵克伦，你是不是拿我们找乐呢，给不给请示一下贺辰不就可以啦。我替你说，是不是钱数特别巨大，需要办公会研究？到底多少？

邵克伦：没有，没有。只是……

于局长：只是什么？说呀。郑局长，这会还开吗？散了吧。哪有这样开会的。

平局长：邵克伦，你们这工作是怎么做的？庆泉，这会得开呀，不然下一步怎么做工作。是吧，文龙？

盛局长：我同意贺辰的意见。郑局长，既然会都开了，就得有个说法呀。

于局长：郑局长，我个人意见是别开了。贺辰、文龙，你们不是一直在忙这事吗，邵处长至少得跟你们俩说呀，这回邵处长工作不够细致，让他们加加班弄出个数。再说了，邵处长办了医保吗？我们不是还有一个大额、重症保险吗，启动了吗？

邵克伦：家属还没办，想让单位先把押金垫上，再给家里些补贴。

于局长：这是必须的。什么意思？那这几天谁拿的钱？邵处长，谁拿的？不会是赊账吧？

邵克伦：是，是公司给拿的……

于局长：给了多少？那也得赶紧办医保。

邵克伦：是，正在抓紧办。

于局长：就是。办完医保大部分就能解决了。

邵克伦：局长，那我们给多少？

郑局长：你们认为给多少？

邵克伦：这，还是局长定吧。

郑局长：邵处长，我刚才说了意见了，还有什么不明白吗？

于局长：你不是说公司已经给了吗，还是先由公司出嘛。

邵克伦：局长，不行，公司已经出了不少了，得给人家公司还上。

于局长：什么？人家的公司？

邵克伦：不，不，就是我们的公司。

于局长：我们的公司？我们自己的公司，挣钱不就是给大家用的吗？怎么就不行啦？

邵克伦：不是。于局长，公司已经拿得太多了，孙局长不让……

盛局长：邵克伦，你知道什么就瞎说？

于局长：噢！原来如此。邵处长不了解情况就瞎说，你是在对付我们呢。这单位是党在领导呢，国家的钱你想怎么花就怎么花？郑局长，我正式建议，此会到此结束，或者休会也行，要不我就提前退出。

郑局长：于局长，先坐一下。邵处长，方便告诉我们公司已经给了多少钱吗？

邵克伦：这……

郑局长：邵处长不便说吗？现在我们是在开局长办公会，这是工作的事，工作的事还不能在办公会上报告？何况研究的就是这件事。

于局长：邵克伦，今天我还就不走了，倒是想听个具体的数。公司我当然管不了，可是办公会专题研究钱数的事我可得听听。咱得一视同仁，今后再有人发生重症好有个参考。

邵克伦：这，平局长？大约，大约，我还没具体核实，可能，三十吧。

于局长：啊？！三十？三十什么？万吗？

盛局长：邵克伦！胡说八道！

……

郑局长：……今天这个特殊的办公会，财务处邵克伦处长给我们提出了一个问题,或者叫课题,这也是过去没有遇到过的。或者，过去这类事有过先例，只是没有上过办公会。今天这个会没有议出具体的结果，责任在我。这件事，邵处长你们再仔细做些工作，请平局长、盛局长亲自把关。黄主任，今后办公会你们也要组织得好一些。平局长、于局长、韦局长、申局长、洪局长、盛局长、黄主任、江处长、邵处长，大家都发表一下意见。都没什么要说的吗？

于局长：要求知道具体结果。

郑局长：其他还有吗？没有？好，散会。

日记：8 月 23 日，周四，阴

今天的这个办公会太有味道了。正像郑局长说的，这是一次特例的办公会，研究了一个特别的事，议论了一个不想让议论者知道什么的议论。估计要不是快 12 点了，这会还得开会儿，还说不定会有什么结果呢。哈哈，可以载入史册。

今天，虽然平贺辰和盛文龙没怎么说话，但看得出来，他们是发起这次办公会的幕后操纵者，邵克伦不过是杆枪，装的还都是臭弹。于庆泉火力够猛的，郑局长也表现出少有的锐气，而其他人今天少有地只字不语，不知这些人心里揣着什么小九九呢。从邵克伦吞吞吐吐不愿意说出具体数，后来竟然冒出个三十万巨额看，这件事肯定有不少隐秘的问题。薛庆黎怎么发病的？在哪里发病的？公司到底给拿了多少钱？真的有三十万？这才几天能用那么多钱？这些钱都干什么了？为什么还要局里再拿钱？还有，邵克伦提到了孙长悟局长，让盛文龙给拦住了，盛文龙为什么两次拦住邵克伦的话？这也说明有不能说的事。哎呀，到底是什么事呀，表哥怎么也不来个电话，这些日子干啥啦。不行，一定得问问表哥，他一定知道。

薛庆黎发病昏迷了，今天又开了这样一个有意思的办公会，很快大家都知道了，估计孙局长即刻就会知道会议细节，而且是添枝加叶的情节。不管怎么说，今天这件事绝对是一个爆炸性的，具有实质内容的八卦和时事新闻！仿如孙平事件的继续，又勾起人们对孙平事件的注意，估计又一次刺激了孙长悟局长的神经。

本来想给表哥打电话。一散会，马屁精就拉着我和李思哲、马续一起出去吃饭，也就把给表哥打电话的念头忘了。吃饭的时候，马屁精不停地问李思哲和马续，薛庆黎到底怎么回事儿，这也好，省得我问了。其实我心里早就感觉着不会问出什么东西来，李思哲和马续比猴还精呢，厌烦马屁精娘们、嘴臭，爱答不答的，可马月生就是这点好，看不出人家脸色照旧问。

其实，我觉得李思哲和马续都不愿意说太多，没准还疑心这几个人中会有打小报告的。马续最有可能，人家是那个圈子里的人，陪孙全胜出去洗澡都会帮孙全胜搓澡，或者按摩，就差舔屁眼了。在这几个人中，马续这小子是最实惠的一个，官儿也当了，实惠也捞了，吃喝嫖赌样样没耽搁，所以尽管跟我们关系还不错，但还是有意无意尽量避免和我们在一起。今天这顿饭，并没有达到我想要的效果，因为李思哲和马续这俩小子并没有多说什么，只好期待着与表哥见面了。

8月24日

日记：8月24日，周五，多云转阴

昨天一门心思想薛庆黎和办公会的事，忘记给丁丁打电话了。所以，一上班就打算给北京打电话，一看表才8点半，估计文箫和子诺上班去了，丁丁这小子应该没起床。对呀，一直也没注意文箫和子诺上班吗？

9点过后，试着给表哥打电话约他吃饭，还真通了。听声音表哥也就刚起，问我有事吗，我说没事儿就是想表哥了，好长时间没跟表哥喝酒了，表哥还逗我是不是想出去"玩儿玩儿"啦。我有意说，还真想哪天跟表哥出去见见世面，看人家薛庆黎多享受。电话里传出表哥有些惊讶的声音："你不知道色鬼差点死啦？"我说："他怎么啦？周一还说开党委会研究提拔他当副处长的事呢，结果没研究，听说他昏迷了，是真的吗？怎么回事儿呀？"表哥却说"不知道就别瞎问了"。我磨着表哥告诉我，表哥这才说这两天也在忙这事，答应周一晚上吃饭。哈哈，我期待着，幻想着，那一定是一件极其刺激的事。

中午吃过饭，本打算给丁丁打电话，想了一下还是打给了文箫。电话响了一声，文箫就接听了。我问文箫开庭了吗，文箫说周三就开庭了，我想说那怎么不给我打电话，但还是只问了一句结果如何。文箫无奈地说，当庭没判，因为要在赔偿多少上再协商一下，下周宣判。我急于知道丁丁会不会坐牢，文箫骂了那个律师一句，意思是丁丁就该操狗日的屁眼。我问："律师没帮忙吗？"文箫说"帮了"，不"帮"还不至于这样呢。我没理解，文箫说狗日的当庭认罪了，还说愿意赔偿，只是请法官考虑适当量刑。文箫说着更来气了，我也有些担心起来。可是我还只能感谢文箫，劝他只要不坐牢就行了。文箫说，原本就是说只要赔偿就不坐牢的，早知这种结果就不找那个狗日的了，文箫在自责着。虽然不知道文箫为什么要自责，但我还是劝着文箫，并问需要多少钱，文箫说要等到下周宣判。我跟文箫商量我什么时候去一趟，文箫很懂事地说，“哥，天太热了，先别来，等下周结果出来再说，”我想想也是。我想跟丁丁说句话，文箫很理解我的心情，但他告诉我他在上班，丁丁自己在家。

我给丁丁打过去，这小子怯生生地叫了我一声“姐夫”，就没再说什么，我知道孩子心里难受，安慰着他：“没事儿，别担心，有大姨和姐姐、姐夫呢，我们会帮你渡过难关的。”丁丁说了句“姐夫，我想你”，我估计，这孩子是哭了。

放下电话，心里特别别扭。思量着需要多少钱，又想“给钱了还会判刑吗”，文箫骂那个律师到底怎么回事。先别管这些了，一步一步往前走吧。

8 月 27 日

日记：8 月 27 日，周一，阴

上周四增加了一次特别的局长办公会，所以今天周一没再开办公会。薛庆黎的事已经成为了一个乐儿，再经口口相传，传成什么样子的都有。今天一天都在盼望着与表哥见面，并按自己掌握的信息量设计着薛庆黎发病的过程。不过，表哥绘声绘色地描述薛庆黎“英勇战斗光荣负伤”的事迹，还是大大超乎了我的想象，不能不为之兴叹。所以今天记录这些事，但还是有些犹豫要不要详细地写，怕老婆看到会多想。表哥什么没见过，平常他们在一起时说的话，都是老百姓日常说下三路时的粗话。可今天表哥说起薛庆黎的“光荣”史时，也感觉有些牙碜，所以表哥特别嘱咐我别在外面瞎说，也别跟表嫂说什么，回家也别什么都跟老婆说。我答应着，绝对听表哥的。想想还是做些记录吧，别说得太直白、太露骨就行了。

原本说好晚上与表哥见面，还想着表哥会不会真的带我出去玩儿，心里异样着。上午11点刚过，表哥打电话来说晚上有事，中午见面行不行。我无所谓，就去表哥定的地方找他了。我除了想知道薛庆黎的事外，还想知道孙长悟大局长是什么情况，当然不能让表哥敏感。这件事孙长悟肯定不满，除了埋怨薛庆黎外，更多的是迁怒于郑局长，说郑局长成心和他对着干，为什么早不开晚不开党委会，偏要等到干部发病了才想开党委会？什么目的？什么企图？孙长悟还把平贺辰骂了一通，说这点事都办不好，实际上是借着骂郑局长，还大骂了于庆泉。所以说，上周四的办公会后，即刻就有人向孙长悟汇报。至于那些人还有什么动作，表哥轻描淡写地带过去了。

还是说说薛庆黎怎么“负伤”的吧。原来，薛庆黎一直在悄悄地按孙长悟的要求搞一个孙家的公司，这个公司可不简单，暗含着一个实权人物的股份，当然这个人是不会露面的。听表哥的意思，他除了帮孙全胜以外，也帮着薛庆黎干。那些天，他们经常在一起玩乐，平贺辰在孙长悟跟前买好，说催过好多次让郑局长开会研究薛庆黎他们的事，郑局长就是不研究，想让孙长悟过问。其实，是孙长悟背后鼓捣薛庆黎催平贺辰，平贺辰只催过郑局长一两次，为了应付和买好孙长悟，才在他跟前告状。孙长悟不得已直接给郑局长打电话过问，郑局长就说下周开党委会研究。

那些天确实有些过了，天天吃喝，然后就去洗浴中心，每天还必干。表哥说，薛庆黎这小子性欲太旺盛，越喝酒就越不闲着。有时小舅子带着相好的一起去，但要是相好的去了，薛庆黎就不叫洗浴中心的那几个了，怕相好的不干。那天说好晚上应酬完和小舅子一起去相好的家里，最后小舅子先去了。本来薛庆黎已经喝得不少了，不想去洗浴中心了，可是孙长悟在，正好说起已经给郑局长打过招呼了，平贺辰也说周一开党委会没问题了。酒桌上，各种话包括国骂都出来了，一伙人咬牙切齿地大骂后，就又开始憧憬未来了。孙长悟表扬和鼓励他，平贺辰一伙祝贺起哄，薛庆黎本身就爱显摆，这酒自然就多了。又不能掉价，薛庆黎自然陪着去了洗浴中心。去了，那还能放空？安排好那几个人进了单间，薛庆黎要给表哥安排，表哥没要，主要怕薛庆黎不行，就说要个大间两人待一会儿，不做保健了。薛庆黎不干，表哥只好跟服务生要了一个套间，薛庆黎又把两个相好的小姐叫进了里间。

表哥说："我告诉那两个小姐别太那什么了，可谁管得了，就是担心他喝得太多，千万别有事。过了一会儿，两个小姐走后，我进去看他，他还光着屁股躺着喘粗气呢，我就陪他歇一会儿。这小子立刻就迷瞪着了，可没一会儿，小舅子打电话来说相好的不干了，非要让他带着过来找他做保健。薛庆黎一激灵，说这就过去，然后让我在那儿给盯着点，就走了。"

表哥后来也是听小舅子说的。有一天，表哥单独把小舅子叫了出来，问那天到底怎么回事。这些日子，小舅子一直担惊受怕，怕家里人知道他和薛庆黎干的好事露馅，现在薛庆黎病情有所稳定，也跟表哥说了实话。原来薛庆黎赶到相好的家里时都快一点了，小舅子和相好的正在兴头儿上干得起劲儿呢，薛庆黎一下子又来神了，加入其中，可毕竟身体相当疲乏了，相好的和小舅子也就没再让他继续，草草地完事了。没睡多久，不到五点，薛庆黎迷迷糊糊地起来上厕所，看到小舅子和相好的抱在一起，一下子又疯狂起来，没几下他身子见歪，动作有些控制不住，话也说不清了。这可把小舅子和相好的吓坏了，赶紧送医院。

表哥说："没想到这小子身体还真行，愣挺过来了，当时还以为这人就完了。

我问表哥："他老婆没问他在哪里发病的？"

表哥说，当时人都那样了，他老婆早就吓坏了，以为就是在洗浴中心洗澡时发病的，嘴里只是一个劲儿地叨叨，"不让天天喝酒、泡澡，就是不听，现在好了，我们娘俩怎么活呀"。看着这几天明显好转，才有些纳闷最近怎么总有妖艳的女人来看他。

我问："那怎么办？"

表哥说："怎么办？反正他现在说话还有些不利索，行动不便还不能下地，天天扎针灸。这会儿小舅子还真不错，忙前忙后的，安排得很妥当，也天天陪着。

我问表哥："这小子到底有多少女人？"

表哥说："说不清，熟的有四五个，其他的我还见过四五个，这还不算洗浴中心的小姐们。”

好家伙！这都是什么神人啊。

8 月 29 日

日记：8 月 29 日，周三，大雨

今年其实雨水不多，上次大雨过后，有一段时间没下雨了。今天下了一场大雨，关键是都这个时候了，很少下这么大的雨。昨天一天都沉浸在和表哥的谈话中，异常兴奋，脑子里乱七八糟的，除了前天记的，东西太多，理不出个头绪，所以昨天没记什么。

自打孙平事件以来，特别是了解了孙平、孙长悟、孙全胜、薛庆黎等人的一些行径，我脑海中时常冒出关于性与婚姻方面的思考。

性有什么功能？愉悦？繁殖？淘汰？婚姻有什么功能？繁衍？欢愉？

在孩童的记忆里，大人们避讳谈性，神神秘秘的，知道这是不好的事。长大一些，当第一次因为一个什么“不好”的梦，让自己忍不住“尿床”了，还奇怪这尿怎么不一样，黏糊糊的，还以为生病了，不知道那已经是“性”了。成年后，感觉好像婚姻才是涉及性的一种形式，因为结婚了才是一个家人，家里有爸爸和妈妈，然后有了孩子，男孩或女孩，这叫繁衍后代，性是繁衍后代的工具。可为什么必须有一个爸爸和一个妈妈，才有了孩子？始终不明白。

性和婚姻，是繁衍后代的工具和途径。我坚信，性和婚姻，是多功能的！或许，它原本就不是繁衍后代的唯一工具！只是在混沌初开的时候，上帝怕他们寂寞，不是相依为命的，或许根本就不“认识”的，让他们搭错了车。

以往，性，是维系婚姻、繁衍的唯一途径，但是繁殖是一种劳动，必须给予“报酬”——快乐，所以婚姻成了愉悦的追求。

但是现在，伟大的人类发现了试管婴儿的方法，可以无性繁殖啦！其实，早在远古时代，就有不以婚姻为报酬的情况，可以有“性”，也可以有“快乐”，甚至可以疯狂到极至。所以，性和婚姻，原本就是分开的！

性，原本就是愉悦的工具！具有愉己和悦他的功能！

婚姻，已打破已知的异性相吸的认知，是回归还是发展？反正已经多样了！

两情相悦？已经多元化了，研究发现那确是远古的遗传。

性，也多元化了！

但是，依据自己的感受和认知，性与婚姻，是一个开放和闭合交替的运动。当闭合的时候，就像游走于世界的边缘，离心力和向心力共同作用，让你心惊肉跳，时刻兴奋警觉，才深感丰富多彩。当开放的时候，在切线上滑落，享受着没有“束缚”力的自己，随心所欲又随时被向心力吸引诱惑着。

9 月

9 月 1 日

日记：9 月 1 日，周六，多云

进入 9 月，虽然中午有时还会出些微汗，但是已经相当舒适了。要知道，北方的夏季与冬季间的秋季，通常被称为过渡季节，就是说相对比较短。今天周六，与老婆、孩子逛逛街，感觉繁华地区的人流似乎比平常的节假日有些减少，一琢磨原来周一就要开学啦，学生、家长好似都在家休整，等待又一个紧张学年的开始。每年 9 月份开学，交通都会严重拥者，所有的幼儿园、小学、中学、大学，新生都集中在这一时刻报到、开学。所以，周一一定要早点出门送儿子。

上一周，心思都在薛庆黎的事上了，表哥还说了不少事，又写了关于性的问题。知道吗，要是随手而来的文字不怎么累心，可是周三写完关于性的话题，人一下子像被掏空了，身子都有些发虚，精神好似不能集中起来，脑子里的其他事似乎也都忽略了。丁丁那小子的事，那边没来电话我也忘了问，这两天也懒得动笔了。这是自己过去不曾出现的状况，难道真的老了？还是只要涉及“性”就伤身？

到岳母家时，丈母娘见面就叫了我一声“儿子”，我没等丈母娘继续说，就赶紧说“这就给丁丁打电话”。还好岳父给解了围。我心里其实有些愧疚，想起上次的通话，我能隐隐感觉到丁丁的恐惧，我对他有些怜悯。回到家，我虽然有些无奈，但也没和老婆说什么，也没说出我的担心。

9月3日

会议记录：9月3日，周一，9点30分，小会议室

召集人：郑局长

与会人：平局长、办公室黄主任、纪检室李主任、财务处邵处长、马月生及我

郑局长：今天时间很紧张，刚才我们用一小时开了局长办公会，现在我们再开个小会，会后还要开党委会，与这个会的内容有关。这个会很重要，具体布置两个材料的事，内容很重要，所以刚才办公会没有讨论，要党委会研究。

大家知道孙平的事发生后，市里派调查组进行了三个来月的调查，现在基本结束了，最后需要我们再报两个文件，一个是以党委的名义报的文件，一个是以局的名义报的文件。以局的名义报的文件，一会儿在党委会上也要进行研究，只是不涉

及处理人的问题。黄主任，你们协助纪检共同完成这个文件，然后请平局长审。具体内容党委会后由李主任和你们沟通。平局长，纪检拟的初稿你看过了，李主任抓紧把初稿复印，一会儿党委会要发给大家讨论。平局长，有什么要说的？

平局长：没有。材料最好以纪检的为准。

黄主任：郑局长，我同意平局长的意见，办公室人员参与这类材料有些不适合。

郑局长：好。一会党委会上具体确定，散会。

日记：9 月 3 日，周一，晴

今天，自己的神经又给刺激到了。一个多月了，孙平的事好像都过去了，特别是研究提拔薛庆黎他们的事，以为事已经平了，原来人家调查组没有撤消，更没闲着。办公会上是什么议题，似乎就是为了开会而开会，或许本来要在办公会上说，改为会后小会再说？郑局长布置的两个材料，可以看出孙平的事刚刚告一段落。我没有参加党委会，马月生参加了。马月生回来没交代让我参与写材料，也没提谁写，管他呢，反正不用我写，还可以少很多“麻烦”。不过，党委会具体研究什么内容引起了我的好奇心。黄忠勇和马屁精肯定了解一些内容，马屁精只跟我神秘地说了一句于庆泉闹起来了。我没往下问，心想还是找机会问问李思哲吧。想着想着，又联想到了和表哥见面的事，隐隐觉得应该有关系。

那天一门心思都在薛庆黎的事上，没有注意表哥还说了其他的事，这几天上班一直在回忆着，力图补充点东西。31 日饶有兴趣地把 29 日关于对“性和婚姻”的想法补充完了，但没算在日记里，因为想着想着就把丁丁、文箫和子诺那三个孩子的事搅和进来了，当然文箫和子诺的事只是一种直觉，待跟丁丁确认后，再看看以后能放在什么地方用。

今天的会，让我忽然想起那天表哥还说了不少重要的信息，当时只顾着猎奇了，竟然没引起注意。原以为这些天没什么事，特别是周末没怎么加班，原来并非如此，人家一直在忙着呢。心里有些奇怪了，这些日子马屁精竟然没像过去那样跟我炫耀"情报"了，而我也没意识到。今天会上得到的信息有限，仔细回忆表哥传达出来的信息，有三件相关的事非常重要，心里又骂自己只知道寻刺激，大事都忽略了。赶紧记下这三件事：

第一件事是，调查组基本结束调查了，一切问题都由死鬼孙平担了，孙长悟终于可以松口气了。今天郑局长交代写的稿子印证了这一点。

第二件事是，尽管把责任都推给孙平了，但还是要有人出来担一些责任，孙长悟恨死于庆泉和郑局长了，其实是想让郑局长承担，但知道在工委廉书记和项局长那里也过不了关，不过也得先试试，不行就必须让于庆泉担着。

第三件事，更让孙长悟把心都提到嗓子眼的，是项局长今年就要退了。孙长悟正在打通市里的关系，想当市局一把手。

总之，这三件事环环相扣，别看第二件事，这是洗刷有关人员责任，其实是违规犯罪问题的最好办法，这更是清扫障碍，特别是想当官证明自己清白最有说服力的证据。那是死鬼的问题，与己无关，甚至还是斗士呢。马屁精说于庆泉闹起来了，也充分印证了这是真的！

对了，好久没跟大水联系了，他应该知道一些东西，这两天找时间约他。

不过，今天又忘了给丁丁打电话了。好在刚才跟老婆说单位这点事儿时，老婆也没想起丁丁的事，或许老婆根本就不想？怎么能这么想老婆呢！老婆真的很善良，也非常有爱心，同事、朋友，甚至陌生人，她都帮助过，况且还是有血缘关系的弟弟呢。好了，明天一定打电话。

9月4日

日记：9月4日，周二，多云

今天主要干了两件事，总体上说都不是滋味。

第一件事，一上班没理会马月生，以党委会定的材料怎么写为由去找李思哲，想探听一些事。李思哲有些不解地看着我，问："怎么这小子又让你写啦？"反倒把我给问蒙了。"让我写？写什么？没人告诉我写什么，我才来问你呢。"李思哲说，昨天党委会指定黄主任和马月生两人负责写，纪检那个材料让孙局长给否定了。噢，我心想原来如此。怪不得这回马屁精没跟我交代呢。我顺嘴说道："怪了，这回马科长怎么没急着交代我写呀？"李思哲看来也没多想。说："平局长昨天明确要求只由黄主任和马月生两人写，不要扩大范围。"我又"噢"了一声，说："不是也没你事吗，中午我们外面吃去吧。"这小子答应了，可中午他还是找了个理由没出去吃。

第二件事，自然是给丁丁打电话。中午吃饭的时候，拨通了丁丁的电话，是子诺接的。我问：“你没上班吗？”子诺看来也是个内向的孩子，言语不多，只问了个哥好，说上班了，中午把丁丁叫上，三个人在外面吃饭呢，然后就把电话给了丁丁，丁丁支支吾吾的，我只好让他把电话给了文箫。文箫说：“哥，现在还没定，法院也没判决，法院要求就赔偿事宜协商，如果达成协议就判缓刑，达不成就判实刑，但也要赔偿一些。我问：“是你们跟人家协商，还是由律师协商？”文箫骂了句狗屁律师，看来只有按人家提出的数目给人家了。我问需要多少，文箫说大概四到五万，问我：“哥，怎么办？我们俩真的没有那么多钱。”我安慰他说：“哥在这儿还得好好谢谢你们照顾丁丁，钱怎么能让你们出呢，拜托帮着点，别让丁丁再出什么意外。”我让丁丁听电话，又安慰又嘱咐，告诉他姐夫一定帮着解决这事。这小子一下子哭了出来，哭得我也眼睛湿润了。

一下午琢磨着回家怎么说。到岳母家，还没来得及跟老婆说，岳母就等不及地问打电话了没有。我只有说打了，正在协商，得赔人家点钱，没说多少。我的话音刚落，岳母立马就说：“给，给，破财免灾，要多少钱？”老婆一旁劝着：“别着急，等有了具体数再说。”岳母一个劲儿地嘱咐明天再打电话，还想现在自己直接给丁丁打电话，让老婆给拦住了。回家的路上老婆问需要多少。上次老婆说了一个两万，我不能说四五万呀，就说“可能三万吧”，老婆听后有些不高兴了，我只能安慰着。

这不是飞来的花销吗？！

9月5日

日记：9月5日，周三，晴

昨天中午李思哲这小子可能是故意失约，因为给丁丁打电话，注意力转移了。今天一上班，坐了一会儿，忽然觉得得刺探一下马屁精，于是来到马屁精办公室，这小子正在翻腾一些本子，不用说是会议记录本，还有他自己的笔记本。我装作没注意的样子，问领导什么时候写材料，这小子有些吃惊地反问："材料？"我说："周一郑局长布置的两个材料什么时候弄？""噢，你小子不是总喊累吗，这回让你小子休息。"嘿，这个马屁精还倒打一耙。"我什么时候跟您这大领导喊累啦？行行行，说吧，怎么写？我现在就写。"马月生就这德行，听我这样一说，就把实话说出来了，孙局长指定让他和黄主任两个人写，由平局长亲审后报孙局长。我话到嘴边本想咽下去，但还是不甘心，竟然灵机一动地编出了一句瞎话："还报郑局长吗？刚才碰到郑局长，郑局长还问写材料了吗。"瞎话一说出口，我就有些怕了，如果马屁精把我这句话传给黄主任，特别是讨好地告诉平贺辰，自然孙局长就会知道了。哎哟，这会害了郑局长，更主要是自己的"小命"悬了。想到这儿，又有点心虚地给自己鼓劲，没事，不就是一句玩笑嘛，他敢去问郑局长？

马屁精可能忙着走，没怎么理会我的瞎话，他拿着几个本子往外走时，顺嘴说了句"孙局长不让"。我心一惊，也赶紧随着出来了。回到办公桌前，一时真的没回过神来，隐隐地有些后怕了。

上午的这件事影响了一天的情绪。

9月7日

日记：9月7日，周五，阴

今天做了一件事，真的不知是福是祸。单从行为上讲，是很严重的。

已经九月份了，热也不是伏天的闷热了。可能是又想到了前天自己编的那句瞎话会有什么后果，所以觉得浑身躁热。纠结到快下班的时候，有意无意地来到马月生的办公室做不经意的探望，门虚掩着，看到马月生坐在椅子上仰着头，似乎很得意的样子。敲了门进去，试探着问："领导还有什么需要我做的吗？"马月生仍旧头靠在椅背上，得意地说："没事了，坐会儿。你小子该请客。""请客？行啊？明天周末我请了，就怕您老不赏脸。"马月生说："明天我得好好歇歇了，得陪老婆逛逛。本来是你小子的活，我替你干了，请我喝酒啊。""哟，大科长，您干的可是重要的机密的事，孙局长、平局长对您信任，我们可干不了。"马月生立马坐正了，说："那是，孙局长特满意。孙局长改一遍，咱立马修改，孙局长又改一遍，咱半小时就又送过去一份。知道吗，孙局长一共改了六遍，看那一摞纸。孙局长可认真了，一个标点符号都要斟酌。我才刚回来，两个材料终于完成送走了。"

两个材料？李思哲说孙局长否定了一个，看来李思哲也不清楚。想知道这两个材料究竟是什么内容，顺着马月生的手指看到一摞大约一寸厚的打印纸，孙局长的真迹填满了行距间的空白，打印出来的文字几乎全被墨水划掉。我伸手装作不经意地翻弄，说："好家伙，改了这么多，大科长这是你写的吗，是人家孙局长亲自替你写的吧。报走了，市里？”马月生骂了我一句，我嘿嘿地一笑，马月生说报工委了。“以市局的名义报的？”“你脑子有毛病？能以市局的名义报吗？是以我局的名义。”我自语道：“郑局长签发的？”“傻逼！这两个材料写的内容能让郑局长知道吗？平局长直接办了。”啊？我心里一惊。正琢磨仔细看看是什么内容，马月生突然从椅子上站起来，嘴里喊着：“坏了，坏了，你嫂子还等着我早点回去陪她办事呢。快快快，赶紧走。”说着拿起包，拉着我出来，锁上门就跑了。我问还有事吗，马月生小跑着喊没事，我逗他快点跑，晚了跪搓板，马屁精骂了我一句。

回到办公室，我一直琢磨这两个件到底是什么内容。看看快六点了，收拾收拾正准备走，马月生打来电话，急切地问我走了没，我说还没走。他小声地说，生怕让别人听到一样：“我现在来不及了，赶紧找内勤打开我办公室的门，把我桌子上的那堆草稿给销毁了，别让别人看到，也别让人知道你干吗了，弄完赶紧告诉我一声。”我心里一喜，这可是个机会，但是我觉得正式文件的原稿都是要存档的，而忽略了计算机里也有，就说了一句：“是不是草稿要存档？”马月生骂了句：“放屁，存什么档，赶紧去！”我赶紧找内勤开门，内勤还问什么事，我说是马科长让我拿点东西给他送去，内勤开门后也没进去，嘱咐我锁好门就走了。我把东西拿到我的办公室，等其他人都走了才翻弄起来，心如同擂动的鼓震撼着。还真是两个稿件，一个是报告关于违规公司如何成立、如何违规收费、费用的去向等，按原意应该是以党委的名义写的类似于检查的文件，可孙局长亲笔修改后的稿子，竟然充满了洗刷自己的意思，甚至歌功颂德，通篇说的是孙平指示成立、孙平姘头余美雯操纵、钱都进了余美雯口袋,他孙长悟如何与孙平做斗争,原书记郭群、现任局长郑帜、副局长于庆泉不坚持原则妥协，等等，才造成这样重大的问题。另一个是处理意见，原来是建议给于庆泉撤销职务处理，郑局长降级并记大过处分。好家伙，难怪这两个件孙大局长要亲自弄，原来真正目的是处理于庆泉和郑局长！

翻看着这些，我已经满脸通红到了脖子根。突然被电话铃惊醒，是马月生，问这些材料在哪儿，说孙局长让马上退回，让我赶紧把东西给他。我又一次说了瞎话，“已经粉碎了一份”，马月生可能吓坏了，电话里大声骂我，我也没管这套，话已经说出去了，就必须扣下一份，挑了这份密密麻麻改动最多的的原稿。不能放在单位，危险，得带回家。与马屁精约好地点给了他，我担心地说，“我已经撕碎了一份，丢到马桶里冲走了，怎么办？”

这会儿马屁精可能也想好了,说道:“对,刚撕碎冲走了一份。我给黄主任送去。”

我一直惦记计算机里的存稿,马屁精顺嘴说“早就删除了”。我说了句“那就好”。

马屁精没再耽搁，走了，后来就不知道他们怎么说了。我回到家与老婆念叨时还心有余悸呢，老婆也有些担心，嘱咐我以后尽量别知道那么多事，也别跟表哥瞎说。

可我还正想从表哥那里探探到底还有什么内幕呢。

9月9日

日记：9月9日，周日，阴

马月生本来不想加班，我也不想，没辙，昨天晚上通知今天加班，我担心会不会提起昨天和前天的事。来了不少人，李思哲和马续也来了。不知别人有什么事，反正没交代我干什么活，马屁精忙得脚朝天也不叫我，好在不到12点，他轻松地回来了，看他轻松我也就放心了。我趁机说请他吃饭，他非要把李思哲和马续也叫上，我当然没意见。以前我们四个人还是不错的，经常隔一段时间就凑在一起吃一顿，后来马续掺和得少了，李思哲也嫌马屁精嘴不好，所以有一段时间四个人没凑在一起了。

饭间聊起来。我故意敬马月生酒，几杯下肚，马月生话就多了。我又敬他一杯，故意说他这两天辛苦了，今天让我们加班也不让我们干活，感谢领导心疼我们，李思哲和马续也跟着起哄。马屁精希望我们这样捧他，也许是故意装作听不出什么，嘴里骂着又喝了，还炫耀，也就更没把门的了。可能李思哲真的也不知道那两个材料已经报走了，就问了一句："材料报孙局长了吗？""报走啦。"马月生得意地拉着长音，然后又说，"这不，刚才又重新改了一下。据说廉书记、项局长坚决不同意处理，连给于庆泉记大过、给郑局长警告都不同意，改为给于局长通报批评，郑局长市局做检查，并通报我局。"

我暗自一惊，这么重要的事或者说机密的事，马月生竟然不避讳我们三个人顺嘴说出，可看李思哲、马续却没什么反应。李思哲没让马月生说太多就打岔过去了，所以我又疑惑他们或许早就知道这事。

马屁精一个劲儿地问马续给薛庆黎多少钱，又问李思哲还提不提他了。马续说人家薛庆黎现在醒了，恢复得还不错，只是有点半身不遂了，左边胳膊、腿还不行，每天扎针灸做康复训练，为什么不提人家。李思哲没吭声，马月生倒像被泼了一盆冷水。我赶紧打圆场，其实是好奇，问："谁伺候呢，公司没派人？"马续说除他老婆外，小舅子和一个女孩经常陪着。哈哈，我心里明白，马月生又来神了，想知道薛庆黎身体到底怎样，我明白他盼着那小子好不了。但是好像李思哲暗示马续了，马续没答茬。马月生一再追问花多少钱了，公司拿多少钱了，马续只说不清楚，马月生骂了马续。

9 月 10 日

日记：9 月 10 日，周一，晴

有些日子没去打球了，今天老婆恩准便去了。大家一阵埋怨，要求今后凡缺席一次，就请客一次。不过真的要是旷几次再打，确实很累，第二天浑身不舒服。

再累也要写几笔今天发生的事。本来今天确定开办公会，八点半一上班又通知不开了。问马月生怎么回事儿，马月生说不清楚，听说市局项局长找郑局长和于局长了。中午在食堂吃饭，马月生又神秘地说，听黄主任说郑局长和于局长去了工委，廉书记找谈话。估计马月生他们弄的材料，昨天下午项书记和廉书记就见到了，不然，不会今天一早就叫郑局长和于局长去。一天没见到郑局长和于局长的面，不知是什么结果。

9月13日

日记：9月13日，周四，阴

今天没什么事，下班回家的路上手机响了，看来电的名字心里就明白了，有结果了。丁丁怯生生地说“姐夫，要四万五千块钱，我……”就不吭声了，我叫了他几声，这小子就是不说话，听我问子诺和文箫谁在时，他就像解脱了一样把电话给了出去。这回是子诺，估计是文箫没在。这次与子诺的交谈是和他认识以来最长的一次，发觉他是一个很成熟、很理智的孩子。他告诉我，协商的效果并不好，对方咬死口了，看来只有出钱才能免除判实刑。还还安慰我别着急，他和文箫会尽力帮丁丁，如果差一点，再麻烦我。听了这话，反倒使我加快了语速，一个劲儿地说：“不行，你们的心意哥领了，你们俩已经帮了大忙了，钱不能再让你们出了。”我让子诺把电话给丁丁，安慰着“姐夫会帮着解决”，又叮嘱了一番。

电话打完了，接下来就得有实际行动了。刚才跟老婆商量怎么办，把老婆给气的：“四万五呢！这是小数吗？”我赶紧糊弄说：“没说都让咱拿。”

说这话的时候，我心里也有点虚。老婆叹了口气，又为岳母担心起来，自语着：“不能告诉妈要赔这么多，老公，我们给出点吧，啊？”

我当然会同意啦。

9月16日

日记：9月16日，周日，多云

昨天去北京了，请他们三个到外面吃了午饭，感谢了文箫和子诺，安慰着丁丁，没办法，唉。看着人家两个孩子都这么上心地帮忙，你还叹什么气。心里又有种说不出的滋味，是责怪自己吗？再一次拜托他们俩照顾丁丁，又给丁丁留了两万块钱，嘱咐他赶紧存起来，别弄丢了。吃过午饭，没让文箫和子诺再陪着，丁丁把钱存好后，送我去北京站。两个人去坐地铁，好拥挤，我和丁丁面对面站着，就差脸贴脸了，正好可以说说话。我心里一直疑惑，问："他们俩挺好的。做什么的？"丁丁脸腾地红到了脖子根，眼睛迅速移开，"呃，呃"了两声没说出什么，看到丁丁尴尬的样子，问："怎么了？""他们……"我笑了："怎么，跟人家一起住这么长时间，还不知道人家是干什么的？小糊涂蛋。""嘿嘿，没有。""什么没有？"这小子叫了一声姐夫，说："其实他们挺好的，真的。""什么挺好的？"我被说糊涂了。

看丁丁不愿意多说了，就聊些别的了，但是没敢问他现在在干什么。临进检票口，我又一次嘱咐他："千万不能让大姐、大姨知道我给你留钱了。"他点点头说："姐夫，谢谢你，我一定挣钱还给你。"我打了他的头一下："姐夫还用你还？好好养活你自己就行啦。"他又不好意思地低下了头。

今天向岳母汇报，当然没说我给了两万块钱，说是要赔偿大约两万块钱，岳母赶忙说"给，给"，我告诉岳母要过几天判决后再给，岳母说"我有，明天我就给你们，抓紧给孩子"。

老婆偷着问我："你不是说四万吗？""我没敢跟妈说四万，怕她着急。"老婆问："那还差两万呢。"我说："他们手头有点。"

总体说来，岳母、岳父、老婆还算满意，我也没白在里面两面抹糊。

9月17日

局长办公会记录：9月17日，周一，8点30分，小会议室

召集人：郑局长

与会人：副局长平贺辰、于庆泉、韦建禾、申士杰、洪升礼、盛文龙；办公室黄忠勇；干部处江万励；财务处邵克伦；纪检室李民君；一处荀德利、二处武金夫、三处朱之兰

列席人：李思哲、马月生及我

郑局长：今天办公会提早到8点半，是因为平局长说，一会儿市局孙局长找平局长、盛局长，还有荀处长、武处长、朱处长去市局开会。今天办公会只十分钟，就一个议题，传达上周五市局干部会精神，简单部署一下如何落实工委廉书记和市局项局长的要求。

上周五，市局召开了全局干部大会，我在大会上做了检查，宣读对于局长的通报批评，同时也通报批评了我局，具体为什么事大家都清楚，工委廉书记出席。同时，项局长也肯定了于局长有觉悟，识大体，顾全局。最后廉书记和项局长讲话，要求我们吸取教训，虽然调查组已经撤出，有关问题画了句号，

但要进一步进行整改，特别是涉及的一些相关问题不能留尾巴。具体要如何整改，今天算是给大家布置一个任务，今天三个主要业务处的一把手都在，回去先好好研究一下，另定时间研究。我就说这些，于局长还有什么补充？

于局长：刚才郑局长传达了上周五市局干部会的情况，实际上大家都清楚怎么回事。项局长不光说我有觉悟，识大体，顾全局，同样也表扬了郑局长。我呢，除了有觉悟，识大体，顾全局外，应该再在后面加一句，背黑锅。我想在座的大部分人心里都明白。没了。

郑局长：大家还有什么问题？好，黄主任写一个情况报市局，就说今天办公会传达贯彻了会议精神，落实好了廉书记和项局长的要求。散会。

日记：9 月 17 日，周一，晴

今天办公会于庆泉够猛，短短一句话，却很震撼，似乎故意微怒地带了一句国骂。观察了一下，郑局长一如既往地平静如水，平贺辰、盛文龙脸色憋得红中带青，苟德利、武金夫、朱之兰好像在咬后槽牙。大家往外走，于庆泉还嘴里嘟囔呢，郑局长看看他，笑了笑没说什么。马屁精有点懵，小声问我怎么了，我故意摇头，没答茬出去了。

中午表哥打电话问我，上午于庆泉和郑局长说什么了，惹得孙局长骂得跳脚的骂，还把平贺辰、盛文龙、苟德利、武金夫、朱之兰、孙全胜几个人一通臭骂。我说会上没说什么，就于局长说了句“背黑锅”，问表哥听他们几个说了什么，表哥说是孙全胜临时叫他去的，老板叫他们中午一起吃饭，没听见说什么，到门口听见老板在里面大声说话，听不请说什么。表哥等了一会儿才悄悄地推门进去，看见老板正指着他们几个说："你们几个王八蛋，有几个能顶呛的，当时怎么不骂狗娘养的呢！我要是在，他们敢放个屁！？"表哥说，看那几个人个个都紫茄子脸，没敢靠前，又悄悄地退了出来，等了一会儿没听见说吃饭的事，也没跟他们打招呼就走了。哈哈，做跟班的也不易。

听了表哥的话，下午有意识地想看看平贺辰几个人都是什么样，可惜没见到。我预感，这肯定又是暴风雨的前奏，或许来的将是暴雨加冰雹。

9 月 19 日

日记：9 月 19，周三，阴

今天，天阴得如锅底，九月份少有，但是没下雨。孙局长催开党委会，郑局长征求各位局长的意见，于局长坚决反对提薛庆黎，其身体不健康，不符合条件，郑局长也就同意不开党委会。同时郑局长对提拔"大小姐"也提出了意见，请干部处考虑如何提拔优秀女干部的问题，或者适当考虑公开竟聘，这也是符合中央和市委要求的。平贺辰和江万励去向孙局长报告，孙局长又是大怒，下决心要整郑局长，还一定要把于局长调走。这些都是中午听马屁精叨叨的。

不明白为什么，难道孙平事件真的画上句号啦？孙长悟没有什么问题？那两个材料起了这么大作用？从孙老板催开党委会这事看，孙老板应该是底气十足。这两天，怎么也叫老板了，以前表哥嘴上都是“老板”“老板”的，我还叫不自然，这两天怎么啦，也屈服改口了？赶紧还是恢复自己吧。

9 月 21 日

日记：9 月 21 日，周五，多云

这两天没关心丁丁那小子的事，也没去岳母家吃晚饭，岳母有些沉不住气了。吃晚饭的时候，老婆示意我当着岳母的面给丁丁打电话，问需要多少钱，因为已经和丁丁说好了，也就不担心了，把电话给了岳母，丁丁也知道怎么说了。

岳母说：“不就两万吗，明天让你姐夫再去一趟，给你送去。”

老婆赶紧拦着，说：“上周刚去过，叫他自己来家里取。”

岳母听老婆说让丁丁来家里倒是乐得不行，但可能丁丁不愿意来，岳母狠狠地骂了句“混蛋”，吓得我儿子直喊“姥姥”，丁丁那边才勉强答应周六过来。

岳母高兴地说：“一早就来，这才是大姨的好儿子，让你姐夫去接你。”

老婆对我说：“得，明天你又可以疯去了。”

回到家，老婆还耿耿于怀：“就你会讨好妈。”

咱赶紧安慰安慰老婆呗。其实，老婆不过就是埋怨埋怨而已。

9月23日

日记：9月23日，周日，晴

秋天的气息已经有了。

昨天中午，丁丁终于来了。本来这孩子就有点害怕，像鼠避猫一样，到岳母家时更是矮了一截，进门时一直躲在我身后不肯进来，岳母等不及了，过去一把把他搂到怀里，丁丁有些害怕地躲闪着。岳母说："儿子，快让大姨看看，都多少年没见了，长成大小伙子了，儿子受委屈了吧？你这个爹呀，看大姨怎么收拾他，看你瘦的。说话呀？叫大姨呀？"岳母有些激动，说着眼睛都湿润了。丁丁怯生生地叫了声"大姨"，又喊"大姨父、大姐"，我儿子睁大眼睛看着不知怎么回事，我喊着儿子过来，"叫舅舅"，儿子躲闪着，岳母也哄着："好孙子，姥姥给你买好吃的，叫舅舅。"儿子这才叫声"舅舅"，便扎到他姥姥怀里了，生怕他姥姥不要他似的。岳母笑了，抱着孙子，拉着丁丁说话去了，嘴里喊着"你们做饭，我跟儿子说会儿话"。

我不时往那边看，尽管来的路上嘱咐了一番，但还是担心这小子会说漏什么。好在都是岳母在问，问一句，这小子跟挤牙膏一样挤出几个字。吃过午饭，岳母让我们带着出去转转，说是去买几件衣服，儿子不肯睡觉，干脆把儿子也带上了。吃完在外面晚饭，先送他们回岳母家，我们三口再回家。也不知道这小子习不习惯，今天问他时，他只是笑笑，还说了句："姐夫，我都没敢洗脸洗脚，不过出来时洗澡了。"

昨天晚上回到家，老婆也说小伙子长得挺帅，可惜了，要是上大学就不会落到这个地步了，老婆又生出怜悯之心。今天一早赶到岳母家送丁丁走，岳母拿了两万块钱，一个劲儿地嘱咐：

“放好了，要经常来看大姨，有困难给大姨打电话。”出门时，岳母又抱着丁丁，这会儿丁丁好像不生疏了，叫着大姨、大姨夫，说谢谢，岳母还打了一下他的屁股，说：“还用谢？”

去火车站的路上，这小子没怎么说话，我本来还有许多疑问要问的，想想还是等过段时间事情完结了，可能这小子会敞开心扉的。我让他捎话，谢谢文箫和子诺。

9 月 26 日

日记：9 月 26 日，周三，多云

刚才丁丁打来电话说已经办完手续，缓刑一年半，赔偿四万五，没提诉讼费和其他花销。我说大姨这几天天天念叨，大姨想让你办完手续到家里住一段时间。丁丁说不行，要在北京待足一年半，文箫和子诺做了担保。我又在电话里谢了这两个孩子，说过段时间去北京好好谢谢他们俩。文箫说不客气，还让我们放心，会照顾丁丁的。我想起一件事，便问：“要是一年半不能离开北京，那会拖累你们俩，还影响你们俩回家工作呢。”文箫好似沉吟了一下或者是被触动了一下，听他的笑声有些不自然，说：“哥，你放心，我们都在北京工作，我们在一起合租还省钱呢。”又说了几句，文箫把电话给了丁丁，我让丁丁晚上给大姨打个电话报个平安。

看来丁丁给岳母打电话了，没一会儿岳母打来电话，嘱咐我们要关心这个小弟弟，老婆无奈也没计较。岳母说，也要好好谢谢那两个孩子，多亏了有人家帮忙。

这件事总算告一段落，忽然生出“文箫和子诺怎么回事”的念头，认识这么长时间了，也没问问这两个孩子是做什么的。

9 月 28 日

日记：9 月 28 日，周五，秋高气爽

为什么今天写天气直接用“秋高气爽”这个词？因为，清爽的气息扑鼻了。

这两天，包括马月生，特别是李思哲，也一反常态地议论一下话题，单位不少人也相互交流消息。据说孙长悟找市领导了，市里某领导给工委廉书记施加压力，一方面要抓紧考虑接项局长的人选，暗示考虑孙长悟接项局长；一方面要尽快将于庆泉调到别的单位。又有消息说，廉书记与项局长认为孙长悟不合适，但是没办法；至于于庆泉的安排，他们反复商量权衡，决定将于庆泉提半格后，调到另一个单位当一把手，于庆泉听出了两位领导话中的意思，不仅是器重他，也顶着来自上面的压力，还有对孙长悟的不满。

这些传闻，我觉得孙长悟也应该听得到，平贺辰这帮人也会汇报的，或许消息就是人家故意散播的？也没准！同时还说，廉书记也找孙长悟做工作，孙长悟开始坚决不同意，后来不再坚持，并提出薛庆黎、郑农等人的事，于庆泉不能反对。这不是明目张胆的交易吗？！怎么能这样？咱这些老百姓看不懂。

又想表哥了。不明白自己这几个月的日记为什么总跳不出这个圈。

10 月

10 月 7 日

日记：10 月 7 日，周日，阴

因为 7 月份去新疆请了长假，所以这次国庆节也就心安理得地值班。嘿，马屁精竟然只让我 1 日和 7 日值两天班，带儿子短途玩了一天，与水溢洋一家家聚了一次。两家聚会时自然要说到我们局的事，我问大水："调查真的结束了，没事了吗？"水溢洋说更详细的说不清，接触不到核心的东西。也就这样了，谁让孙平这么"仁义"呢，"舍身"、"舍妻——余美雯"保"卒"，只抓了余美雯的弟弟。其他人也就没再追究。但是大水说好像涉及孙长悟的问题，没办法，谁让孙平以死"救"人家呢，还有其他人也有贪污受贿问题，都推到孙平身上了，可能也不追究。再看看我们局报的材料，孙大局长完全是个英雄了。我不解地问报过什么材料，大水说那是因为我不知道还有人在帮着写。据大水说，五到八月我们局可没少报材料。这就怪了，这些材料经过局里研究了吗？有没有文号？有没有任何草稿留存？包括郑局长在内的很多人应该都不知道，于庆泉是否知道？为什么他敢说替别人背黑锅？大水还透露了一个信息，只是不知是否可靠，表哥应该知道，但是问表哥，表哥会说吗？大水说，为什么孙长悟要在孙平身上再踏上一万只脚？因为后来孙平开始对孙长悟不满了，好像孙长悟以给活为交换条件跟余美雯上过床，还要挟过孙平。真是“一家人”反目了。

今天值班没事，想叫表哥一起吃个饭。表哥说他在孙局长那里，一会儿完事了再见。中午吃饭时，表哥说“十一”期间，孙局长召集一帮人吃饭，有平贺辰、韦建禾、申士杰、洪升礼、盛文龙、田凯、苟德利、武金夫、朱之兰、孙全胜。表哥说这帮人尤其是盛文龙、田凯、苟德利、武金夫这几个人，一会儿告这个的状，一会儿告那个的状，惹得孙局长一会儿就要大骂一通。他们计划着把于庆泉弄走，看来于庆泉待不了几天了。

我想着水溢洋说的事，于是问表哥：“孙平的事儿全结束了吗？不会再查什么事什么人了吗？看表哥肯定的样子和口吻，应该不会有事了。我倒是侥幸地希望发生些什么，反正孙局长身边的某些人，估计全局的人，包括孙局长圈内的死党也希望这几个人出事儿。我故意提到孙平和姘头余美雯，表哥只是笑笑，说余美雯在国外不敢回来。我说：“他弟弟不是被抓了吗？不会咬出什么事吗？”表哥不经意地说：“早就有人替孙局长把口给封住了。”

啊？这可是惊天的秘密！我吃惊！

与表哥分手的，表哥嘱咐我别对外瞎说。我保证着。

“早就有人替孙局长把口给封住了”，这句话让我这几天时不时会出现灵魂出窍的感觉。

10月8日

日记：10月8日，周一，阴

节后第一天上班，没开办公会。

晚饭前，表哥打来电话嘱咐我，昨天说的话不许和任何人说，包括老婆。我保证着，思量着表哥是不是想到什么了，表哥说昨天晚上吃饭时，孙局长说，项局长还有半年就要退了，可能会先提拔一位局长，项局长改做书记。我问：“孙局长有戏吗？”表哥说看昨天的架势应该没问题，放假期间孙局长已经大规模地开展工作了。我问怎么做，表哥骂我傻逼，钱呗！我噢了一声没敢再往下问。一是表哥很少这样骂我，当然他跟那些人在一起就不只是这两个字了；二是觉得不能让表哥感觉我有什么企图。表哥又说，孙局长从心底抵制将于庆泉提半格调走，他下决心要免了于庆泉的职务，改为副调研员调走，所以又布置盛文龙做什么事，也许人太多，孙局长没说明。看来孙局长背后还在整于庆泉，够狠的。但是孙局长又嘱咐平贺辰和盛文龙最近要提防着点于庆泉。听说于庆泉要告孙局长，别影响到下一步推荐。

听听，这些人都在背后干些什么！当然表哥又嘱咐我一番。

10月11日

日记：10月11，周四，晴

这几天没记什么，好像没什么兴趣点。今天去打球了，又太晚了，但因为队友的不少议论，看来需记几句。

这几天都传市里要推荐孙长悟当局长了，大水也听市里的人说了，可到今天也没来。问表哥怎么还没来推荐，是不是黄了，表哥很肯定地说没问题，应该很快，晚上孙长悟还叫一起吃饭。

刚才给表哥打电话，听电话里声音，我猜他又喝多了，就赶紧放了电话。

10月15日

日记：10月15，周一，晴

今天没开办公会，后来听说郑局长去市局参加干部会了。大约10点钟，马月生得到消息，组织部和工委来市局推荐正、副局人选，并进行考核。问他都有谁，马屁精就像是提拔他一样，眉飞色舞地说自然是孙局长了。我找个说辞有意识地去平贺辰办公一趟，有不少人在，包括平贺辰、韦建禾、申士杰、盛文龙、田凯、荀德利、武金夫、朱之兰等十来个人，没见洪升礼，听说这几天喝酒喝得有点犯病了，这家伙才油呢，在这个“组织”内外游刃有余地游离着。孙全胜也不在，这小子一般不会参与这样的热闹事，是单独的钱袋子那一支。我给表哥打了电话，说上面来推荐了，表哥还神气地问我：“没问题吧？！”他还说：“等哪天表哥跟老板说，也给你弄个一官半职的。”我连忙又说：

“别，别，现在这样挺好的，表哥多请我吃几顿饭，让我也享受享受就行了。”表哥倒是来神了，说哪天真的带我出去体验体验，看看人家都怎么活的。我又不放心地嘱咐，别跟孙局长提这层关系，表哥说明白我的意思，还真没几个像我这样不上进的，人家都削尖了脑袋当官，挣钱，搞女人，又骂了我一句个傻逼。唉，我只能笑呗。

其实，一段时间以来，我心里一直有个疑惑，有时强烈，有时淡得如同消失，就是表哥也没能解惑。但是今天如此强烈，以至于心闹得要跳出嗓子眼，让自己都有点坐立不安。这就是：出了孙平这么大的事，孙长悟竟然毫发无损，还升官了！是真的没问题，还是孙平以死救了他？照理，就算孙平全承担了，不应该一点关系都没有，发生了就是发生了，可以不处理，但是不能说没发生过。那为什么会出现这样的结果？立功只能“减刑”，不足以反倒提拔，除非……孙平已经不是孙长悟的唯一，孙长悟有胜于孙平的支撑，不然孙大局长不能轻而易举地躲闪腾挪腾空跃起的！

知道吗，人是有感情，有倾向的，与感情相悖的信息会使人心情糟糕。

10月16日

日记：10月16日，周二，多云

昨天听说，今天市委组织部就要公示，但是到下班也没听到公示的消息，马屁精还在我跟前表现出不解的样子。不过，这两天全局就这事了，有些人欢欣鼓舞，有些人不怎么高兴。郑局长好似没什么变化，于庆泉还是反映出来了，脸色有些不好，嘴里看口型应该是在国骂。不管怎么样，这两天就跟放假一样，没人布置活，马屁精活灵活现地来回窜着。今天干脆早走一会儿去接儿子，和老婆带儿子在外面吃饭。

跟老婆念叨了今天推荐的事，以前多少也跟老婆说过一些单位的事，老婆又劝我尽量少掺和他们的事，老老实实上班就得了，也别想着当什么官，那不是什么人都能干的，弄不好再出点事。我就欣赏老婆这一点，不像有些女人好攀比，逼得男人挖空心思谋官、谋权、谋财。

10 月 17 日

日记：10 月 17 日，周三，多云

秋天了，天高气爽，白云朵朵。

昨天晚上快 11 点时，我脱了衣服刚要钻进被窝，表哥打来电话，我以为有什么事，得，一听电话就知道又喝多了。老婆在一旁疑问地看着我。我赶紧说，表哥，早点休息吧，别又喝多了，赶紧回去。

今天上班没什么事，想起昨晚的事就给表哥打电话，铃声响了半天表哥才接，懒懒“喂”了一声，一听还睡着呢。我喊着，表哥，都快 10 点了，还睡呢。表哥说累死啦，再睡会儿，一会儿再打给我。中午表哥还真打来电话，我问表哥昨天喝了多少，表哥说数不清了，反正乱了。问表哥跟谁在一起，表哥说：“还有谁？昨天老板高兴，小范围庆贺，有平贺辰、盛文龙、田凯、苟德利、武金夫、孙全胜。知道吗，薛庆黎一瘸一拐地也来了。这小子竟然恢复得挺快，又喝酒啦。

我问："当着孙局长面，这小子又喝酒啦？"

表哥说："是老板让他喝的，这小子馋酒也会来事儿，先祝贺老板，然后又保证不掉链子，绝对干好工作，一口气喝了三个大口杯。不说了，一会儿还去那儿。"

"还去洗浴中心？"我惊道。

表哥说："不是，跟孙全胜去买礼品。"

礼品？什么礼品？绝对不是一般的礼品！

10月23日

日记：10月23日，周二，晴

孙长悟当选正局长还没有正式宣布。今天，马屁精不知听谁说的，孙长悟又让平贺辰催郑局长召开党委会。是不是觉得局长手握实权，可以指挥一切了？于局长考虑到项局长谈话的因素，虽然态度不坚决，但还是提出要考虑薛庆黎的健康问题，应该过一段时间等他能够上班了再研究任职问题，另外还提出了"大小姐"的问题。郑局长让干部处考虑于局长的意见，提前做好工作，平贺辰又拿孙长悟施压，最后还是定在29日或30日开党委会。平贺辰告诉孙局长开党委会的事情，孙长悟国骂一通，说："干吗要推到月底？这周就开！"听说于庆泉还是反对，就更下决心要清除于庆泉。考虑到自己的局长考核虽然已完，但还没有公示，也很心焦，这几天一直担心，别再黄了，要是强制他们开党委会，于庆泉这小子又坚决反对也不好办，弄不好会影响自己的事，也就勉强同意了。考虑一下，告诉平贺辰可以拖延一下到 11 月 1 日、2 日开，但是必须下周弄完。孙长悟估计下周怎么也得公示了吧。

看着马月生那失落的样子也很可怜，我恭维着："孙局长当局长了，马大科长您这么卖力气，孙局长又这么器重你，早就说过要重用您的。"没想到马月生来了一句："咱不是圈内人。你说，这事能干吗？"

10 月 25 日

日记：10 月 25 日，周四，细雨

有一段日子没下雨了，今天终于见到雨星子了，秋雨来了，该凉了。

翻开这个本子，自打上周三与表哥通话后，除了把周二马月生说的孙长悟催着开党委会的事记录了一下，竟然一周再没动笔，脑子里时不时就是表哥说的那些事和场景，如同自己亲身经历了一样，身子都有些恍惚。

前面写的场景都没敢用"龌龊"两字，因为不知道自己这周的感觉是否就是龌龊。

10 月 27 日

日记：10 月 27 日，周六，多云

秋天，雨再小，也是一场秋雨一场凉。

昨天晚上 10 点多，表嫂打来电话，着急地说表哥喝多了，不省人事，送医院了。和老婆赶到医院时，表哥已经洗过胃了，还在输液，人虽然没醒，可是一会儿就出现一次狂躁，手乱抓、头乱撞地折腾，为此叫了好几次医生来看看。

快 12 点时，我让老婆赶紧回家，儿子一个人睡着呢。我留下来和表嫂守着，表哥整整折腾了一宿，到 6 点多钟才平静，睡到 8 点多钟他总算醒了。大夫查过房说："没什么大碍了，吃点稀粥，再输一天液就可以回家了。"

表嫂一夜没睡，我让她先回去休息一下，反正今天休息，我在医院陪表哥输液，让表嫂中午再来接替我。我给老婆打电话，老婆带孩子去岳母家了，让我中午直接过去吃饭。

我昨晚一夜没睡，到岳母家吃过午饭想睡会儿，可又睡不着，吃过晚饭便早早地回来了。这会儿真的感觉有些疲惫了。马屁精的电话这会又来了，通知明天加班。

唉，睡吧。

10 月 28 日

日记：10 月 28 日，周日，晴

又是无谓的加班。正无精打采时，水溢洋打来电话让我请客，说有重大情报，激起我一阵冲动，疲惫全无，恨不得把时钟拨到 12 点。

大水神秘地告诉我，检察院马上启动抓捕郑农。我吃惊地追问："真的？什么事？什么时候？"大水肯定地说："真的！而且下周就办。"我说本来上周定明、后天开党委会，孙长悟怕于庆泉坚决反对，故意让平贺辰拖延一下，想等于庆泉走后再开。"是不是孙长悟知道郑农要出事儿故意拖延？"想想又不对，还有瘸子呢。大水也认为孙长悟不大可能知道。

我有些不明白。那天问李思哲还开不开党委会，李思哲说江万励还有些怨气，嫌郑局长要求再完善材料，说要知道做干部工作的责任和使命，要对得起党，对得起历史。这几天也有传言，为这次党委会，郑局长专门向项局长汇报过。我疑惑地自语："会不会项局长早就知道郑农的事？"大水说："那有可能，反正肯定是没戏了。"

那么说孙局长在这件事上还做"对了"？避免党委出现带病提拔的问题。哈哈，真得感谢领导英明！可是不知道领导知道自己这次"英明"后的结果，会是什么表情。忽然想到孙长悟的局长职位还没公示，这件事会不会牵扯到他？或者就是因为此事公示才迟迟不出？没准黄啦？哎哟，那可是要人命啦，孙平这个大浪都没打翻人家，人家却在这条小河沟里翻船啦？老天爷睁眼啦！

这个月记日记的热情明显降低了，或许关注的事结束了，或许做什么事都有倦怠的时候。大水传来的消息，看来又刺激神经啦，又有可关注的事啦！哈哈，幸灾乐祸。

10 月 30 日

日记：10 月 30 日，周二，多云

这两天一直想着大水说的事，平常与郑农不是很熟。昨天和今天竟然去他办公室四五次，神经了吧？可是没发觉郑农有什么异常。昨天办公会上仔细观察几位领导，也没发现什么异样，整个办公会都没看出什么可是没有，直到办公会散了还不死心，还眼瞄着郑局长和平贺辰，也没得到什么有用的信息。

今天下午，市局来我局进行推荐考察干部，散后马屁精说是推荐于庆泉。心想不知孙长悟还作梗不，他还会抢在任命前解决于庆泉的问题吗？反正散会后，平贺辰的脸色不好看，韦建禾、申士杰、盛文龙、苟德利、江万励、武金夫、洪升礼这些人又都扎进他办公室，估计这几个人不会说于局长好话的。

10 月 31 日

日记：10 月 31 日，周三， 多云

今天孙长悟的事终于有结果了，市委组织部公示了。可把那些小子高兴坏了，又是一番庆祝。当然了，这些人也还有些愤愤不平，因为于局长的提职也公示了。

今天郑农照旧来上班了，看来没事啦？

11 月

11 月 2 日

日记：11 月 2 日，周五，阴

单位的事就一句话，郑农这小子今天还是好好地来上班了。

进 11 月了，还差十来天会供暖气，可冷了，又遇上阴天，真的有点坐立不安。这个时候回家都得开电暖气，要不就得开空调吹暖风，还得提前把热宝放到被窝里，一宿下来，只是身子这一条位置还暖和，稍微挪动一点都凉。儿子已经赖着几天不肯自己睡了，加在我和老婆中间，今天可是周五呀！

11 月 5 日

办公会记录摘要：11 月 5 日 ，周一，9 点，小会议室

召集人：郑帜局长

与会人：副局长平贺辰、于庆泉、韦建禾、申士杰、洪升礼、盛文龙；办公室黄忠勇；干部人事江万励；财务处邵克伦；纪检室李民君；马月生、李思哲及我

郑局长：今天一共五个议题，下面是第一个议题。

……

郑局长：前面四个议题大家按今天研究的抓好落实。下面进行最后一个议题。大家看到议题的题目是“相关议题”，没具体写，却是今天办公会最重要的一个议题。请纪检室李民君主任通报相关情况。

李民君：昨天上午9点，检察院给我打来电话说，因受贿问题已将郑农带走，今天一会儿将正式的刑事拘留通知送来，同时要求我局配合相关调查……

平贺辰：这是什么时候的事，怎么不跟我报告？！

盛文龙：李民君，你怎么没跟孙局长报告呢？

李民君：我们事先也不知道昨天什么时候把他抓走的。后来郑局长又让检察院的人打电话来，他们说今天一会儿来谈具体问题。

郑局长：李主任基本说清楚了这件事。关于郑农的事，我知道的也是这么多。昨天项局长打电话交代我们配合检察院开展工作，我让李主任和他们联系一下。这件事来得突然，因为涉及与工作有关的受贿问题，具体情况还不太清楚。这件事仅限于现在开会的这个范围，不要扩大。李主任，你们配合做好相关工作，有问题及时汇报。大家还有什么意见？

平贺辰：抓紧弄清情况汇报。

盛文龙：抓紧向孙局长汇报。

郑局长：还有什么？没有？散会。

日记：11 月 5 日，周一，阴

郑农这小子隐藏得够深！尽管今天办公会上郑局长要求这事尽可能地控制在最小范围，但还是一颗重磅炸弹。薛庆黎的事刚刚平息不久，现在郑农又成了大家找乐儿开心的话题，郑农被抓无疑，这颗重磅加重磅的炸弹，发酵成原子弹啦。

看来这件事孙局长和平贺辰他们事先真的不知道，要不办公会上平贺辰怎么差点骂起街来，盛文龙搬出了孙局长，郑局长根本没有答他们的茬。会一散，平贺辰拉着盛文龙把李民君叫到办公室，不一会儿就出去了，估计是去市局跟孙局长汇报了。

表哥打电话问我郑农是不是被抓了，表哥骂了句“操他妈的”，说：“这小子忒黑，早晚得出事。”我问表哥：“你跟郑农也熟？”表哥嘱咐我别瞎掺和事儿，他刚从市局孙局长办公室出来，平贺辰、盛文龙去说的，孙局长好像不知道，当时就急啦，吓人，暴跳如雷，恨死于庆泉和郑局长了，交代平贺辰把提拔于庆泉的事搅黄。我说于局长的公示明天就结束了，可能性不大，再说今天于局长没说话。表哥“哼”了一下：“他们不那么认为呢。”表哥又嘱咐我别瞎掺和，就放了电话。

他们？谁？准是孙长悟和平贺辰他们呗。

11月6日

日记：11月6日，周二，晴

郑农这小子被抓的事想控制都控制不住，今天似乎地球人都知道了。还传他与孙平和孙长悟都有点瓜葛，一下子刚刚有点淡去的孙平事件又给勾回来了，可要说与孙长悟有瓜葛，抓郑农的时候正是孙长悟的公示期内，所以让人疑惑。

今天一天无所事事，没见马屁精，也没人安排什么事，就是碰到谁都会问一句"知道吗，郑农出事啦"，可具体什么事，谁也说不清楚。下午给大水打电话，告诉他郑农确实被抓走了，顺便问具体什么事，他也了解得不多，对于郑农与二孙有关的传闻，也说不清。

11月9日

会议记录：11月9日，周五，9点，小会议室

召集人：郑局长

与会人：平贺辰、于庆泉、洪升礼、盛文龙、黄忠勇、邵克伦、李民君、孙全胜、马月生及我

郑局长：这一周大家挺紧张，特别是平局长、盛局长，带着武处长、朱处长、孙经理，你们几位清查整理账目，查漏洞，对了孙经理，回头帮我感谢一下常总，这些天也跟着忙活。我们开个短会就半小时，10点半我要赶到市局，项局长、蓝书记要听汇报。有些事我了解一些，今天请平局长、李主任简单通报一下情况，主要是郑农的经济问题。

平局长: 现在正在查……,应该说公司没问题,是吧孙经理?最后结果大约还要一周时间吧。

于局长：调查组已经审核过，公司的账就应该没问题。孙经理，你们还需要再重新来一遍吗？就是再仔细来一遍，也看不出郑农贪污受贿多少吧？！郑局长，我看账目不用通报了，请李主任说说郑农的问题就行啦，相信检察院是掌握了大量证据的。

郑局长：好，李主任说说。

李民君：这几天和检察院的人接触，了解到郑农受贿次数至少十次以上，涉及金额上几百万吧。现在还不清楚有没有贪污问题，但有人举报有贪污问题。现在人家不说，只是让我们提供每年收费的具体账本。孙经理他们正在清理中。

于局长：这就对了。不过孙经理，你们的账目不应该有问题的。因为是他们报多少你们记多少吧？！要是能看出谁截留多少，孙经理都不保呀。

孙全胜：于局长，您放心，我们都做好了，保证没问题。

平局长：× × ○○ × × ○○（注：骂街）

郑局长：大家还有什么要说的、要问的？没有吗？看来我今天的汇报肯定过不了关，大家都听到了，没什么具体内容。当然，检察院也不会通报太多情况。即便如此，李主任，你们的工作还是欠火候。有关处理问题，你们与市局纪委沟通一下。

日记：11 月 9 日，周五，阴

今天摸了一下暖气，感觉暖气片不咋手了，这两天应该给气了，否则这天怎么过呀。

这一周我没什么活，但他们都挺忙，所有的工作都集中在郑农身上了。上午的会，说明平贺辰、盛文龙、武金夫、朱之兰、孙全胜一直在忙了，忙着整理账目，堵漏洞。孙平出事那会儿，账目已经彻底查过，该销毁的销毁，该补漏的补漏，账已经做得挺好的了，调查组也没发现问题，不明白郑农怎么还是出事儿了？很显然是另有原因，马续和表哥也一直跟着忙活。

会上平贺辰骂孙全胜傻逼，看来孙全胜真是傻逼，根本不明白于庆泉话里的意思。但是于庆泉的话外音点出了郑农也在为公司办事，这一点以前没想到，表哥也很少提到他，说不定他还是专门为孙长悟家截留资金服务的呢。不然，为什么孙长悟坚决地要提拔他当副处长，大家想都想不到会提他。要是那样，几百万不多，肯定不止这些问题。看来孙长悟又得常去检察院走“亲戚”了。本事呀，哪个门都有亲戚！

11月11日

日记：11月11日，周日，晴

真的给暖气了，就那么一点点热气，屋子里就好多了，躺进被窝不冷得发颤了。

今天表哥又加班啦。他下午打电话想叫我出去吃饭，我逗他“今天是光棍节”。老婆听见了，不高兴，随嘴说了句，“总出去吃，想吃，叫表哥来家里吃，让表嫂一起来”。表哥一听，开玩笑地说，“你嫂子不听我的，她听弟妹的，让弟妹打电话。”老婆一听，高兴地给表嫂打了电话，表嫂高兴地骂道：“王八蛋，要不加班，要不就吃喝很晚才回家，还每到周六、日就说跟表弟吃饭，行，今天咱得好好审审他们。”

这顿饭吃得还算不错，表嫂一个劲儿地数落表哥，还让我监督表哥，表哥也逗着说：“弟妹，看你嫂子这么厉害，我敢在外面瞎搞吗？”表嫂说：“别让他把表弟带坏了就行。”

表哥说，孙长悟气死啦，要借郑农的事整于庆泉，可能已经找廉书记了。不过这两天不怎么提整于庆泉了，话里话外的意思是廉书记和市领导不让孙局长折腾，这样也会影响他自已的事。

关于郑农的事，表哥说孙局长始终认为是于局长搞的鬼。表哥证实郑农这小子至少受贿两百多万，数目不详，可能还要大，反正不少。据说郑农这小子有些事自己担了，贪污的钱数对不上，大部分送礼了，至少平贺辰和孙局长的小舅子得到了很多好处，照表哥估计，平贺辰不下五十个，要不为什么平贺辰也极力要提他呢。不过表哥说孙局长在找检察院保郑农。表嫂不明白五十个是什么意思，表哥说：“弟妹，看你嫂子傻吧，五十个就是五十万。”表嫂骂表哥，表哥提醒侄子在呢。

这就明白了，于局长敢理直气壮地过问某些事，如平贺辰和孙长悟为什么要重用郑农。照这么说，给孙长悟小舅子只是送点礼，而郑农为孙家金库输送的数额是不可预估的，所以孙长悟拼命也要保郑农。

11 月 12 日

会议记录：11 月 12 日，周一，9 点，大会议室

与会人：全体局领导；科以上全体领导干部。

主持：项书记

组织处张处长：宣读任命与交流名单。

于局长：表态发言。

刘国强：表态发言。

项局长讲话。

日记：11 月 12 日，周一，晴

今天市局有关人员来我局，宣布于局长的任命，主席台上只有项局长、郑局长和张处长，项局长亲自主持。于庆泉去另一个单位任正处长，交流一位副局长来，叫刘国强。孙局长没来，不知是不是因为自己的事还没宣布不好意思来，还是故意不来，毕竟这个单位由他分管。总之，于庆泉走了，孙局长心里也少了一块心病。散会后于局长跟项局长、郑局长、张处长握手寒暄，平贺辰没靠前，只跟项局长打了声招呼就赶紧走了，神情老不自然，也没跟其他局领导打招呼，快步地离开了会议室。郑局长、于局长、江万励、李思哲等送项书记等人。没什么人理会刘国强，刘国强有些尴尬地随着。

今天，局里一天都是这个话题。

11 月 13 日

日记：11 月 13 日，周二，晴

于局长今天到新单位报到，黄主任张罗着收拾于局长的办公室，给新来的刘局长用。开始还看见马月生，一会儿就只剩下我和一个负责搞卫生的大姐了。别说，这活还挺累，好久没在家干家务了。以前可爱折腾屋子了，过一段时间就会倒腾倒腾床铺、柜子、沙发的位置，别说每折腾一次，那段时间就觉得很爽，心情都不一样了。

今天跟老婆提起什么时候我们也再折腾折腾屋子，老婆想想还是临近春节再说吧。也好，临近春节一起弄，春节都好几年没好好打扫房子了，小时候春节前要给房子刷浆，可没少干，盼望的春节就要到了，那时的憧憬多美好呀。

11 月 14 日

日记：11 月 14 日，周三，多云

今天帮着于局长把一些东西送到新单位。本来黄主任安排马月生和我一起去送，结果马屁精耍滑头，让我带着两个临时工去，其实从心底我是愿意去的，所以也没跟马月生计较。不过还真累，弄到 1 点多才完事，于局长要请吃午饭，哪能让领导请呢，还是回来吃的。还不错，回来后马月生说下午没事了，可以早点回去歇歇。正好队友们又强烈要求我今天参加活动，给老婆打电话说我去接儿子，早点吃饭晚上去打球。老婆说，“我说今天怎么这么主动接儿子呢，原来是有目的的。”

当然，锻炼身体，老婆是不反对的。还别说，锻炼后浑身真轻松，神清气爽。暖气也开始有温度了，不再觉得冷了。

11 月 15 日

日记：11 月 15 日，周五，阴转小雨

这场小雨，肯定将冬季早早地唤来了。

今天市局召开全局干部大会，市委组织部领导和廉书记到会宣布项书记为书记，不再兼任局长，一把手主持全局工作；孙长悟为副书记、局长，排在项书记后面。

照理今天他们得好好庆祝一番，给表哥打电话，告诉他："孙局长宣布任命了，今晚得好好庆祝一番了吧？"表哥却说："没听说。"心里纳闷，怪了，超乎常规！

11 月 17 日

日记：11 月 17 日，周日，大雾

可能是昨天雨没有下透的缘故，今天出现了入冬以来的第一场大雾，窗外雾气蒙蒙，小区外稍微远一些的建筑物都是隐隐约约的，空气很糟糕，好在今天周末，儿子可以不用出去了。没去岳母家，老婆去超市买了些东西。

昨晚快 10 点，表嫂打来电话，说表哥又喝酒去了，让我给表哥打个电话，嘱咐他别再喝多了。11 点过了，表哥打来电话，听说话声，知道他又有点喝多了。他说孙长悟今天太高兴了，

宴请所有帮着摆平郑农那件事的公安局和检察院的头头们，这些人同时祝贺孙局长高升，好尽兴。特别是，只追究了郑农少部分的受贿款，没涉及买官等问题，自然就不会牵扯到平贺辰。吃饭时，平贺辰、盛文龙、孙全胜都参加了。

后来客人走了，孙长悟又把表哥、田凯和薛庆黎叫来一起狂欢！

还好表哥这回控制着酒量，安全回家了。

11 月 19 日

办公会记录：11 月 19 日，周一，9 点，小会议室

召集人：郑帜局长

与会人：副局长平贺辰、韦建禾、申士杰、洪升礼、盛文龙、刘国强；办公室黄忠勇；干部人事江万励；财务处邵克伦；纪检室李民君；马月生、李思哲及我

郑局长：今天两个议题，第一个议题是，今天是刘局长到任的第一个办公会，上周一刘局长只在大会上跟大家见了个面，也没具体分工，也没有一一介绍大家。刘局长，这两天看看你那边还有什么事需要再处理的，周三我们再具体沟通。下面，我先把在座的各位具体介绍一下。

……

郑局长：下面进行第二个议题，李主任汇报。

李民君：下面我汇报关于郑农的问题，依据有关规定，郑农已经被逮捕，拟给以开除公职处分，提交办公会。

郑局长：大家有什么意见？

（与会人员全部同意）

郑局长：好，通过。办公会就到这儿，下面开党委会，研究郑农的党籍问题。8点半孙局长打来电话，党委会后请平局长组织有关人员抓紧就郑农的事给市局写报告。

工作记录：11月19日，周一，11点，平局长办公室

召集人：平局长

与会人：黄忠勇、江万励、李民君、马月生、李思哲及我

平局长：就几句话，刚才的办公会你们都参加了，你们分别写四个材料，黄主任，你们配合李主任以局的名义写一个关于郑农问题的报告，江万励，你们写三个检查，一个是以党委的名义，两个是以我和郑局长的名义，大家抓紧时间，明天下班前写完。

日记：11月19日，周一，轻雾

昨天下午，太阳似乎出来了一下，就又回去了，今天还是雾蒙蒙的。

郑农的事今天终于有结果了，双开。本以为办公会李主任会通报点事的，却只字不提任何细节，看来党委会也没多说什么。办公会上郑局长没有直接布置，却让平贺辰负责四个材料，不知什么意思。难道是孙局长的意思？说不好。平贺辰布置完，黄主任没有叫我过去布置什么，我不知道我该失落，还是该高兴。

11 月 23 日

日记：11 月 23 日，周五，晴

天，终于放晴了。

这几天我真的无所事事，而领导和李思哲他们却够紧张。据说，孙局长指示，这周包括晚上和今天下班后，一共让开过八次党委会。我揣摩，是研究讨论郑局长说的四个报告吗？当然啦，党委会需要写的东西是李思哲的活。可除了一个报告，三个都是检查，为什么要开这么多次党委会研究？少见！因为没什么事儿，马月生和黄主任也没布置什么活，这几日连记日记的热情都没了。

黄主任肯定参加了全部的党委会，马屁精好似没全参加，应该参加得不多，也没怎么炫耀。自己没失落，却无趣。才四天，完了，眼看就下班了，他们开的党委会还没散，马屁精就通知明天加班了。看来他们的材料没过关，不然为什么这几天没叫我，明天却让我来加班？我是得意，还是幸灾乐祸？

11 月 24 日

日记：11 月 24 日，周六，多云

今天这个班加得好无聊，看来人家根本就没打算让我干什么，肯定是马屁精这小子的事。一上午，马月生跟着李思哲和纪检室李主任他们一直忙活，就是那四个文件。看马月生的脸色，我估计是孙局长不满意。能满意吗？就你们这几块料！

没咱的事，就老实待着呗，上网，猎奇，看看那些吸引眼球的新闻。都快中午了，也没派给我什么活，我只好主动问马月生，“没事的话，我就走了”，这小子想了想，说“没事了”。

我巴不得呢，赶紧与老婆、儿子会合去。

11 月 27 日

日记：11 月 27 日，周二，晴

今天，感觉有落叶了。金黄的叶子飘落在道路两边随风舞动，好有感觉，老婆说应该去北京看看枫叶，这又让我想起了丁丁。两个月了，这小子一下子在自己的视野中消失了，奇怪。

昨天，连办公会都取消了。“一早孙局长又打来电话，‘开什么办公会？党委好好研究研究检查怎么写’”，这是马屁精的话。

天哪，难产的四个件终于报走了。原来这几个件拖了一个礼拜，昨天党委会的焦点是谁来为郑农的事承担责任。于庆泉调走了，孙长悟想让郑局长承担，可是又不好直接点破，就不断让平贺辰请示郑局长，郑局长就是不答茬，只是让平贺辰提出意见，请示孙局长。后来可能没法明确提出处理谁，也就没涉及处理谁的问题，这当然会让孙局长心怀不满。

本来这事就跟于庆泉没关系，更牵扯不到郑局长。关键是郑农收了谁的钱，为什么要收这些人的钱，如果能把这些事讲明白了，不问自明。在报走的四个件中，特别是在关于郑农问题的报告中，罪行到底是什么都没有提到，奇怪吧？所以，让党委和郑局长写检查，纯粹是别有用心。

想找替罪羊？想想应该不是，这才多大点事，目的在于找茬！

11 月 30 日

工作记录：11 月 30 日，周五，9 点，郑局长办公室

召集人：郑局长

与会人：平局长，黄忠勇、江万励、马月生、李思哲及我

郑局长：平局长，你说吧。

平局长：一上班孙局长就打来电话，明天他将带领市局有关人员来我局召开干部会议。还是江万励你说吧。

江万励：孙局长指示，明天来我局召开处级以上干部会，孙局长要求平局长汇报。汇报材料由黄主任牵头写，材料弄好后由平局长审定。

郑局长：黄主任，材料要全面，怎么写，平局长提具体要求。关于明天的会，请平局长再请示一下孙局长，江主任负责安排好会务。

平局长：黄主任，你们先写着，下午我再找你们。

日记：11 月 30 日，周五，多云

平常很少在郑局长办公室开会，是平贺辰到郑局长办公室说孙局长打电话来，郑局长才让平贺辰通知我们过来，看平贺辰让江万励说，说明平贺辰在向郑局长汇报前，已经和江万励

沟通了。会后，平贺辰找没找黄主任和马月生，我不知道，反正没找我说写材料的事。我问马月生："平局长还找咱们吗？"马月生说："平局长、盛局长、韦局长、申局长、洪局长他们去市局了，黄忠勇、田凯、江万励、邵克伦、苟德利、武金夫、朱之兰还通知不少处长们也去市局了，说孙局长找谈话。"下班前，李思哲他们通知明天 8 点半开会，还是一天的会。

得，这个周末又全搭进去了。

本来最近有些日子周末没加班了，老婆还挺高兴的，一听我明天要加班，就嘟囔着"又开始啦"，我只好赶紧安慰老婆。

我开始猜测，明天究竟是个什么会。

12 月

12 月 1 日

党委扩大会记录摘录：12 月 1 日，周六，9 点，大会议室

召集人：孙局长

与会人：市局党委常委纪委书记蓝伊泰、市局常委办公室主任李玉、组织处张处长；我局局长郑帜，副局长平贺辰、韦建禾、申士杰、洪升礼、盛文龙、刘国强，马月生、李思哲及我；各单位各部门一把手

孙局长：今天我和市局党委常委纪委蓝伊泰书记、市局党委常委办公室李玉主任、组织处张处长来参加你们的党委扩大会。本来，这个会应该由你们党委自己主动提出来开，请市局领导参加。但是，等了你们这么长时间，还是没有觉悟，所以只能由我提出来，亲自主持你们的党委扩大会。郑帜，昨天我就让你们做好准备，下面先听听你们的汇报上不上道，对不对路。

谁说？贺辰，你说吧。

平贺辰：这个，下面，按照孙局长的要求……

孙局长：停停停！平贺辰，什么按照我的要求？这个就是你们昨天研究的报告？行了，你也别说了。我告诉你们，今天开这个会，是因为今年以来看看你们发生了多少事？！乱收费，干部违法乱纪！现在，广大干部群众怨声载道，对你们党委失去了信心。今天让我们干吗来了？就是要听听你们班子怎么看你们的问题，看看你们受党教育多年的处长们有没有觉悟，有没有政治敏感性，敢不敢说出你们的真心话！会前我也没时间听听你们处长的意见，今天这个会，你们可以敞开了说，真正的共产党员是不怕人家提意见，甚至骂娘的。处长们先说，然后郑帜你们班子说，最后请市局党委常委纪委蓝伊泰书记、市局常委办公室李玉主任、组织处张处长讲话。

你们谁主动发言？看来大家还是有顾虑，那我就点将吧，干脆从前排开始顺着说。黄忠勇，你们组织会议的水平越来越差了，不是得按办公室、干部处、财务处、纪检室，然后一处、二处、三处往下的顺序排吗？（江万励插话：局长，是我们组织的，我们的错，一定改正。）是你们组织的？办公室也得协助，要懂规矩。万励很好嘛，敢于主动承担责任，你们班子就没这个勇气。这说明你们政治上不成熟，或者说就是不称职！好，那就万励你先说，后面荀德利、邵克伦、武金夫、田凯、朱之兰、黄忠勇挨个儿说吧。

江万励：我先说。首先我诚恳地承认错误，局长批评得非常正确，不能认为排座位就是个小事，这说明我们干什么事都不认真。包括我们党委，出了郑农的事，没有及时认真地对待，查找问题，自我检讨，说明我们不称职，思想水平不高，政治素质低，应该好好地补课。

孙局长：好。万励不愧是做政治工作的，就是有政治水平。下面由德利接着说。

苟德利：老板，我没有那么多大道理，一句话，我认为郑局长不称职，出了这么多事应该主动承担责任，辞职……

孙局长：德利，你停停停！什么老板老板的？我们是革命同志，你们听着，今后要以同志相称，不许称老板。

苟德利：老板，哦，局长，我错了，立即改。

孙局长：你也别说了，下面接着。

邵克伦：……

孙局长：停，停！邵克伦，你不能成天就想着钱，政治学习全不要啦。你说的什么？跟万励、德利相比差远啦！你也别说啦，回去好好学学。下一个。

武金夫：局长，您先别批我啊。我认为共产党员不能遮遮掩掩，就应该直截了当，所以我支持江主任的观点，同意苟处长的意见。

孙局长：这哪是你的意见，那是人家的意见。说你自己的。

武金夫：好，好，接受您的批评，立即改。我的意见是，发生了这么多问题，只党委承担责任不行，应该向外国学习，一把手得主动辞职。完了。

孙局长：下面接着。

田凯：局长，平局长组织我们下去检查学习讨论，下面有些干部表态太差，一点觉悟都没有，就得撤职……

孙局长：有这样的干部？

田凯：局长，有！

孙局长：贺辰、万励，你们管干部的，这可是个新动向，要注意呀……你接着说。

田凯：局长，我认为，问题在下面，根子在党委、在书记，郑局长的干部使用上有问题。

孙局长：田凯认识很深刻，在干部使用上，贺辰你们真得反省反省。下一个接着。

……

孙局长：你就这样的认识？处长的职位就给了你这样政治上不成熟的人，是干部使用的悲哀，告诉你，不合格，得补课。平贺辰，你们真的得反思。

……

孙局长：邵克伦，告诉食堂给大家准备午饭，现在11点，12点半开饭，1点接着开会。

……

孙局长：5点了。贺辰，说了多少人啦？三十？还有多少没发言？郑帜，你们班子还没说，时间不早了，今天就发言到这儿，你们明天接着开，我和蓝书记、李主任、张处长就不参加了。下面请蓝书记、李主任、张处长讲话。张处长先说，你不讲啦？那李主任说。

李主任：我对你们局里的情况不了解，但是听了大家的发言，感到问题很突出，党委、班子已经到了非常严重的地步，真的需要认真反思、整改……特别是郑帜同志，作为书记、局长有不可推卸的责任，应该考虑自己还能不能胜任的问题。我就说这些。

孙局长：请蓝书记讲话。

蓝书记：时间不早了，简单说几句。大家都做了很好的发言，郑局长你应该认识到，今天孙局长亲自带队来参加你们的党委扩大会，说明孙局长非常重视关心这个单位，这是孙局长一手带起来的红旗单位，现在竟糟蹋成这个样子，让人痛心，郑局长有不可推卸的责任。……我同意李主任的意见，郑局长，你要做很好反思，要给市局党委一个交代。我就说这些。

孙局长：本来这个会我要召开两天，考虑到应该让你们主要领导、班子成员消化消化，郑帜，你们明天继续开党委会，消化消化今天的会议精神，消化消化大家的发言，你们要认真讨论。蓝伊泰书记、李玉主任他们二位讲得都很好，我完全赞同。我在开头都讲了，中间插话也讲了不少，就不再说了，会后郑帜抓紧把今天会上的我们讲话和大家的发言整理出来，报给李主任。散会。

日记：12 月 1 日，周六，巨阴

今天，真是个阴森恐怖的日子！

老婆见我发呆，催着“累了一天了，别写了，赶紧洗洗睡吧”。也是，改天选个适当的时间，把这一天各色人物的表演记录下来，以示后人。但是，今天的这场“戏剧”真的有人能将原貌原原本本地记录下来？未必！明天党委会没让我参加，还不知又是什么样呢。先别管那些了，让马屁精、李思哲他们也体会体会整材料的辛苦吧。

可是热气腾腾的热水让我一下子浑身又有了精神，潜意识提示着我今天还是记录一些“精彩”的片段吧。

先写写会场的过程。

会场让所有的人燥热出汗，可是从门缝里吹进来的是嗖嗖冷风，大部分人呈现的是被阴森笼罩的神态，与之形成鲜明对照的是荀德利、武金夫、田凯三人下三路的“打情骂俏”。孙长悟带着纪委蓝伊泰书记、办公室李玉主任、组织处张处长进来的那一刻，会场一下子死一般寂静。

孙长悟气势凶猛的开场白，估计是要先把在场的人“打懵”，形成一种威慑。所以，偷偷看看在场的人，大部分人真的被打懵了，会场开始感觉压抑了。真的得佩服孙局长，接着是平贺辰的汇报这个茬儿，“狗屁”出口顺理成章，平贺辰却一身放松；借着数落江万励之际，更明确地把今天的目的抖出，导演着几十位“群众”演员的戏；也部分地“暴露”出，在座的可不都是临时演员，是“训练有素”的专业人士。江万励、荀德利一出场，就把这出戏的剧名点出：逼宫退位。

别看孙局长一脸正气地“疾恶如仇”，当荀德利叫“老板”时，会场发出嗤嗤的笑声，孙长悟却是会心地“嬉笑”，“怒骂”地肯定；当邵克伦和几个人的回答不对路时，又是真实的心声流露，让人心生“同情”；后来发现有两位处长没来，大声责问：“我召集开会竟然不来？跟谁请假啦？谁同意的？”问还有谁没来，平贺辰说孙全胜没来，孙局长却说他有事，就过去了。

中午就半小时吃饭时间，一直发言到5点，还有十几位没说，看这些还没说的人够紧张的。还好，孙局长救了他们。再看看蓝书记和李主任，这两个人够意思，绝对是“留声机”，把提前录好的歌词又放了一遍。

不管是孙局长发怒、奚落，还是找乐，平贺辰、盛文龙、韦建禾、申士杰、洪升礼、黄忠勇、田凯、江万励、朱之兰几个人，都会不时地对对眼神，嘴角一直流露着诡异而不易察觉的笑意，而荀德利和武金夫则是抑制不住的兴奋。而我一直担心、不时担心地瞄一眼，“本剧”真正“演”对角戏的“主角”郑局长，自始至终，如此“游刃有余”，用那“静止如水”的老道，应对一个又一个“高潮”的出现，偶尔还会导致对手出了戏。

好似效果已达到，留下第二集的悬念。

12月2日

日记：12月2日，周日，阴

昨晚将近12点时，刚刚躺下，却忘记了关手机，那个存不住屁的马屁精打来电话，说孙局长让我们这两天抓紧把会议的录音资料整理出来。我故意埋怨：“大半夜的刚睡着，周一上班再布置也来得及啊？”他还急忙说道：“就得现在说，孙局长刚指示，让马上落实。”“啊？现在就去办公室？”我这样一问，他还骂有病，说道，“明天一早到单位加班整理录音”。“这不得了，您老岁数大了，存不住屁啦，明天早上通知不行吗？”听我这样一说，这小子倒笑了。

昨天写日记的时候，回忆着白天的情景，又有些心烦了，老婆又催着睡觉，只好等今天再记。今天一天听录音整理，仿佛昨日重现，但是感觉又与昨天不同。昨天是被突如其来的暴风雨袭击，记录这些东西时，还有点白天混乱的思绪，今天则是有准备或者说有思考，似乎能揣摩出其背后隐藏的东西了。我有一种不祥之兆，不知后面会发生什么事。

本想今天再记录一点这个会的东西，可听了一天的录音，这会儿反倒出现了反向作用力，烦了，好在整理录音又落到自己头上，将来可以偷偷地留一份。不写了，大脑的“活跃”点总在这“烦恼”的事上，会发出提前衰老信号的。

12 月 3 日

工作记录：12 月 3 日，周一，8 点 30 分，黄主任办公室

与会人：马月生和我

黄主任：昨天孙局长打电话要求抓紧把周六党委扩大会的录音整理出来，所有发言人一个不落地都要。一会儿办公会后，你们俩找个清净的地方抓紧时间整理。

日记：12 月 3 日，周一，晴，大风

哎哟，这个天，终于让这西北风刮晴了。

早上一上班，黄主任把我和马月生叫过去布置整理录音之事，说昨天孙局长打电话要求赶紧整理出来，可不是周六夜里马月生打电话说的意思，我看着马月生，点着头，马月生猜出我的意思，也有点茫然地摇摇头，我估计他也听出来了。可这个马屁精就会在主任跟前讨好，说什么保证今天完成。屁话！8 个多小时的录音一天能完成？王八蛋，出了主任的办公室，他就说：“赶紧整理呀？”“您老怎么不告诉主任，我们昨天已经加了一天班，才整理出 2 个小时的录音。今天能完成吗？”这小子扭头又央求我：“拜托，一会儿办公会后主任派我去办

个事，你找个清净屋子先弄着。”我就知道他一干这活准耍滑头，一会这事一会那事，反正坐不住，昨天就没老实陪我待一会儿。

今天的办公会，隐隐地感觉会场还笼罩着周六的“幽灵”，会议的内容已经不重要了。散会时我跟马月生说，“办公会纪要我可不管了”，这小子一口答应了。今天一天，加上昨天，才整理出不到 4 个小时的录音，听得都烦了。

12 月 5 日

日记：12 月 5 日，周三，晴

连续几天，带着耳机听一整天“噪声”，耳朵嗡嗡，脑袋昏昏。可是上面领导还不停地催，马屁精故意躲得远远的。黄忠勇催了我几次，要求今天下班前报到市局。让黄忠勇看了还剩多长时间，他也没办法了，我说实在是还剩太多，争取周五弄完。黄忠勇告诉我，别按时间顺序整了，先把几位领导的讲话整理出来。我想这倒是个偷懒的办法，其他的就不整了。一想不行，领导什么水平？谁参加会议了，谁说什么了，没准已经记录在案了，咱别给自己找麻烦，拖一下也得整理出来，也好加深对这些嘴脸的认识。

不过，打了一天的字，真的很累，脖子、双肩怎么都不舒服。在这里再重复那些“狗屁”，都觉得玷污自己的笔和纸了，不写了。等整理完再打印一份用于保存，算是日记的补充吧。当然，这是秘密的。

12 月 7 日

日记：12 月 7 日，周五，阴

这才晴了两天，天又开始阴冷了，空气湿漉漉的，估计要下雪了。

今天下午，8 个小时的录音终于整理完毕报走啦，马屁精和黄忠勇连个响屁都没放，整整五十页呀。刚送走不一会儿，马屁精回来要移动硬盘，说一并报市局，还让我把电脑里的东西全部删除。还好，我早有准备，提前打印了一份，见这小子走了，把厚厚的一沓纸塞进包里，赶紧回家。太累了，这周末得好好歇两天了。结果，又通知明天加班，看孙长悟有什么要求。

12 月 8 日

日记：12 月 8 日，周六，小雪

夜里真的有雪花飘落了，不大。小区覆盖了一层薄薄的雪花，可以印出脚印，路面已经被车轮碾压成浆了。

今天一上午，都接近 11 点半了，也没听到领导有什么指示。这一周都在埋头整理那个玩意儿了，没顾上和表哥联系，看看表，试着给表哥打电话，表哥还真有时间，就一起吃了午饭。问表哥今天孙局长怎么没叫他，表哥说刚才见了，孙局长中午有饭局，晚上叫他们一起吃。跟表哥说起周六的党委扩大会，表哥笑着说知道，这就是领导的智慧，让大家起来造反、表态，再把大家的表态往上一端，看你市委怎么办，不信你郑帜不走。我没明白，表哥说这回是孙局长开始整郑帜了。这个会只是第一步，下面还有好几步呢，刚才孙局长还跟平贺辰、盛文龙、江万励，还有一个不认识的科长，交代往上报的材料怎么写呢。我的嘴可能张得老大，表哥嘱咐我别对外瞎说，我怕表哥多心，赶紧把话头岔开了，表哥又眉飞色舞地说起风流韵事来。

表哥的话，让我不时地想，那个科长是谁？写的什么材料？下一步会是什么动作？难道自己已经在帮着……？这件事真的好烦。

12 月 10 日

办公会记录摘录：12 月 10 日，周一，9 点，小会议室

召集人：郑帜局长

与会人：副局长平贺辰、韦建禾、申士杰、洪升礼、盛文龙、刘国强；办公室黄忠勇；干部人事江万励；财务处邵克伦；纪检室李民君；马月生、李思哲及我

郑局长：下面第一个议题是，关于局长分工。经过和各位局长沟通，报市局领导同意，原来于局长分管的部门和工作有一部分划归盛局长负责，一部分归刘局长分管，干部处会后抓紧发文。

刘国强：我是新兵，业务上可以说什么都不懂，大家多帮助支持，我会努力工作的。

……

郑局长：今天的议题都进行完了。最后一件事，刚才孙局长给值班室打电话，要求将周六党委扩大会精神下发，组织干

部学习讨论。江主任，你们将会议精神拟文，黄主任，问问市局，整理的记录是否审好，是一并发还是另发。散会。

日记：12 月 10 日，周一，多云

办公会上，郑局长说孙局长打电话有指示，散会后我去文秘科有意识地查看了一下电话记录。孙局长指示：你们党委动作一贯很慢，不知道在干什么！告诉郑帜迅速组织各单位各部门领导干部传达 1 号会议精神，并把各单位各部门传达贯彻的情况原汁原味地整理出来报市局。

下午李思哲说平贺辰让他们给各单位各部门打电话，要求班子领导干部表态，还要求每天报各单位各部门学习贯彻的落实情况。

我思量着，忽然顿开，这就是表哥说的，开始“迈开”第二步！事态怎么发展还真的不好说，自己反倒有点紧张。看着吧。这事让李思哲他们弄去吧，只要不让我参与就行啦，我也别瞎操心了。但是，下面已经有所议论了。

12 月 11 日

日记：12 月 11 日，周二，晴，大风

看来各单位各部门动作真的很快。下午，黄忠勇召开办公室主任、科长会，传达学习讲话会议精神。快下班马月生才回来，不知何意回来跟我学舌，说会上田凯义愤填膺地声讨局领导班子，不点名但都能听出是骂郑局长，还高呼口号似的表决心，

坚决跟着孙局长走。

我瞪大眼看着马月生："你们都表态啦？""必须的！"马月生坚定地说，"每一个人都得发言，都做记录了，万一要发言记录不就坏事啦？"

噢，我没再搭话，赶紧走，别没事找事，惹火烧身。

12 月 14 日

日记：12 月 14 日，周五，晴

这几天各单位各部门的工作重心就是学习讨论，议论也多起来。大家见面也都环顾周围后，再问你们讨论了吗，然后心照不宣地说几句能相互理解的话，又赶紧分开。但是，大部分领导心里都明白，不表态不行，可又不能违心，所以象征性地说呗。但是，我们这儿、干部处、一处、二处、三处的干部惨了，黄忠勇和江万励还好些，谁说得不够咬牙切齿，也只是大马列地来几句，不妈妈奶奶地骂。可遇到苟德利这条狗、武金夫武秃子、朱之兰、田凯这几块料，就别想轻易过关啦。

每天下班前，李思哲他们把汇总材料报到市局，具体怎么写的不知道，反正他们每次写的东西领导都不满意。我暗自幸灾乐祸。

12 月 15 日

工作记录：12 月 15 日，周六，9 点，黄主任办公室

召集人：黄主任

与会人：马月生、李思哲及我

黄主任：刚才平局长打来电话，孙局长指示局领导讲话，市局已审核，发各单位各部门，要求领导班子和每名领导干部认真学习和开会讨论。月生，你们配合李科长起草个通知，今天要把稿发下去。一会儿你们谁去市局把件取回来。李科长，你们拟好件后报你们江主任审就行了。

李思哲：主任，拟好的件是不是应该报局领导审？

黄主任：你请示你们江主任。

李思哲：江主任知道吗？

黄主任：你把我说的跟你们主任汇报一下就行了。抓紧把件取回来。

日记：12 月 15 日，周六，晴

今天又加班了。黄主任布置了活，马屁精这小子又耍滑，出了主任办公室就把拟件的事踢给了李思哲，然后又让我赶紧去取件，我倒乐得很，一溜烟地去市局取件。

黄主任可是亲口说的，孙局长打电话说市局领导在 12 月 1 日会上的讲话稿，市局已审核，可我在拿到的件上，明明看到审核后的大标题下有一行小字“根据录音整理，未经领导本人审定”的字样。同时，上面有李迷糊主任的批示：孙局长要求“将各单位各部门领导班子和每名领导干部学习讲话的情况和发言，

原汁原味地整理出来报市局”。

后面还有用签字笔没有完全涂黑遮挡严实的几个字，我辨认出来，应该是：这是检验每一个干部政治立场和政治品质的时刻。我想了半天后面这几个字是谁的话，是李迷糊主任自己加上的？他倒是有这个拍马屁的嗜好，而且每事必添柴火。可是为什么又涂掉？顾忌什么吗？我觉得在这事上，迷糊主任他不应该能说出这么“高水平”的话，因为这句话是接着前面的话说的。可是为什么又涂掉了？只有一种可能，就是不假思索地暴露了真实意图。政客暴露真实意图为大忌！

有意思！不知道这事平贺辰报不报郑局长。把材料拿给马月生，马月生又让我给李思哲送去，见李思哲还在写那个通知，真的为他们这些人头疼，写点东西就这么难。唉。好在这事人家也不会让我掺和，做政工的人总跟做特工的一样神秘，生怕泄露众所周知的秘密。

不让掺和更好，赶紧回家。

12 月 16 日

日记：12 月 16 日，周日，晴

早上 7 点半又接到通知，让我参加孙局长在我局亲自召开的党委扩大会。到了单位却又没让我参加，马月生参加了。马月生中途出来时说，今天孙局长亲自主持讨论通过文件，以我局党委决议的形式，对过去十五年出一个决议，分两个阶段，一是前五年辉煌，二是后五年全面滑坡。特别是，要针对这五年全面下滑的情况做出深刻分析，会议一致认为出现的一切问题都是这届党委，郭群特别是郑帜，没有带领党委按照孙长悟同志制定的方针和要求落实，特别是交代做的几件事完全放弃所造成的。而这个党委扩大会，郑局长这个党委的书记却没参加，什么原因马月生说不清楚。

决议通过了，黄主任负责按照今天会议上的意见修改。马月生说，其实都是按孙长悟说的意思修改。但是，马月生没说让我参与修改。我问："原来都写好稿了？"马月生说是李思哲他们早就弄好了的稿子，报孙局长审了几天了。噢，原来还有另外一条线呢！马月生问李思哲为什么郑局长没参加，李思哲说他给郑局长打电话了，郑局长明确反对临时召开这个党委会，可能郑局长也跟项书记和廉书记汇报了。会议最后，孙局长厉声叫平贺辰告诉郑帜："你们明天必须开党委会，研究昨天党委会上大家提出的整改意见，我要求你们全局上下开展学习讨论，必须落实好！

从马月生的描述中，品出了火药味道。但是我不明白做出这个决议的目的，这是表哥说的步骤之一吗？我觉得没那么简单，这会儿释义"目的"两个字应该是多词义的！今天真是一个最大的意外，这个意外让我到现在还有点蒙，怎么忽然冒出一个决议来呢？怎么一点迹象都没有呢？原来那些天不只我忙，人家也在埋头苦干呢。但是，这所有的这一切，1 号的党委会、今天这个党委会及要出的决议，特别是上报整理的材料，难道都被李迷糊主任给截留至孙局长处就打住啦？市局党委和项书记都无法左右？好生一个怪！

12月17日

日记：12月17日，周一，晴

昨天郑局长没参加党委扩大会，今天办公会也没涉及昨天以局党委名义出的决议。我一直没搞明白，这个党委决议的文件，要是党委书记不签字能发吗？算数吗？决议要发吗？还是另有用途？忽然似乎有所开窍。

办公会后，开了党委会，是不是涉及决议的事不便问，中午问了一下李思哲，他说按照孙局长昨天的要求，今天又发了一个通知，要求各单位各部门这周集中开展学习讨论周六、周日两天党委扩大会的精神，还要求每天报情况。李思哲这会儿流露出似不满、似为难，或者是无奈的表情。哈哈，也有你不满的时候了，这事你才干过几次就不适应啦，也得累累你这背地里的“敢死队”。

你高不高兴咱管不了，我可以断定的是我们这两天肯定没什么事了。

12月19日

工作记录：12月19日，周三，5点半，平局长办公室

召集人：平局长

与会人：黄主任、江主任、马月生、李思哲及我

平局长：刚才孙局长打来电话，对讲话学习讨论情况非常不满意。江万励，你们组织的是什么玩意儿！孙局长指示周日讲话市局已审核，发各单位各部门，要求领导班子和每名领导

干部都要认真学习和开会讨论。月生，你们配合李科长起草个通知，今天多晚也要发下去。这是市局审核的件，你们再去文秘科要一下孙局长的电话记录。李科长，你们拟好件后报你们江主任审就行了。对了，孙局长还要求局里组织一个检查组，由处长带队下去检查，万励你们定个名单。

日记：12 月 19 日，周三，晴

今天临下班开这个会时，赶紧给老婆打电话告诉加班，让她和儿子先吃吧。

看来这两天，孙局长对学习讨论情况不满意，平贺辰对江万励就差骂街了。要说这个事没我们的事，可又把我们给捎上了。从平贺辰办公室出来，江万励赌气的快步走了，李思哲这小子也耍滑头，对黄主任说：“黄主任拟好的件是不是应该报局领导审？”黄主任是什么人，说“请示你们主任就行了。”李思哲不甘心“发件还得……”黄主任拦住他说：“平局长不是说你们主任定就行了。”

这会儿马月生让我去文秘科把孙局长的指示记录拿过来，电话记录是这样记的：“让平贺辰给我打电话。我的指示你们落实太差，将各单位各部门每一个人的学习体会和会议发言，原汁原味地整理出来报市局。”我心说，孙局长在电话里肯定是操妈妈日奶奶地对平贺辰一通骂。

把记录单子给了马月生，看来没我什么事，马月生没有让我参与的意思，估计他也不想参与，只是不能走罢了，我干脆走了。

12 月 20 日

日记：12 月 20 日，周四，多云

我说呢，今天一大早马月生有点不高兴。原来昨天我走后，平贺辰让发了个通知，今天早上 8 点平贺辰召集一些人开会，部署下去检查工作。我们办公室黄主任、田主任、马科长参加了会议，昨天江万励提出办公室分组，应该由黄主任带队，平贺辰没同意，让田凯带着马月生下去检查。

散会后，五个检查组立即按分工展开检查，每天的检查情况报李思哲他们汇总，第二天 10 点前报孙局长。之所以马月生不高兴，是因为写材料的活得他自己干啦。哈哈，看来这一周的全部工作，是他们领导干部“紧张”的学习讨论，咱可以放松放松啦！马月生，看你还跟谁偷懒耍滑？

好好“享受”这个机会吧，这不，刚刚打球回来。

12 月 21 日

日记：12 月 21 日，周五，多云

马月生这小子太坏，我这刚一天没什么事，想着早点接儿子去岳母家，他就给我打话，问我是今天晚上加班还是明天早点来帮他写情况。这会轮到我有点不高兴，这小子竟说是田凯的意思，让我帮他们整理情况。可恨不？这种人只管自己，不管别人死活。今天都答应老婆早点回去呢，你小子也别好受，就告诉他‘我明天 7 点到’，他倒说‘不用这么早，8 点半就行’。他说，明天平贺辰 9 点听检查组汇报。他啊，就是找个陪绑的。

我让他中午请客，他倒满口答应了。

唉，加吧。

12 月 22 日

日记：12 月 22 日，周六，多云

马月生今天中邪了，我还没到，这小子却到了，我喊着太阳从西边出来了。马月生交代，就写一下昨天检查了两个单位，参加了他们的学习讨论会，有多少人参加，多少人发言，会议氛围怎样，大家态度怎样，等等，具体发言由两个单位整理，让我等着他们一会送来。原来就写这几百字，还让我加一天班，可恨。没办法，还得等下面送来的情况。

马月生他们的会没半小时就散了，检查组的人没都来，另外就平贺辰、江万励、黄忠勇、李思哲、马月生几个人，不像是听汇报。等到快 11 点了也没人给我送材料，马月生也回来说没事了。我让他请客，他倒痛快，我们两人吃火锅去了。

没想到，这个班加得值，这顿饭吃得也值，收获还不小。两杯酒下肚，这小子嘴就不闲着了。他绘声绘色地把田凯这两天的表现全都抖落出来："这两天田主任可威风了，把这些人吓唬的，就跟他是局长一样。他先一通讲话，最后还给人家总结一番，可他哪有那个水平呀，中间谁的表态敷衍了事，他就一通批，没词儿了干脆就骂，可那不学无术的家底一亮，哈哈，暴露了一贯打着孙局长旗号招摇撞骗的行径，下边的人都不理他。不过田主任说了，在这次大是大非的活动中，谁表现不好，就想想自己的官还能不能当，他肯定还向孙局长汇报。

哇！是田凯给上纲上线了，还是本身就在纲上线上？我借机问：“您老让我等着下面送材料可没见人，田主任不会说我吧。”没想到这小子哈哈大笑起来，说：“看把你吓的。”然后他奇怪地沉吟了一下说：“都送啦，我和李思哲忙活一上午给处长们打电话，让他们一把手今天按时间亲自把学习谈话记录送局里来。”“怎么还规定时间，那李思哲他们怎么整理？对了，应该叫李思哲一起来吃啊。”我这一问，马月生才说，他出不来，李思哲和平局长、江主任在等着这些处长，不仅是让他们送材料，还让他们在一个材料上签字。“什么材料还分别看，还签字？”“是那个决议吧，我也不知道，反正是要报市里的。”我联想起来，是不是前些天表哥说的什么材料？

看套不出什么东西了，就岔开话题了。这顿饭够值。

12 月 25 日

日记：12 月 25，周二，大雪

今天是个特别的日子！下雪了，虽然不是第一场雪，但是是今年的第一场大雪。早上起来，看到周围全部被白雪覆盖着，厚厚的一层，雪还在下，惊呼过后赶紧让老婆、儿子起床，临时决定送儿子去岳母家，路上已经几乎无法行走了，行人、车辆都在跋涉着，环卫工人忙活一夜了。

我 8 点半给马月生打电话，说送儿子去了，得晚点到，他说他也没到。我 9 点过后才到。这样的天，似乎配合着要出什么事。果然，今天市纪委和组织部组成联合调查组进驻我局，原本8点半就到，结果推迟到9点半，听说要找所有局领导和处长谈话，调查郑局长。整个大楼的空气又紧张起来。可是，平贺辰一伙人看起来倒是喜气洋洋，应该是幸灾乐祸，值得怀疑。原来周六马月生说的材料就是这个？

今天这场大雪，儿子可高兴啦，在他姥姥家不停地往外跑，打雪仗，堆雪人，把个小脸冻得通红。我和老婆新闻联播快播完了才到岳母家，老婆看到儿子小脸冻成那样，直担心感冒，岳母说，没事，得锻炼锻炼。老婆没辙了。

吃完饭赶紧走，到家都快10点了。我给表哥打电话，说调查组进驻我局调查郑局长。表哥说："我说对了吧？"

表哥透露了两层意思：一方面是孙局长他们非常高兴，觉得郑局长这回铁定得走了；另一方面又骂项书记和廉书记坚决支持郑局长，还说孙局长在考虑让项书记退休。

12月26日

日记：12月26日，周三，晴

今天是个大晴天，经过一天的清理，大路基本没问题了，支路、胡同、里巷还不行。昨天，联合调查组找领导干部谈话，中午都没休息。他们下午又到基层单位，找基层干部群众谈话，今天还在下面，不知什么时候结束，也不知道会是什么结果。这两天局里的人见面都跟什么似的，面面相对似乎都在打哑谜。没看到郑局长，也没什么件可送，也就没法去他办公室看看。

这些天没跟大水联系，纪委牵头调查这事，他应该知道吧。给他打电话，他说他不清楚，问问再告诉我。

12 月 27 日

日记：12 月 27 日，周四，晴

一天都惦记着大水那边什么情况，快下班时，他打来电话，也就简单说几句。他说是以我们局和市局的名义，给市委写了报告，市委责成纪委牵头进行调查，具体情况不清楚，也不好深问。见办公室没别人，我就跟他念叨了一下这些天的情况，他也觉得有点过分了。我让他听着点情况，就没再多说什么。我思量着，这两个材料怎么出去的？两个一把手肯定没有落字，甚至不知道。

12 月 31 日

日记：12 月 31 日，周一，大晴天

今天开了个极短的办公会，没什么其他议题，就是一个永恒又最常规的议题：明天就是元旦了，要求各部门节日放假期间加强值班，做好内部安全，内部、外部都不要发生任何问题。办公会后，我总感觉今年还差些什么没干，忽然意识到，每年的 12 月份应该进行全年总结，办公会也要研究几次的，今年没有做，就好像根本没这回事儿！

下午大家心里都长草了，想早点走。大水打来电话爆了一个大料，说下午市委开会听取了调查组的报告，研究郑局长的问题。我的心一下子揪了起来，担心结果，问什么结论，大水也说不知道，只听他们主任说市委正在开会。我让大水给听着点，一有消息赶紧告诉我，大水还逗我跟郑局长关系挺好的，我说："挺好的不给我个官儿？"平静了一会儿，想想这不是我考虑的事，也左右不了什么，没什么可担心的。嘲笑了一下自己，怎么冒出"左右什么"来了，不自量力。还有事，我得赶紧走。

岳母非让宋徐峰这小子来家里，唉，叫大名都不习惯了，还是叫这小子"丁丁"吧。他一会儿就到火车站了，我得赶紧去接他。原本想让他带那两个孩子一起来，估计是人家不好意思没来。得，明天又得交代给这小子啦，老婆不愿意也没辙。

肆

重回现代考古

CHAPTER 1

九日

史志，让我重新翻开了五年后轮回整理的日记。那也是 5 月 13 日，正是史志的结束年，第二十年。扑哧一笑，觉得就好像知道会有这么一天要用。脑海中一直以为是八个月，全部翻过后，发现必须加上元旦这一天，所以是八个月零一天。

史志，让我重新阅读完这八个月零一天的日记，却发现要说的故事并没完结。

离开了这个科室，后来的日记内容就不集中了，相关的内容散落在众多其他的话题中，因为还有兴趣，后来对孙平、孙长悟、薛庆黎及其小舅子的事，还有丁丁的事、文箫与子诺的事也还有些记录。

还好，史志让这些故事在众多的日记中被抽出来，沉沉的七天被挖掘，组成完整的“历史”，留给后人。所以，是八月零一天，再加七天。

本以为徒弟告诉我史志不改了，就那样报了。朱之兰被抓，后来也想弄明白朱之兰怎么回事，无果，再次整理日记的兴趣也就消失了。没想到“十一”黄金周，大水无意中把朱之兰的故事接上，因此又增加了一日。所以，涉及史志内容的日记，又不是八月零一天加七天了，而是八月零一天加八天。

CHAPTER 2

1月1日

日记：1月1日，周二，元旦，大晴天（注：史志第十六年）

今天真是个好日子，新的一年开始了，又是个大晴天。为什么说是大晴天呢？天那么高，那么蓝，洁白的云朵在飘荡，像是告诉我有好消息。

直到昨晚准备睡觉，昨儿一天没收到大水的消息。因为带着丁丁到处玩儿，一上午我也没来得及细想。中午，我们三口加上丁丁共四个人在外面吃午饭，快1点时大水来电话说，“好消息，昨天市委常委会听取调查组汇报，结论是一致认为郑局长是好干部、正直的干部，应予以肯定，并继续担任书记、局长职务”。

我高兴得差点喊出来："是吗？真的吗？"

老婆急得在旁边提醒我小点声。

下午送丁丁走，他大姨还想让他多住几天，我知道他每次离京都要打报告的，文箫和子诺两人得担保。他大姨也就没再坚持，只是不放心地嘱咐着。

临上车，丁丁抱住我，我忽然感受到似乎是儿子抱我的感觉。

晚上回到家，我给表哥打电话试探性地问了一下，跟想象中的结果一样。表哥说，正跟孙局长在一起呢，孙局长气急败坏地想破口大骂呢。

我问："为什么？"

表哥说："今天上午市纪委和组织部联合找市局班子谈话，通报调查结果和市委常委会精神，廉书记也在场。"

哈哈！怪不得今天天气这么好！

Chapter 3

10月8日

日记：10月8日，周三（注：史志第十六年）

今年这个“十一”黄金周玩得够痛快，也够累，更揪心，但是相当圆满。9月28日晚到达北京，10月1日白天到达苏州，7日到家，相当顺利。岳母、岳父、儿子还真行，个个精神、身体棒。老婆交代抓紧整理游记，时间长了忘得也多。今天要记的可是两件大事。

第一件事，这次出行，可以说满足了所有人的心愿：满足了岳母看丁丁的心愿；陪岳父回老家看了看，岳父已多年没回老家了；满足了老婆一家人出游的心愿，特别是去了美丽的老家；也满足了丁丁的一个心愿；稍稍满足了我一直想探听丁丁他们三个人秘密的心愿；另外我还获得了一个重大“情报”。

岳母对外甥丁丁的牵挂似乎越来越强了。快到“十一”了，岳母又惦记呢，一到 9 月份就催着我给丁丁打电话，让他放假来家里住几天。而岳父呢，一直念叨着想回苏州老家去看看。岳父从来不怎么给我们派活，但这次他特别希望“十一”放假，我们一家五口一起去。

宋徐峰这小子，其实还是叫“丁丁”顺嘴，岳母要我叫“徐峰”。经过那件事后，丁丁变得安稳多了，这小子还是喜欢计算机的，在一家计算机网络公司打工，就是总加班，他还挺知足的，多少可以挣点钱，一个月三四千。腊月 25 回家前，他来大姨家里看了看，还给他大姨买了条围巾，给我儿子买了一个玩具，在这边住了一宿就回奶奶家过年了。

谁知，还没出正月，他奶奶就去世了，据丁丁跟岳母说，过年时后妈又跟奶奶吵架了，丁丁说等以后有钱了接奶奶去北京住。岳母、岳父为此回了老家两天，因为看不惯弟媳，生气着回来了。那些日子，丁丁情绪低落，后妈又惦记着奶奶的房子，小舅又做不了老婆的主，一气之下，丁丁就回了北京。这段时间他终于慢慢开朗起来，这次去北京时和我们更亲近了，话也多了。

记得春节前，我瞅机会问了一下文箫和子诺的情况，丁丁说这两天他们也回家过年。我试着问他俩做什么工作，丁丁可能顾及岳母他们在，也没多说，只是说“他们真的都是很棒的好人，也都是遇到了不幸的事，相互帮助走到了一起”。然后丁丁忽然一笑，说“我们仨都是奇葩”，还问我：“姐夫，你去过西湖吗？”我不知何意，看着他说：“去过，好几年前的事了。你没去过？”过了好久，看我还在看着他，他的脸腾的一下子通红，我也就没再说什么。我一直琢磨不透丁丁的话，决定下次私底下向他问清楚。

刚进入 9 月份时，这小子主动给岳母打电话，说想接大姨、大姨父国庆节去北京玩几天，还邀请我们一起去。岳母开始不想去，后来觉得是孩子的一片心意，反倒很积极地要全家一起去。岳母知道岳父的心思，就提议先去北京，然后从北京转道去苏州，还提议带丁丁一起去苏州。

岳父怕岳母吃不消，就妥协了，说这次只去北京玩几天，苏州明年再去。我和老婆准备了 10 多天，不提前做好功课怎么行。28 日晚上，我们到了北京，第二天一早去了天安门，然后去了动物园，人真多啊，打出租时一个车坐不下，挤地铁时老人、孩子透不过气，岳母喊着“孙子可得看好喽”。转天又是一早去了鸟巢，下午简单地在王府井转转，就找地方吃饭，然后回宾馆休息，后面还有行程呢，可不能把老头、老太太累坏了。

丁丁两天都陪着，文箫和子诺第一天也陪着，姥姥也很喜欢这两个孩子，晚上叫他们俩一起吃饭，正好谢谢人家。岳母说要去看看丁丁住的地方，让老婆给拦着了，说“还有人家两个呢，不方便的”。我是担心他们三人住的那个地方，让岳母看着伤心。我偷偷跟丁丁说：“你们应该好好搞卫生了。”丁丁笑了笑说：“姐夫，忘了告诉您，我们早不住那儿了，搬了一处比较好的新楼房住，离原来的地方不远，是子诺妈妈来北京后坚决让搬的，都是子诺妈妈帮着弄的。”因为老婆、岳母都在，我也就没细问。最后岳母非让丁丁陪着在宾馆住了一晚，老婆想想，觉得也好，明天一起去看看。我跟老婆商量跟丁丁住一屋，老婆同意了。

儿子和丁丁也熟悉了，丁丁对儿子也特别好，给儿子买了不少吃的，还买了一个汽车玩具，儿子一天就缠着丁丁了，岳母很高兴，老婆也接纳了这个弟弟。晚上我们洗了澡，躺在床上，随意地聊着，我事先设计的话题用上了，从苏州引向杭州，丁丁讲述了他们三人认识的过程。快3点时，我们才睡着。

第二件事，出游的时候忘了跟表哥说一件事，4日晚上给表哥打电话，估计表哥可能在喝酒，所以9点多才打，表哥说在医院，我以为表哥又喝多了，表哥说是薛庆黎又犯病啦。我问怎么回事，表哥说孙局长嫁闺女，小范围请他们喝酒，那小子很兴奋，就像他找到了一个当公安局长的爹一样，喝得当时就犯病了。

我完全被“孙局长嫁闺女”这句话吸引了，孙大局长怎么又嫁闺女啦？表哥说：“春节前离婚了。”啊？结婚时间好像不长吧？！我记得四月份他闺女才生孩子，表哥还陪着他和他老婆去香港待了半个月，回来后没半个月孙平就出事啦。

“那他闺女结婚不到一年就生孩子，孩子不足九个月就离婚，离婚不满十个月再结婚。是不是有点太快了。对方什么家庭背景？”

“刚才不是告诉你了吗？市公安局长的儿子。”

“哪个局长？”

“温端倪。”

“官够大的，他儿子也二婚？”

“二婚。”

“也有孩子？”

“有，一共仨。”

哈哈，高效，绝对高效！咦，这个时间不对呀！什么时候恋爱的？难道二婚不需要这个过程？或许提前预热啦？还是交易成功？有意思！有点意思！总之，对于孙大局长来说，没有什么不可能。这是一个什么样的家庭？至少是一个钱、权与权、势完美叠加的家庭，其效益绝对不是简单的加法或乘法。

想当初，孙局长远嫁闺女的时候可真气派。表哥参与了全程，由田凯、孙全胜和表哥帮着全权操持，结婚前一周就举家，连小舅子一家在内的五十多口人到了香港。除田凯、孙全胜和表哥外，局里还有郭群、平贺辰、韦建禾、申士杰、洪升礼、盛文龙、调出的袁少合、黄忠勇、薛庆黎、荀德利、武金夫、朱之兰、郑农等 16 个人一同前往。队伍够庞大吧？

表哥还提了一句，平贺辰也没少喝，孙局长说温局长已经答应提拔平贺辰的姑爷为副科长。看来这场联姻受益的人还真不少。

还是写丁丁叙述的事吧。

“姐夫，我真的不愿意提那个妖精，但是一切都源于那个骚货。姐夫，您问过我有女朋友吗，我说没有您不信，真的。自打那件事后我没再碰过女人，总觉得脏。您是不是怕我有了阴影障碍，还担心我跟文箫、子诺他们一起住长了，会不会那个？您别担心，我不会的。其实，我们也应该理解他们，接纳他们。我没有父爱，也没有母爱，以前那个大哥哥照顾我时，我心里头就拿他当爸爸，对您我也有爸爸的感觉。文箫比子诺大四岁，他们俩都遭遇过坎坷的感情，文箫在最痛苦的时候，搭救了痛不欲生的子诺，他俩可能是同病相怜吧，子诺有一种依赖文箫的感觉，可他们对我真的很好，他们保护我，帮助我。要是没有碰到他们俩，我可能早就死了。当时我死的心都有了，妈妈抛弃我，爸爸不要我，奶奶带着我，后来遇到一个好哥哥帮我上了学。一个比我大好多的女人让我知道了做爱的感觉，再后来又遇到了那个女的。开始她告诉我只比我大两岁，我也没多想，她给我钱花，又能跟她做爱，她是空姐，我就每月去北京一次，住两三天。我们除了逛街、吃饭，就是疯狂做爱。认识不到一年，我就去北京与她住到了一起，才知道她比我大十岁。那年她有一段时间飞杭州，她说杭州西湖特别美，我就特想去，她不让我坐飞机，让我坐火车去找她。就是那次在火车上认识了周子诺，印象很深刻。我们三个人说起来，觉得这就是缘分。

“姐夫，您说西湖美吗？那年，我就是想感受一下充满爱情的传奇，西湖的长桥、断桥等传说吸引着我，我想去享受‘十八相送’的浪漫。可是，在那里发生了很多让我不愿再想起的事，它们让我感受长桥、断桥赋予给西湖的爱是凄美的，渴望得无法割舍，可又是这种渴望的酸甜苦辣的爱，一丝丝甜都会无限放大，可以让人苦苦等待一生，在这等待中又不断地承载着无数的心。”

这晚，宋徐峰这小子让我对西湖似乎有了一种新的感受。

CHAPTER 4

12 月 31 日

日记：12 月 31 日，周三，大雾（注：史志第十六年）

明天就是元旦了。前些天跟表哥约好明天中午一起吃个饭。下午想早走会儿，走前给表哥打个电话提醒一下明天别忘了。表哥说："还不知道明天有没有事，要等晚上与老板吃完饭再定，这会儿正在医院忙活着呢，一会儿再打电话。问他谁病了，表哥说"还有谁？色鬼呗。""他小舅子呢？不是有相好的吗？"表哥骂了一句都是白眼狼。我思量着，是不是上次还没好，还是又犯啦？

不到 6 点，岳母家还没开饭。表哥打来电话，说："正在等老板吃饭，平贺辰说明天肯定有事，只好改日了。""薛庆黎还没出院？""根本就没好利索，纯粹找死，这不，最近又严重了，都半个月了，也不怎么见好转。月初，老板运作局长、书记一肩挑的事，已经差不多快搞定，连续几天都在一起喝酒。薛庆黎闹着要去，其实老板也烦他了。”

今天表哥传达出的信息是，孙长悟这些日子没闲着，又在朝着书记、局长一肩挑的目标“发奋”呢，算算孙长悟当正局长的时间，到上个月刚好一周年，看来一直没闲着。看来孙平事件对孙长悟的影响已经全无，而且经过这一年，孙长悟已经自我演绎成为一位勇于与孙平做斗争的反腐勇士，再加上与市公安局长的联姻，真是如虎添翼了!

CHAPTER 5

3 月 31 日

日记：3 月 31 日，周二，（注：史志第十七年）

从昨天中午到现在，精神都处在紧张中，现在终于可以坐下来写点东西了。老婆也累了，窝在沙发上看电视，儿子乖乖地自己在玩儿。老婆刚才提醒，儿子上学的事要提早。好在我已经提前找人了，基本确定了，好学校不在本片区内，择校费肯定是要交的。

不知怎的，宋徐峰这小子的事儿总会和孙长悟的什么事鬼使神差地撞在一个时间上。昨天办公会上，马月生小声地告诉我，今天宣布孙局长书记、局长一肩挑啦，看马屁精那美样儿，就跟他爹当大官了一样。再看平贺辰、盛文龙喜悦得不时交头接耳，苟德利、武秃子下三路地嬉笑逗着，应该昨天庆祝了，不知薛庆黎这个色鬼去没去。中午与马月生、李思哲几个人坐在一起吃午饭，老婆打电话来，让我赶紧去岳母家，有急事，我以为是老头、老太太病了，老婆说“是小舅不行了”。我赶紧跟马月生请假，打车到了岳母家，老婆接到儿子后也回来了。

从昨天中午到现在，精神终于可以松弛一下了，赶紧把想的一些东西记录一下。

现在想想，昨天的办公会确实比平常晚，10点才开，不知道是不是郑局长先去市局开会了，反正郑局长还是那样，最起码表情没变化，也没提这码事儿。孙局长书记、局长一肩挑了，说明孙平事件应该完全过去了。就自己掌握的情况，其实也只是个皮毛，表哥知道的应该更多，只是顾及还跟着一起干，或者……？表哥会不会也受益了？真傻，这还用想？！春节去表哥家拜年，表嫂说新买了套房，150平方米，表嫂没说多少钱，当时估计也得小三百万。表嫂还买了车，还说要送儿子出国读书，这都是钱呢。还有，每次跟色鬼出去，表哥真的就那么老实？嗨，怎么说起表哥了。还是说说孙平和孙长悟吧。

对了，先记一下这个细节。中午吃饭的时候，马月生问李思哲：“电话都打过了吗？”我顺嘴问打什么电话，马月生没把门了，说：“孙局长让我们给所有处级干部打电话，部署明天上午市组织部去市局对郑局长他们市管干部进行每年一次的民主测评。”

“就这事？不每年都搞吗？”

“是每年都搞，但去年孙局长对郑局长考评结果不满意，今年特别要求他们提前做好工作。是吧，李科长？”

“别瞎说。”李思哲赶紧制止马月生。

“怎么瞎说？刚才是不是你给黄主任打电话，让明天给郑局长打‘×’？”马月生真的很二。

李思哲恨恨地想说什么却没有说出口，我心里明白了，孙长悟在操纵测评结果。好在老婆电话及时，操纵这事若传出去，他们还以为是我弄的呢。不过这事看出孙长悟与郑局长较上劲儿了，现在他书记、局长一肩挑了，是不是对郑局长又开始动作了。

对孙平真的了解不多，因为死了也没正式通报过案情，就是日常积累的那些东西。对于孙长悟，知道的几乎都记了。现在就说说这两人的关系吧。

要说这两个人是一前一后按着基本的路子走的，后来出现了余美雯，穿针引线系成了“一家人”。至于孙平还有其他女人，也只是听说，不知道具体是谁，据说无法与孙长悟比，当然已经无关紧要了。孙长悟的女人缘，那可不一般。

孙长悟虽然仅比孙平小七岁，但是从给孙平做兵开始，孙平就在孙长悟面前树立了慈祥的威严。从此孙平一直直接领导孙长悟，孙长悟凭借嗅觉、灵性、积极进取、毫不吝啬的表现，很快博得了孙平的赏识。

此后，孙平上一个台阶，孙长悟随后自然被提上一个台阶。一步步的提拔，孙平绝对服从的要求也更高。而孙长悟随着每一级台阶的升高，看望领导的钱也就提高一级，这样规规矩矩地纯粹附庸于孙平，从副科长、正科长、副处长、正处长一路走来。

人都一样，随着青春期的到来，欲望不可避免地增长。当上了副处长，孙长悟的“青春萌动”了，开始寻找“猎物”，带着腥味开始“敷蛋”两年，当正处长时雏鸡破壳，开始经营自己家族的生意了，同时半公开地建立家外家了。估计人家还嫌自己“发育”太晚了，看看有多少没权、没钱、没势的人身边不也有不少相好的吗？

孙平已经当上正局长。孙长悟清楚从处级再往上升的难度巨大，竞争对象不仅多，其竞争力还远远强于自己。为了更好地巩固自己的地位和竞争力，孙长悟深深地认识到，除了钱还有个更好的东西可以讨好孙平，摸清了孙平严肃后面藏着“活泼”。这个时候孙长悟没有“自掏腰包”，但随便找一个，不行，不放心，将来也把握不住，不但帮不了自己，还会坏事，一定要找身边的，要牢靠。那是“天梯”！

这个时候孙长悟已经培育了自己的势力，袁少合就是一个得力的下属。得力之一，就是满足领导的需要。孙长悟看上了袁少合的知己余美雯，袁少合绝对服从，再加上袁少合与余美雯又有这层关系，一定好控制，孙长悟只一个眼神袁少合就领会了，主动将余美雯介绍给孙长悟。说真的，孙长悟还真没看上余美雯，很快就引荐给孙平。而这件事，好似袁少合与孙平也有了某种关系，孙长悟在使用下属袁少合时多少有些不自信，觉得余美雯一定会在孙平跟前替袁少合说话。孙长悟谋划着怎么将袁少合撵走，还不能让人察觉，更得感激他。孙长悟做到了，做得还绝对到位。会办事，忠诚，孙平更加信任；袁少合升副处长，感激，还鼓励余美雯多美言；余美雯好感增加。

自此，孙长悟开始欲望腾升、膨胀，谋划着加快升职的脚步。孙长悟谋划着，第一步必须先进班子，副局长也是正处级，必须先得到，不进班子就永远当不了局长。就在提拔袁少合三个月后，孙长悟如愿以偿进了班子，当上了副局长。进班子不久，他依仗孙平这个靠山开始发力，把自己得力的干将郭群提拔为正处长，接替了自己的位置。

孙长悟知道，余美雯还会给袁少合说话。为了巩固自己的地位，讨好地建议余美雯成立公司，说他会把局里的一切投资、开销都交给她来做。孙长悟知道，不用自己去说，余美雯自会在孙平耳边吹风的。在孙长悟的请示下，公司很快承揽了我局的全部项目，就差食堂没参与，可能人家看不上吧，或许因为孙长悟从来不在局里请客，装修不够档次，又不能高消费，就算再努力还能超过五星级酒店？

任副局长已经两年，加上任处长的时间，应该达到提拔局长的资格了，孙长悟更是开足了马力。同时，在做处长时种下的自家小公司的种子，已经破土发芽了，也应该有所发展了。这个时候，孙长悟似乎还没有胆量分余美雯的羹，也没这意识，孙长悟要在石头缝中求发展。还有竞争副厅级职务，那就不是孙平一个人能完全决定的，这个时候还要确保孙平顺利当上副市长，那样才能保证胜算。还好孙平当副市长并没受到多大的阻力，顺利上位。当上副市长的孙平，说话的分量当然重了，再加上有余美雯的帮助、自己的不懈努力，孙长悟如愿以偿地做了我局的一把手。随后孙长悟将郭群提拔进了班子任副局长。

孙平任副市长后，市局项书记局长、书记一肩挑。本来孙长悟想把郭群弄成副书记副局长二把手，无奈才刚提拔上来，前面还有好几位呢，同时市局派进一位副书记副局长，就是原来交流出去的郑帜副局长，这回又重新回来任副书记副局长二把手。孙长悟心里当然不怎么舒服，但是自己刚刚上任，也还要听市局的，尽管孙平还主管这个局，也不能和市局领导闹翻。但是在分工上，孙长悟坚持让郭群接替于庆泉分管了干部、人事和财务，自此，可以说孙长悟基本完全控制了我局。当然了，袁少合在那个单位当上了正处长。

当上局长后，孙长悟忽然发觉自己付出得太多了，余美雯的公司忽然一夜之间成了航母啦，自家的公司还是小渔船，这怎么行呢？不行，做不了航母，做军舰总可以吧？但是不能得罪余美雯，当然更不能让孙平起疑心，还有更高远的市局目标没达到呢。孙长悟通过升任局长这件事，看到了余美雯这部天梯还有巨大的上升空间，不仅不能失去，还要牢牢地控制在手里。用什么办法呢？继续送钱是必须的，要是还能扯上更“紧密”的关系，那……，孙长悟猥琐地笑了。

或许是需要相互控制？抑或是相互需要？总之，孙长悟做到了。是孙长悟巨额利益的引诱，还是余美雯来日方长的奉献？总之，两人交媾了。一次，即可播下“神奇”的种子。自此孙平、余美雯、孙长悟开启了新的蜜月，余美文的公司越来越大，孙平似乎控制力更强，孙长悟说话有些气短了。

神奇的种子长出了畸形的芽。随着余美雯的盛气凌人、疯狂挣钱，大大压缩了孙长悟的钱袋子，孙长悟开始从暗里抱怨到明里疑义，从公开力争到试探抗衡。这个时候已经成为“母鸡”的孙长悟成了“鹰”，已经逐步地建立起更坚固的“天梯”，开始自立门户攀爬了。由此，引起了孙平的警觉，但是为时已晚。据说，孙平被抓有孙长悟推波助澜的“功劳”，孙长悟已经有能力致孙平于死地了。

最关键的，从大水那里得到的说法，孙平猝死的前一天，孙长悟竟然获得了一次与孙平见面的机会，而孙长悟是孙平见到的最后一个人。

还有，当初孙平事件发生后，孙长悟的家族可是惊慌恐怖了好一阵，着实做了不少工作。到底是谁救了孙长悟一家，毫发无损？市面上都说，最关键还是孙平解救了他，全部问题都扣在了孙平头上。由于孙平死了，最后上面也就没给个最终结论。而对孙长悟来说，则是再好不过，只是服从落实上级指示，自己还在某些重大问题上与孙平进行了斗争，确保了国家财产免受损失。对，最后这句话孙长悟在大会上自己也说过，在当年的有关报告中也是这样叙述的。但是，到底还有没有人出手就不得而知了。

据说，郑农是余美雯公司和我局公司合作的桥梁，孙全胜、薛庆黎和表哥一般不直接和余美雯及其弟弟打交道，组织违法收费，各单位各部门交多少、减免多少、收多少都是郑农在操持。会不会郑农无形中成了“替死鬼”？对了，翻开后来的日记，竟然没有涉及郑农判刑的记录，好像是年底了，还是已经进入下一个年头了？应该就是那个阶段，没有记录可能是因为当时那个月份，全局上下正经历着“白色恐怖”，人人自危，无暇顾及郑农判多少年吧。十五年，现在最多不过一年半，要减刑还要过几年才行。

不说他们了，说他们太累了。还是说说丁丁吧。

丁丁一年半的缓刑终于结束了。昨天中午，小舅妈打来电话，说小舅生重病了，想让丁丁回家，让大姨帮着劝劝，说他就听大姨的。岳母立刻急了，责怪道：“怎么不早打电话？什么病，还瞒着？”电话里传来小舅妈的哭声，“快不行了”。岳母差一点昏过去，骂着非要去看小舅。岳母哭着让我们打电话给丁丁，说“这孩子就是苦命，现在连爹也没了，赶紧过来带大姨一起去”。

丁丁赶到后，岳母闹着连夜走，但票已经没有了，我们只好买了凌晨5点的过路车。早上4点半送岳母、岳父、老婆和丁丁到车站，回到岳母家不到6点，又迷瞪了一会儿。不到9点，老婆给我打电话说，“小舅知道儿子回来了，姐姐也来了，流出眼泪咽了气。妈伤心得有点支持不住了，好在爸在她身边，这会儿好多了。”

我担心地问：“那怎么办？”老婆说：“爸说这会儿也劝不动妈回来，妈又担心丁丁受气，想带着一起回来。丁丁是长子，本应在家再待些天，可是他爸爸走了，和后妈又没在一起生活过，心里有一种抵触情绪。妈坚持要和丁丁一起回来。”

我还是不放心，就赶了过去。到了晚上，丁丁要一个人睡沙发，岳母不让，后来商量了半天，由我和丁丁睡一屋，岳母、岳父、老婆和儿子在大屋子里挤着睡。岳父还让我好好地开导开导丁丁。

关了灯后，我感觉丁丁在抹眼泪，就安慰着他。和丁丁聊到大半夜，才相继睡去。

CHAPTER 6

7 月 15 日

日记：7 月 15 日，周四（注：史志第十八年）

儿子已经放假了，小子还是不如女孩听话，还好学习没太让我们着急。我跟大水商量今年两家去什么地方玩儿。

最近几天从表哥、大水、马月生那里听到了一个相近的内容，余美雯的弟弟余总的案子结了。这给我一种莫名其妙的感觉，孙平事件已经过去三年了，孙长悟该得到的也都得到了，现在跟外界说这个案子结了，这是怎么回事呢？更令人匪夷所思的是，结果还大大地出乎所有人的意料：在公安机关强力铁腕协助下，本案最终达成协议，公安机关不再追究余美雯弟弟的刑事责任；余总撤销对孙长悟家的公司诈骗其款项八千万的起诉相应的赔偿问题和相应的损失不再追究。

公安机关？公安机关可是孙大局长的亲家温端倪掌权！这个结果意外吗？感觉意外才叫意外呢！

这里有一个隐瞒，没有提到我局与余美雯公司之间的经济问题，因为那里隐藏了一个秘密。这使我想起了郑农的案子，回头看看当时对郑农的结论，也难与社会上传说的联系在一起。据传，孙局长在我局当局长期间，我局的公司被某一家公司诈骗走的恰巧也是八千万，但是孙长悟似乎并没有多大的“热情”去追查，是否报案也不得而知，因为到现在也几乎没有人知道是哪家公司。而我局的公司，是不是孙全胜经营的公司？反正表哥说过有亏损几千万的买卖，但是那次孙长悟并没有责怪孙全胜。又是八千万！巧合吗？

八千万能判多长刑期？死刑？死缓？无期？都不是，谅解无罪！这，就是公安的“魅力”！

为什么这么重要绝对机密的大事马月生会知道？原来这个案件结束后，市局向市委写了专报，欠余美雯弟弟的八千万巨款倒来倒去，最后需要我局来掏，市局不管，更不涉及孙家公司。孙长悟让平贺辰将专报取回来，让退休的郭群看并签字，可能是为了便于支付这笔巨款，孙长悟也指示让郑局长在上面签字。

不知是孙局长疏忽，还是平贺辰没按要求做，总之找郭群和郑局长签字这事就让马月生去办了。郑局长仔细看了材料，并询问这笔巨款的出处，马月生说：“平局长没说，就是请您在这上面签个字。”

这份专报简要地叙述了孙平、余美雯及其弟弟的问题，总之他们三个是一切罪恶的根源。但是，其中有两份附件耐人寻味。

一份是公安机关关于案件情况的说明，其中一段文字是：

经相关工作后，有关公司及贵局同意在半个月内还清余某八千万元工程欠款；余某须在欠款到账后三日内上缴所逃税款一千五百万及罚金……公安机关免于追究余某的刑事责任。

另一份是余美雯弟弟余总的亲笔手书的证明：在双方合作期间，贵方没有收受过我及公司的任何财物，不存在欺骗、索贿、受贿问题。特此证明。马月生说余总不仅签了字，还按了手印。

听了这些信息，不由你不想这是“一笔交易”！我这样的人都能嗅出点味道，那些高智商的大官们怎么会让这么重要的文件泄露？

整理上述文字时，我也是乱麻一团，能理出这些真不易。这是自寻苦头。

猛然间，冒出一个惊人的设想。当初孙长悟远嫁闺女，同时“留洋”的巨额资金会不会就是那“八千万”？这是一个什么样的运作过程？绝对堪称影视作品的创作！

CHAPTER 7

3 月 22 日

日记：3 月 22 日，周四（注：史志第二十年）

今天忽然从市局纪委一个朋友那里听来一个耐人回味的情况。据说市公安局的温局长通报给孙局长，说有人举报郑帜受贿，两人研究后决定联合调查，关键是由两个局的纪委组成调查组进行调查，由孙局长亲自布置。怪不怪？今天他们将郑局长专门叫到一个宾馆的房间谈话，整整一天，让郑局长交代与孙平姘头余美雯的关系、收受余美雯弟弟余总的贿赂问题，可是什么都没得到。据说郑局长反倒请他们到市纪委专案组去了解情况，市局纪委的人都有些哀求郑局长了，不管有没有，就是没有也请留下一个说明没有的材料。郑局长反倒说："关于余美雯和他弟弟的问题，市局给市委专案组报过一本专门的说明材料，其中有一份余美雯弟弟亲笔手写的证明材料，那个证明材料我有签字，但我手里没有，正好请你们复印一份给我。”

两个市局的纪委人员都回去做了汇报。孙局长给气坏了，一通大骂。哈哈，显然这回又失算了。那个专门的材料记录了一些“见不得人的交易”，孙局长和温局长想必不会忘记，能不让局长大人暴怒吗？！对了，有意思的是，又是孙局长的好亲家市公安局温局长鼎力相助，只是这一次是不是让两年前的那次鼎力相助的好结果给抵消了？刚才找到了两年前 7 月 15 日的日记，那天记录了在孙局长亲家的全力相助下，与余美雯弟弟达成的“那笔交易”。

今天这件事使我想起，从孙平事件开始到今年的五个年头里，孙长悟明里暗里每年都会发动一次整郑行动，目的在于让郑局长撤职，不行就赶走，每年市里对市管干部进行民主测评前，孙长悟都会通过平贺辰、江万励、李思哲几个人进行部署，要求处级干部必须给郑局长画“×”，昨天进行了去年的测评，李思哲又是一通忙活。这几年间，孙长悟还借助过亲家大力相助。记得孙平事件那年，孙长悟终于将自己解脱后的 12 月份，其实十月份就开始酝酿了，组织人写黑信告郑局长，还导致市委成立市纪委和市组织部联合调查组，可调查结论出乎孙长悟的预料，市委还是在 1 月 1 号元旦那天宣布的结果。

细想想，应该还要早一两年，在提郑局长做局长的前年就开始写黑信了，后来没能阻止郑局长任职；孙平事件的前一年，郭群要退休时又阻挠郑局长任党委书记。可惜这一年孙局长把女儿远嫁香港，要是当时就与公安局长做了亲家，那郑帜当局长、书记的阻力估计就是两座喜马拉雅山，肯定是翻不过去了，公安局长这座山可以把孙猴子再压五百年。不过说真的，孙局长两嫁女儿，却是钱权双收的。不亏。

郑局长到底是个什么人呢，不温不火，和蔼可亲，要不怎么有人说他不适合做一把手，不狠，不懂政治，不会玩儿人。但是对孙长悟、平贺辰、韦建禾、盛文龙、郭群、田凯、薛庆黎、苟德利、秃子武金夫这帮人却恨之入骨。

是不是应该了老夫子的那句话："乡人之善者好之，其不善者恶之。"或许这就是维持社会这个肌体的免疫细胞？！

CHAPTER 8

8 月 16 日

日记：8 月 16 日，周四（注：史志第二十年）

今天同事邢永春再一次跟我说，全局科长、处长除极少数外，几乎每人都收到了以局机关部分干部的名义发的信。邢永春说，信中罗列了郑帜的问题，号召大家起来打倒郑帜，赶走郑帜。第一次发信大概是在一个多月以前，我还不信，他说他在下面的一个科长那里看到的，信封都是打印好的。今天他又说，我有点相信了，问都说什么了，邢永春说："听说他不尊重老领导郭群书记；只项书记，以为有项书记就天不怕地不怕了，不服从领导，与孙局长对着干；与孙平姘头余美雯有说不清楚的关系，收受余美雯弟弟的贿赂，等等，好几页。"

"这就对了。""什么就对了？"我告诉他："3 月份，听市局的人说，市局纪委找郑局长，让他交代与余美雯的关系和受贿问题，结果无功而返。”“那还不死心，是3月份的继续？”我若有所思地点点头。邢永春做了一个大胆的猜测：“听下面人说，孙局长可能要交流走，郑局长有可能升任市局副局长兼任我局局长。有些人要阻止？我看了一下那封信，特符合盛文龙、苟德利和秃子武金夫的风格，基本就是下三路的谩骂。估计这样的信寄到领导手里，反倒显出完全是一个流氓在谩骂。”

我逗他别瞎说，邢永春不在乎地说：“跟我也没什么关系，又不是我说的。”我问：“下面议论大吗？”他说：“好像没怎么激起轩然大波。”

邢永春的话提醒我细回想前一段时间，马月生、李思哲他们神秘了几天，期间我还和他们一起吃过一次饭，好像这两个人提到过什么信的事，他们就说了几句话，似乎都知道内容也就没提任何可以想到内容的事，我也没在意。要不要问问表哥是否知道这回事？这么好的事，平贺辰他们不会不报告的。但是也没见郑局长有什么反应呢，跟平常没什么变化呀！难道郑局长不知道？

晚上给表哥打电话，问这事是不是真的，表哥惊讶地说：“你怎么不知道？是真的。嗨，开始老板还满意，可是没看到效果。结果他们竟然以郑帜的口吻写了一份忏悔书发到网上，说认识到了与余美雯问题的严重性，愿意接受组织任何处理，等等，结果老板知道了，把平贺辰、盛文龙、武秃子臭骂了一通，这不是引火烧身吗？！赶紧通过老板亲家温局长把帖子给删除了，这件事就不让提了。”

“噢，原来如此，怪不得知道的人不多，郑局长没反应呢。”

“那是你傻！什么知道的人不多，社会上都有人知道了！就是因为郑帜没反应，老板才生气呢。”我是称呼郑局长，表哥一般直呼郑帜。

“公安局能办这事？”

“说你傻你就傻。公安局有网监部门，一查一个准。要不网上怎么没有孙局长和温局长的事呢。

噢，原来他们是想用这阴招打击郑局长，或者击垮郑局长。但又怕偷鸡不成蚀把米，露出自己的狐狸尾巴。还不如让亲家发挥老本行，设个局把郑局长抓了。难道郑局长有天然的免疫力？！最起码，郑局长对捞好处似乎不那么热衷，也没听到有交表妹、情人的嗜好。坐怀不乱？这想法一出，我都觉得不是赞美，而是有点亵渎。有些人需要赞美吗？

那，怎么要把这样一个人“弄”走呢？其实这些人有一个“弱点”，叫“无能”！

CHAPTER 9

某年某月 31 日

日记: 某年某月 31 日，周日，多云见晴（注: 史志后第一年）

这是史志二十年后的第一个年头。徒弟周五约我今天再谈谈日记史志，9 点打来电话说今天有事回头再约。快到 10 点，我正要出门，徒弟电话又来了，说马上就到。我有点埋怨徒弟，徒弟一个劲儿地道歉说到了再跟我解释。既然人家这样说了，也就别埋怨了，反正也只是临时出去买点东西。

徒弟进门又一次道歉，说：“师父，不是故意让您等，昨天忙了一宿弄材料，早上 5 点才在办公室睡一会儿。原定早上孙局长审后可能要修改，就给您打电话说不来了，后来马主任说他去市局修改不用我了，我这才又上您这儿来。”

“哟，要是这样，我们真的得改天再聊，你回去好好睡一觉，可别熬坏了身体。”

“没事，师父，刚才睡了一觉，好多了。快一个月了，我想赶紧听听您的意见，把初稿修改，修改抓紧报上去。主任都催好几次了。”

“那，除我之外还请别人修改了吗？”

“有吧。可能还找了原来的老书记郭书记及其他人吧，都是马主任他们负责，马主任说您最重要，就让我负责和您联系。”

我笑了，也没在乎徒弟怎么想，说道：“好个马屁精，还是耍滑头，跟我耍心眼。”徒弟愣愣地看着我，我忙说：“得了，我们就简单说说。对了，你们昨天弄什么紧急材料啦，还要搞一宿。”

“嗨，又出大事啦。”

“什么大事？”

“师父，您还不知道？三处朱之兰朱处长昨天被检察院抓啦？昨天一天就忙着写材料呢，可能还会涉及个人。可把平局长、盛局长、黄主任、马主任、孙经理他们急坏了。”

“啊？”我心里着实一惊“是吗？孙局长知道吗？”

“知道。早上 7 点半，孙局长就把平局长、盛局长、孙经理叫到办公室了，马主任和我八点半上班时，平局长给我们布置写材料。可费劲了。”

我顺嘴说出：“知道郑农吗？他跟朱之兰在一个处。”

徒弟说：“我也是昨天才知道郑农的事，朱处长的事可能就跟郑农有点关系。昨天就是让我把您原来写的有关郑农的材料整理上报。”

“噢。过关了吗？”

“哎哟，师父，那会儿的材料怎么找不到了，翻了档案记录也没有什么具体的东西。孙局长说有，可是我跟马主任找了半天，把秘书科长也找来了，把几年前的东西都翻腾出来了，哪有呀。”

“马主任应该知道，当时也是他参与写的。”

“后来马主任请示平局长跟孙局长汇报，又让马主任亲自写一份了没让我写。我问秘书科长了，秘书科长说好像有几份材料没做登记，也没存档。”

“知道具体是什么事吗？是郑农那小子揭发的？”

“不知道，平局长没说。听着可能数目不小，出不来了，还有什么公司的事。平局长特别强调不要扩散这件事，仅限于平局长、盛局长和孙经理直接与检察院接触，也没让纪检李主任他们参与。对了，好像也没让郑局长来。

“没告诉郑局长？”

“不知道。”

“一个处长没了，党委书记不知道？”

“不知道。”徒弟摇摇头，我理解他的意思是，不知道郑局长知不知道。

哈哈，这就对啦。看来有些事是画不了句号的，想掩盖、抹去什么见不得人的事可不容易。历史只能有夹层，断层机率百分之百的可能性几乎为零。我还想套出一些情况，看来徒弟真的是不太清楚，我借机聊到史志中那年也没涉及郑农的事，徒弟翻开史志看着，还真没多少郑农的事，就连开除郑农公职的那个办公会纪要也没收录，更没提那天还开了党委会，开除了郑农的党籍。徒弟喃喃自语：“难怪找不到有关郑农的什么东西。”

这会儿，马屁精打来电话问徒弟在哪儿，徒弟说在跟我说史志的事，可能是马屁精在电话里说他了，徒弟脸色有些不好看，说了句：“主任，我知道了，不会的，这就回去。”然后徒弟有些担心地说：“师父，别说我跟您说了。主任让我赶紧回去，我先走了。”我心想这孩子还没经历过什么呢，赶紧让孩子走，就又说一句：“你先忙，要是史志还有什么需要帮忙的，就给我打电话。”没想到徒弟说：“马主任刚才说了，史志就这样了，不要改了。”

啊，就这样啦？也好！徒弟走了，我也解脱了，“历史”可能就这样“写”成了。

史志，今天又续上了。

CHAPTER 10

某年某月 7 日

日记：某年某月 7 日，周日，多云见晴（注：史志后第二年）

明年儿子就要升初中了，多快呀，都长成大小伙子啦，说真的，有点管不了了，总跟他妈妈来劲儿，娘俩吵架，我是安慰着劝着老婆，还得吓唬着哄着儿子。为了明年升学好好学习，今年这个暑期特意奖励他，和大水两家来一趟欧洲行，当然老婆也很高兴，采购了不少东西，花得可高兴了。儿子说：“明年考好了，不让你们花钱，还要带我出来。”老婆倒是满口答应：“只要你考好了，没问题，让你爸存钱。”

出行期间，闲话说起去年朱之兰被抓的事，没想到大水知道的比我还多，大水以为我了解呢。大水都有些赞不绝口了：“看人家，这才是有‘智慧’的人。谁能有这样的脑细胞？你们孙局长与公安局长两家的结合真叫完美。那件事是两位‘大师’导演的杰作。”

“什么情况？”大水的话听得我直瞪眼。

“我给你讲故事，你也做过文字工作，有机会写成小说。”

“我写的都是我们业务的请示报告，小说可写不了，咱可没有你的文学水平高，还是你写吧。对了，要是好，将来找个投资人拍成电视剧，还能赚钱，哈哈。”

“说不定还是个范本呢。哈哈。不过，这只能当个内部警示教育片吧。”

“先别管什么片了，你赶紧说说，详细点。”

“太详细的我可不清楚，那是绝密的，我只了解一个梗概。”

“梗概就够成为剧本了。”

“不过我真的连名字都起好了，叫‘一箭双雕’或‘借腐锄患’？”

我笑着说：“‘借腐锄患’？还不如‘借尸还魂’呢。先别管名字啦，赶紧讲讲怎么回事。”

“我捋了一下，基本上可以拍成连续剧：第一集，精心策划；第二集，周密布局；第三集，局势突变；第四集，化险为夷；第五集，意外惊喜；第六集，胜利归来。”

“看来你已经酝酿成熟啦，快讲讲。”

“事情是这样子的。”大水讲了起来，他文学修养还是比我高出许多，下面就大水讲的尽可能地把这六集故事梗概全貌记录，艺术化地加工，留给后人。

第一集：精心策划

孙长悟在当处长时开了一家公司，由小舅子负责经营。孙长悟当上我局局长后，派盛文龙、朱之兰、郑农协助小舅子，孙全胜负责的我局公司要以提供业务的形式予以帮助、支持，由公司的常总落实。具体的由郑农和小舅子操作，最大的杰作应该是公司与香港的一单生意，价值八千万（是不是孙长悟嫁闺女挪至香港的八千万？）。对此，孙长悟非常赏识郑农，提拔重用。孙平被双规后，孙长悟立即组织这些人员清理账目，不能留下任何问题，并将该公司弱化，该变更的变更，郑农一直参与。在调查与孙平有关系的公司往来时隐瞒了这家公司。据说去五台山就是为此事（大水不知道常总还去过一趟香港）。不久郑农被抓，又惊出了一身冷汗，好在郑农参与过此前各种账目的销毁、重做等，又有孙长悟里外运作，郑农始终没交代这个公司的事。郑农事件平息后，这几年公司才又大张旗鼓地干了起来，还是由盛文龙协助，朱之兰则代替郑农与小舅子一起操持，孙全胜支持，常总参与少了。

但是，小舅子经常跟孙长悟抱怨不赚钱，看不到钱。开始孙长悟不信，以为都被老婆和小舅子折腾到他们家去了。后来有所察觉，经常骂盛文龙、孙全胜。慢慢地，孙长悟让平贺辰参与，让平贺辰暗地里调查，发现确实不怎么赚钱。后来发觉，可能朱之兰自己有公司，利用这层关系自己在赚钱。孙长悟宁可相信这个事实，与当公安局长的亲家温端倪商量对策。由于孙长悟的提醒，温端倪也与儿子了解公司的情况，虽然还可以，但不如想象的那样好，问儿子一起干的几个人行不行儿子敢说不行吗，成天与朱之兰、苟德才花天酒地地泡在一起，盛文龙偶尔也参加。温端倪当然知道自己的儿子什么样儿，前面那个媳妇就是不满他成天在外面鬼混才离婚的，损失了不少钱还不敢张扬。娶了孙长悟的闺女后稍微收敛了一些，而朱之兰、苟德才就是利用了温家这一背景。

温端倪决定和亲家联手。平贺辰提供了一个情况，朱之兰经常在一高档酒店消费，有时一连几天每晚都去，好像有一个包间。凭公安局长的嗅觉，温端倪安排人只蹲点一周，就摸清了朱之兰来此的目的，女人必不可少，还不是一两个，打牌还有赌的味道。不算赌博的费用，这样高档的地方，吃饭、洗浴、保健、女人、住宿，一晚上一两万是下不来的，孙、温两位局长分析，这样的消费是需要一定的资金保证的。此外，孙长悟认为，根据平贺辰提供的关键情况，朱之兰一直控制着小舅子公司的财务，这样孙长悟下定了决心。

孙长悟回到家，将老婆和小舅子一通臭骂。可是要办朱之兰没有更多的证据，直接把他踢除也可以，只是自家的把柄在人家手里。目前除了知道他成天花天酒地外，还没有更多贪污的证据。孙长悟把他挣自己家的钱定性为贪污。两位局长谋划，先让小舅子公司做两笔生意，上家不用担心，由温端倪负责落实，这就是公安局长的“魅力”，也准确地知道能赚多少钱，让小舅子交由朱之兰去做。果然，这两笔买卖挣的钱比预计的少三分之二，一下子二三百万没啦，可是从过程看，赚这一百来万已经相当不错了。两位局长断定一定是朱之兰在捣鬼，但是又找不出贪污的证据，况且这是你自家的公司，何来贪污？孙长悟说是诈骗，温局长认为也不妥，没说你利用职权谋私就不错了。

要办这事，得找个突破口。

温局长提示，就抓他嫖娼卖淫，或者聚众赌博，先拘留或劳教，再深入调查其他事实依据。不过最好够上刑事拘留，涉及贪污或挪用公款什么的，就可以更深入地调查了。但是，那需要一个前期调查时间，没证据还不能抓人。孙长悟认为就抓他嫖娼，温端倪讲公安抓人最好不在高档宾馆、酒店，得做个局。

孙长悟说："这好办，让那小子谢谢那两家公司的头，让他带着人家吃饭、唱歌，然后去洗浴中心，分别安排人，让客人的包间离他们远点；同时，公安接到举报，洗浴中心有嫖娼卖淫行为，警察当场抓个现行。至于贪污、挪用公款更好办，肯定会有人举报的。举报信不仅我会收到，温局长也会收到。后面，只要公安一抓人，我们配合公安调查举报问题，不信这小子不吐露。"这会儿孙、温两人俨然融为了一个人。

方案就此确定。为确保成功，他们还定下三个原则。

第一，要做好保密工作。总体布局和关键内容，知道的人越少越好，还不能让人家感觉这是做出来的，与孙、温两家无关。举报信在先，抓到人后一定保密，如果这小子一旦交代一点问题，就对外讲是检察院接到举报，要求借助调查，如果没问题就按嫖娼处理。而两位领导还很重视下属，保护下属。

第二，不能打草惊蛇。因为平贺辰最近关注得多了，盛文龙有些不满意了，朱之兰也似乎有所收敛。所以，还得让朱之兰讨好地主动说请那两家老板。

第三，两边参与人员越少越好。两边分头部署，以孙长悟的启动为准。

第二集：周密布局

思路已经清晰，接下来就是如何落实，两位局长开始布局。

这天，孙长悟就带着平贺辰一人，来到朱之兰经常去的洗浴中心考察体验，这里称为会所，专门接待高端人士、成功人士。一番享受后，孙长悟开始布置："1. 安排两个人，分别给我和温局长写举报信。信在朱之兰请客的前四天发出，信的内容由你定；2. 让盛文龙给朱之兰传递一个信息，说最近公司经营不错，我很满意表扬他了；3. 让我小舅子鼓动那两家老总让朱之兰请客；4. 你有意无意地告诉朱之兰，有人在我这儿告他状，让他主动讨好我，请示要请那两家公司的头，因为后面还有项目可以继续挣钱，我肯定高兴，就会放手让他去干。"

那边，温端倪也做了相应的安排。先按专案来办，查不出问题就按嫖娼拘留，甚至劳教；查出问题，就立案，先刑事拘留，彻底调查，后移送检察院。当收到举报朱之兰贪污、受贿的举报信时，安排开展打击嫖娼卖淫专项行动，特别是一般不轻易检查的高档浴所、会馆，在接到举报信的第三天，接到电话举报某一高档洗浴中心有人从事嫖娼卖淫活动，有关警察迅速突击，准确抓到现行。温端倪强调了这是一个非常重要的案子，要坚决打击违法犯罪，要求参与人员严格保密，确保万无一失。当然，温局长部署这一切时，不会全盘托出，缘由是不能对手下透露的，而是站在维护社会秩序、打击违法犯罪、确保社会稳定的高度来做好本职工作，特别强调社会反映强烈，举报不断，不能姑息，坚决打击。

而心花怒放的朱之兰，正乖乖地按着这个路子一步一步地钻进去。

当朱之兰兴致正浓，酣畅淋漓时，被突如其来的警察抓个正着。朱之兰自持与孙长悟、温端倪的特殊关系，也是酒兴未尽，当场和警察冲突起来，朱之兰被强制带离，与一般的嫖娼不同，他享受到了“单间”待遇。一切顺利，两位局长高兴决定，连夜进行突审，同时三天之内严格封锁消息。

第三集：局势突变

办案人员连夜突击审讯。朱之兰进了单间后有些清醒了，虽然容怕，但是心里还是有底，不就是玩女人吗，大不了交几万块钱，再说了又是给局长办事，还跟公安局长是亲戚。他觉得孙长悟一定会找温局长，他很快就会出去，还有他请的几位经理们会不会也抓进来了。

开始，朱之兰还要求给孙长悟或者温局长打电话，办案民警厉声喝道：“温局长的电话是你随便能打的吗？！”民警按照他了解的方式，把他带到审讯室让交代问题，虽心有余悸但仍然没有多少担心地说：“又不是什么罪，顶多拘留几天，交几万块钱。”见民警严肃提示交代今天跟什么人在一起，为什么要请客，是不是存在经济问题时，朱之兰开始有点心虚，但还是咬死口说就是单纯的哥们娱乐。当审讯民警提示有没有经济问题，特别是侵吞国家资金时，朱之兰忽然似乎意识到了什么，莫非自己在太岁头上动土被察觉啦？这是在……？他不敢往下想了：“我动的也不是净土，是恶臭的！难道也要……？不行，这样死了，那些比我厉害的就没事啦？……”朱之兰内心翻江倒海，但是他坚信孙长悟甚至温局长很快就会知道他被抓，明天定会放了他。不管警察再怎么询问，他要么沉默，要么就提出要见温局长。一个夜晚，又一个白天过去了，夜又降临了，警察的话："谁也救不了你，只有坦白交代！"

"对呀！谁能救我？既然人家不救我，那，只有自救！对不起了，那就是彻底的坦白交代！我不需要救别人！你们不是垫背的、陪绑的，你们本来就应该在这里！"经过一番斗争，朱之兰决定交代。他故意告诉民警要分成两部分交代：第一部分，交代买官、卖官和受贿问题；第二部分，交代贪污和挪用公款问题。朱之兰这时耍了一个心眼："我不过就是借用了孙全胜的一百万，把自己的公司搞起来，后来又还回去了，我得到的好处可都是你们领导该奖励我的，我挣的钱可不是你局里的钱，我挣的钱最多也是黑吃黑，要查那也得先查哪的黑！必须先把有些人搞出来，再说自己的问题，这样就不信还有人坐得住！

朱之兰交代，首先是：在局里，除了郑帜、于庆泉、刘国强外，平贺辰、韦建禾、申士杰、洪升礼、盛文龙每人最少从他这里得到过一百万，从孙全胜那里不下二百万；郭群至少五百万；袁少合、黄忠勇、田凯、江万励、李思哲、邵克伦，这些人至少上百万；苟德利、武金夫、郑农、孙全胜、马续、薛庆黎、"大小姐"这些人，还有常总（当然了，人家是外聘人员）、苟德才（虽然是外聘人员，但是与常总不同，是核心人物），有的是直接付房款、车款，有的直接就是现金。至于这些人的第二部分问题，下一步再交代。

另外，平贺辰、郭群卖官赚得更多，每人最少千万，包括郑农，薛庆黎等，局里百分之五十的大大小小的官提职时都花钱了，还明码标价。副科长十万以下不考虑；正科长二十万以上，二十万不要提去哪，给个位子就不错了，三十万可挑位子；副处长四十万，别挑位子，五十万尽力满足。当然了，正处长，这两个人会收更多的钱帮着运作。

审讯民警反复喝道："交代你的问题！"朱之兰说："这些还不够你们查一阵子的？反正我一时半会儿是出不去了，想知道贪污和挪用巨额公款的问题，我会说的，还能交代郑农以前的问题，别急，再捋捋，要求你们立即将刚才的交代向上报告，否则我会到检察院去说。"办案民警嘴上说他在狡辩，企图掩盖自己的罪行，但还是不敢怠慢，时间是有严格限制的，只有立即向温端倪做汇报，才能决定对朱之兰如何继续滞留。

这可是一个大炸弹。温端倪这个"久经杀场"的人物，不禁也是一身冷汗，连夜与孙长悟会面研究对策。关于朱之兰交代的这些人，孙长悟当然知道他们都在背后捞好处，还故意纵容一下，留下小辫子在手里，这是控制他们的一种手段。但是听到朱之兰全盘托出，还这么大数量，更主要的是这小子还把郑农的案子翻出来，那孙平的事也会全盘抖出的。这小子竟然下如此狠招，如果那样后果将无法估计，孙长悟一时都要窒息了。而温端倪也了解过去的情况，现在两家在一条绳上，所以孙、温商定宁可信其有，立即开展工作，你小子揭发，我就查，正好还能继续关押，以免在外面胡说八道！

这可是非同寻常的案子，必须由更可靠的人来办。因为这小子后面还不知要说出什么事呢，不能按照一般的治安案件来办，刑事案件又不合适，那就定性为经济案件。选择办案人选，关乎今后的"成败"，不能有一点闪失。两个人同时想到了弓虽烨。对，就移交至经济侦察处办，组成专案组办，这会儿，两人已顾不得弓虽烨是涉案人员的亲属了，分两组，弓虽烨直接负责朱之兰的继续审讯，其他人的询问调查笔录也必须经弓虽烨审核。弓虽烨审核后，先要全盘向温局长汇报，经温局长同意，部分向主管处长汇报。当然，温端倪会立即与孙长悟沟通确定内容。为了保密，审讯工作选择在一个秘密地点，这几天，孙长悟几乎就待在审讯地点附近的房间内，相当于直接指挥了，而平贺辰紧随身边。

一切都在超常规地进行，甚至是在违法中进行。

第四集：意外惊喜

朱之兰交代的东西，震惊着孙长悟，对朱之兰如此的疯狂更是震怒，几次都要跳起来，但是幸亏有弓虽烨，他是第一手又真实地掌握了要害，得以筹划，这对孙长悟是个安慰。而平贺辰更能在温端倪、孙长悟知道前秘密地得到口供，得以小心翼翼地应对，同时谋划如何解脱自己。

接下来的进程并不顺利。为确保对其他人的调查不能失误，更主要是希望从朱之兰口中掌握更重要的东西，或者根本就没有了，那是最好的结果，孙、温决定再对朱之兰进行审讯。可是朱之兰除了更详细地提供那些人收钱的证据外，其他的牙膏“越挤越细”，挤出的只是一些信号，他似乎在等什么。

温、孙分析，朱之兰在等承诺！两人决定先放一放朱之兰，全力调查其他人的问题。鉴于平贺辰一直在参与，弓虽烨又是直接办案人员，温、孙二人决定不把郭群、平贺辰的卖官问题放在此案之列，也不留其他文字记录，说白了等于没有这事。涉及从公司得到的几百万的好处，先抓紧退回，也不并入此案。这样，这两个人接下来可以参与后期的善后工作。

没有不透风的墙，朱之兰被抓的消息还是被传出来了，最为担心的是盛文龙、袁少合、田凯、苟德利、武金夫、孙全胜、马续、薛庆黎、大小姐几个人，特别是苟德利、武金夫、孙全胜、薛庆黎这几个人，发觉几天没见平贺辰，给孙长悟打电话有时无法接通，有时通了也没人接听，他们反倒担心孙长悟和平贺辰出什么事啦。

有一天，“大小姐”的爱人和父母深更半夜来局里大闹要人时，很快就有人知道了，朱之兰等人被调查了，朱之兰不是因为嫖娼被抓的。接着韦建禾、申士杰、洪升礼、盛文龙、袁少合、黄忠勇、田凯、江万励、李思哲、邵克伦、苟德利、武金夫、孙全胜、马续、薛庆黎这 15 个人也陆续被“请”走了。这个名单也是经过孙长悟审定的，应该说他是不情愿的，但是最终还是决定必须审查一下，也很有必要，如果事实确凿，今后更便于控制，特别是平贺辰、盛文龙、苟德利、孙全胜、武金夫、大小姐和袁少合，这几人可是掌握机密的，以往或多或少地存有顾及，孙长悟只是嘴上不说而已。

对这 17 人的调查也不是很顺利。因为多少有些预感，所以都不会很顺利地交代，袁少合认为这是孙长悟因为孙平在对自己的迫害，所以予以否认，其他人更是否认。调查一度进展很慢。这些人也都存着一样的心理，孙长悟肯定会救他们的，温端倪也会碍着亲家的面子的。但是，一旦进了局子里，无论谁都会心里发毛，都有要崩溃的危险。再加上警察恐吓、严厉、技巧性、选择性地审问，不保不会吐露。但是，孙长悟对这些人还是有所选择，对孙全胜基本放过，因为孙全胜是他的巨型“小金库”的总管；对大小姐不要吓坏了，点到为止，那是“光明正大”钱库的总操手。

孙全胜当天就没事了，“大小姐”吓个半死，第四天也出来了。其他人情况不同，多少都有抵触，不配合。温、孙反复权衡，不做出某些承诺或者交换，这个案子就无法推进，甚至无法收场。最后决定只要如实交代接受过钱、物，并如数退还，且揭发朱之兰问题，都属于重大立功情节，可以免除追究责任。这样，经过十几天的努力，终于取得了百分之九十的进展。只有袁少合仍然否认，关于房子，那是经过孙长悟批准的，其他没有接受任何钱财；同样，苟德利一口咬定除了每年老板给的奖励外，没有要过一分钱；武金夫则更绝，说自己家有买卖，用不着找他们要钱，而且有些“人”经常还沾自己家的光。这三个人的交代，送到了孙长悟手上，孙长悟后槽牙都要咬掉了，但是就算咬掉了槽牙也得咽进肚里。温端倪不知情，决定再审查这三个人几天，但先放放又转向朱之兰。另外还有那个常总，人家是外聘人员，你给多少人家就可以要多少，不存在贪污受贿问题，孙长悟也不想过多地弄常总，毕竟有所顾忌，也就过去了。

审讯人员并没有对朱之兰透露对那 17 个人的政策，那些人也没有揭发出朱之兰太多的问题，只有孙全胜证实确实挪用过一百万，后来退了回来，从公司得到的好处不是很多，要办也办不了几年，就这样结束，孙长悟不甘心，要求必须采取高压政策。朱之兰虽然心虚，已经被关了这么多天，还没有人帮着说话的迹象，所以仍然强硬，继续不停地释放信号。那边的苟德利也在放话了，孙长悟自出道到现在，所出的“黑手、白手”几乎都是通过苟德利完成的，这让孙长悟很焦虑，苟德利要是胡噗噗，朱之兰再爆出什么，那就不可收拾了，一定要压住这两个人，其他人还好对付。那边，温端倪也有些坐不住了。

两位局长再一次陷入了思考。最后，还是要从朱之兰这里寻找突破口，从那些人的口供中揭发这个人还真的“贪污”不多，那么就许愿！看来这小子有货，不然不会这么强硬，说不定还有意想不到的“收获”。这个判断做对了，朱之兰在得到了肯定的许诺后，孙长悟和温端倪得到了意想不到的“收获”。

朱之兰交代了如下内容，着实气蒙了两位局长，细细琢磨，朱之兰只不过是个引信，真正的炸弹是这小子交代的，苟德利和苟德才哥俩、孙全胜、盛文龙这四个人，只是没有揭露出袁少合更多的事有点遗憾。这让孙长悟真的咬掉了牙，让温端倪这个公安局长丢尽颜面。这会儿觉得朱之兰真的立功了！还是特等功！

第五集：化险为夷

冷静下来，孙、温二人意识到还不到庆幸的时候。朱之兰只是提供了肯定的线索，但是有多严重，必须开展调查。夜长梦多，这几个人除了孙全胜因为早早地就放出来了，或许还没有太多的戒心，其他三人就不一定了。最让孙长悟揪心的是孙全胜，这个傻逼！平常就是一脑袋糨糊，难道也没把这事当回事？还是这小子耍了花样？说不庆幸，孙长悟自己心里还是庆幸这次决断办朱之兰。但，也有遗憾，就是这件事还是让包括亲家在内的平贺辰、郭群等知道了，还有平贺辰女婿弓虽烨这个兔崽子。

那边，温端倪亲自坐镇指挥，终于把苟德利和苟德才哥俩、孙全胜、盛文龙拿下。这边，孙长悟立刻组织人马亡羊补牢，查账编账。孙家这边由平贺辰、郭群、常总和小舅子负责，温家那边由平贺辰、常总和温端倪的儿子负责。真的幸亏不是检察院办的，否则就是惊天大案的串案。

根据朱之兰揭发查出：

1. 孙全胜交代：侵占公司巨款八千万，除房子、车外，平常还每月私自花费十万左右，大到高尔夫，小到家里的手纸都是花公司的钱。那八千万，就是孙长悟闺女远嫁香港时侵占的那笔钱，孙长悟让用我局的项目钱冲账，而孙全胜暗地里挪走的那八千万，实际账面是没回来的。另外，给了平贺辰至少500万，郭群两套两百多万的房子等，小钱就不说，当然平贺辰和郭群的事，孙全胜说也白说。武秃子花二百多万买房子也没算，因为当初是从人家公司借钱的。苟德利打着孙长悟的旗号每年都会支走六七十万。其他十几个人均从公司每年得到不少的花销。

孙全胜提供了重大线索：苟德才、苟德利“贪污、挪用”了温局长儿子公司将近一个亿。另外，多年前苟德利打着孙长悟的旗号，从我局公司为苟德才借过一笔五百万的资金，至今未还；盛文龙借着负责打理孙家公司和我局公司之便，挪用近千万到自家公司使用。

2. 苟德利、苟德才没想到这两笔巨额资金被暴露，只能如实承认。

3. 盛文龙尽管心里不服气，也不得不承认挪用我局公司近千万到自家公司。

自此，基本搞清楚了这几个人的问题，那些零打碎敲的几万、十几万甚至几十万就都忽略了。

温、孙二位局长私下里又见面了，战果让二位脸色铁青，但是无暇顾及疲惫，这可是刚开始，必须继续走下去。有两件事必须做好：平账和定性。

这几个人的情况远比朱之兰严重得多。账还好编，自己能控制；要是他们数量一旦确定，罪行就明确了，这可是难题。关键是，苟德利、苟德才、盛文龙这三个人，话里话外地提到几件过去的事让孙长悟夜不能眠。孙长悟立即召集平贺辰、郭群研究对策：一是平账，账目一定做得严谨，不能再留漏洞；二是怎么处理这四个人。这两个人心里明白什么意思，自己没被牵连，要是处理了那四个人，现在社会上就已经有传闻了，再拖延或许这事真的无法收场了。平贺辰、郭群主动提出去跟温端倪汇报。

温端倪也在苦苦思考如何处理此事，这件事一直是自己亲自部署指挥的，没有向班子成员通报过，也没按正常的办案流程来做，这么一个特大案件处理不好将殃及自己。要说温端倪还真不是凭着公安本事上来的，其经历与孙长悟是一个模子刻出来的，什么都没干过的一个外行，却时常将业务能人们视为无能之辈，全凭着无知无畏打天下，这身制服给了其资本。怎样才能化解掉这场危机？这会儿，温端倪却希望孙长悟主动说出来。平贺辰和郭群主动提出请他吃饭，温端倪知道时候到了，却也故作矜持地推迟了一天。这一天他做了深入的思考，自己不能再被动了，将来一旦出问题有可能要承担责任，得掌握他们的死穴在哪儿，这样他们会更精心处理此事。好在是这两个人来谈，他们俩的把柄在我手里，稍微恐吓一下了不信这俩小子不全盘托出。这次沟通，选择了一个僻静的会所，整整交谈了一夜，可以说取得了同样巨大的收获。温端倪更详细全面地掌握了苟德利等人威胁言辞背后的事，这就是他们的死穴。同时温端倪也出了几身冷汗，原来几年前自己已经陷入其中，帮着孙长悟化解余美雯弟弟余总诉孙家八千万的案子，原来确有侵吞一事儿，更要命的是，这八千万随着儿媳妇离婚又回到了国内，其中一部分给了儿子，这应该叫共同侵占啦？！温、孙两家已经融为一体。这，让温端倪不得不痛下决心，必须压住此事。

但是，温端倪需要保持着一身正气、泰然处之的架子，斟酌着词语，还得表达出这是孙长悟提出的意见。他同时提出建议，每一个环节都要确保万无一失，不能留下后患，避免日后出现麻烦，两边所有可能牵扯到的账都要重新做一遍，特别是要做实这几个人，不处理，但也不能让这几个人日后有反悔之机。温端倪拜托平贺辰与郭群协助儿子把账弄好，平贺辰和郭群见温端倪表态同意，心也放了下来，自然表决心，绝不含糊。研究好下一步工作步骤，天已经放亮了，温端倪让他们赶紧回去与孙长悟汇报，然后分别开展工作。

孙长悟立即听了平、郭的汇报，既满意也心生不满。满意的是这事就得公安局才能办妥，他们出手就能化险为夷。不满意的是，本想人不知鬼不觉的事还是让人知鬼觉了，只有温端倪才能确保不出问题。好在，你的事是你的事，我的事也是你的事了！办不好你公安局长首当其冲。

先不管这么多了，赶紧开展工作。现在朱之兰、苟德利、苟德才、孙全胜、盛文龙五家人正是热锅上的蚂蚁，乱抓救命稻草呢，孙长悟安排平贺辰去传递消息，让他们来求他，他一定看在大家一起奋斗的面上关心此事，他亲家也会帮忙。孙长悟自然会说这是违法犯罪不好办，又表示还会努力争取。家属们自然千恩万谢，并保证让这五个人立下死誓。

那边，温端倪通过技巧性的手法已经将五个人的罪行板上钉钉，也让几个人清楚，揭发别人的立功表现也不足以逃脱罪行。其供词是否“可信”还有待调查，能不能被采纳就视情况而定了。

当然，孙长悟一刻没停，把近二十年来能够涉及到的所有账目、经济往来等进行全面清理，包括退回来的巨额款项的处理等，也已接近尾声，可以说近于完美。

两边的工作就绪，温端倪通知可以让家属与五个人见面。见面前，平贺辰和郭群再次叮嘱此行的目的，这关乎他们今后的命运，特别是免除牢狱之灾，家属再次千恩万谢。

第六集：胜利归来

一切都在掌握之中，结果满意。除朱之兰按嫖娼予以拘留处置外，其他人一律因主动退款，没有给国家造成损失，交由孙长悟内部处理。

孙全胜不再担任公司经理，得到了经理奖励后，挣自己的钱去了；

盛文龙调出我局，职务依旧是正处职；

苟德利保留正处职，调到基层单位；

朱之兰给予警告处分，撤职，调出我局后再任正处职；

苟德才退出温家公司，拿着得到的钱自己干去了。

那几家人自然会好好地庆祝一番。

案子始终没有立案，专案组不复存在。温端倪大加赞赏弓虽烨的能力和在整个过程中的出色表现，提拔他为经济侦查处副处长。事件就此圆满结束。

孙、温两家选择一个假日共同出游庆祝。一家人感慨，处理这样棘手的案子，只有有智慧的人才能化险为夷，胜利归来。

大水精彩的故事讲完了，不知所有的看客有什么感受？我是震到了："谍片！绝对是谍片！惊心！'感人'！真是'一石三鸟'。大水，你怎么知道得如此详细？比我了解得还详细？"

"那自然！别看你是局内人，可你只是局内的某一环节，总把子会让手下了解全部吗？"

"那你是怎么知道的？"

"做我们这个工作的还没办法了解内情？虽然我讲的还不是核心的东西，那是绝密的，但肯定也是一般人了解不到的。"

"那……"没等我说出口，大水知道我要说什么，说："我说的这些没问题，都是从具体形成的文字材料和他们公安内部正常传递出来的情况所得，绝非杜撰。"

"这样一个全集，他们就不怕别人深究？"

"什么叫'智慧'？这就叫智慧。人家是什么人？那是枪杆子、刀把子！完全不用担心，人家的材料、文字做的很严谨，就算你有猜测，也推翻不了，千年的文字做成这样了，你能如何？

就算当事人将来翻供，或者引起中央的注意，到时大部分证据已经销毁，要查也还是要费些力气。”

这个故事让我有所担心的就是表哥。大水提到了常总，我一直没跟他说过，常总是我表哥。表哥会受到什么牵连吗？这段时间还真的没怎么与表哥联系。既然大水提到了表哥，说明表哥至少是个当事人。

这六集故事，加上这几年掌握的情况，基本勾勒出了孙平、孙长悟、温端倪大家族的权、钱、色环环紧扣的关系链：

1. 孙长悟家的“独资”公司，共包含六个子公司，盛文龙总协调。几个公司具体分别由孙全胜、小舅子控制。郭群、平贺辰、盛文龙、荀德利、表哥参与其中。这次事件，孙全胜暴露了大家不知道的内幕；孙长悟往香港嫁闺女带走的八千万，是“骗”余美雯操作的，先从余美雯的公司划走八千万，承诺由孙全胜负责提供八千万的工程费，因为还有其他的项目可进，余美雯就睁一只眼闭一只眼地用这笔钱做要挟的手段，而孙全胜将这笔钱私吞了。同时，骗取我局子虚乌有的三亿项目资金，这个项目盛文龙参与，并得到了好处。

我局全部的智能工程、监控工程、所有基建项目、办公自动化等，统统归这六家公司，一分钱休想外流。

2. 孙长悟家另一“合资”公司，与“独资”公司中一子公司合资，骗取了我局一块近70亩的开发用地，进行商品房开发，盛文龙、孙全胜、小舅子、薛庆黎、朱之兰、表哥参与。由盛文龙带着薛庆黎、朱之兰负责帮小舅子打理，薛庆黎后因生病才参与少了，这事一直保密得很好。这次事件也是因该公司引发才被端出来，也揭露盛文龙挪用了款项。

3. 孙平、余美雯与我局组建的公司，由孙长悟直接操控，郭群、平贺辰、孙全胜、薛庆黎、苟德利、郑农参与，具体由孙全胜、薛庆黎、小舅子、表哥操持。郑农代表局里的业务部门，是孙全胜与余美雯的桥梁。余美雯帮着弄走八千万，郑农、孙全胜、表哥参与。其中，孙平双规前我局被查停止违规收费的项目，一直由余美雯控制，由此与孙长悟发生矛盾。

4. 孙、温联姻后的公司，温端倪儿子、盛文龙、朱之兰、苟德才参与，由盛文龙负责，具体由其他四人打理。这个事件揭露了苟德利、苟德才哥俩截留巨款，朱之兰、盛文龙自立公司。重点靠温端倪的威力，垄断市政项目。

图书在版编目(CIP)数据

雪之日记/秋水著．-武汉：武汉大学出版社，2014.6（2019.10重印）
ISBN 978-7-307-13058-6

Ⅰ．①雪… Ⅱ．①秋… Ⅲ．①长篇小说－中国－当代
Ⅳ．①I247.5

中国版本图书馆CIP数据核字(2014)第062107号

责任编辑：陈 岱　责任校对：刘延娇　版式设计：文豪设计

出版：武汉大学出版社　（430072 武昌 珞珈山）
发行：武汉大学出版社北京图书策划中心
印刷：天津兴湘印务有限公司
开本：880×1230 1/32　印张：10　字数：200千字
版次：2019年10月第1版第2次印刷
ISBN 978-7-307-13058-6　定价：48.00元